EL PANTANO

Eduardo Sartelli y Marina Kabat

El pantano

Las primeras respuestas a la emergencia de la "enfermedad" argentina

Ediciones ryr

Sartelli, Eduardo
El pantano : las primeras respuestas a la emergencia de la enfermedad argentina / Eduardo Sartelli ; Marina Kabat. - 1a ed - Ciudad Autónoma de Buenos Aires : RyR, 2024.
208 p. ; 20 x 14 cm. - (Investigaciones CEICS / Eduardo Sartelli ; 22)

ISBN 978-631-6608-56-7

1. Economía Argentina. 2. Desarrollo Industrial. 3. Peronismo. I. Kabat, Marina II. Título
CDD 330

Se terminó de imprimir en Monteagudo 741, Villa Lynch, Buenos Aires, Argentina.
Primera edición: Ediciones ryr, Buenos Aires, diciembre 2024
Responsable editorial: Eduardo Sartelli
Diseño de interior: Rodolfo Leyes
Diseño de tapa: Sebastián Cominiello
www.razonyrevolucion.org.ar
editorial@razonyrevolucion.org.ar

Presentación

La idea de este libro es examinar un momento particular de la historia económica argentina, de la historia del pensamiento económico argentino y de la historia de las políticas económicas argentinas. Ese período, que va desde la crisis de la primera posguerra hasta la implementación del Primer Plan Quinquenal, se corresponde no solo con una transformación del escenario económico, social y político nacionales, sino con una transformación aún más amplia, de escala mundial: el pasaje de una dirección imperialista (Gran Bretaña) a otra (Estados Unidos). En ese "nuevo mundo", que se insinúa a comienzos de la etapa que observamos y se define hacia el final del mismo, la Argentina va a encontrarse "descolocada", en un doble sentido: el primero, el que cuestiona su alineamiento económico internacional, la relación privilegiada con el anterior centro de la división internacional del trabajo, un orden que vio nacer al país e hizo posible su desarrollo; el segundo, el límite de un modo de inserción y de un tipo de desarrollo sostenido en la potencia productiva de la pampa húmeda.

Esa encrucijada generó los estímulos necesarios para que sectores importantes de la intelectualidad local, en particular, aquella preocupada por los problemas económicos, esa gente a la que hoy llamamos "economistas", intentara el planteo de nuevos caminos de desarrollo para una sociedad que enfrentaba, indudablemente, nuevos desafíos. En este volumen examinamos algunos de esos "mapas para la crisis" que tuvieron una relevancia notable en el futuro del país: el liberalismo, el cepalismo, el bungismo y el dependentismo.

Capítulo I

Cuando llega el otoño

La reflexión sobre la economía argentina en la era de los mercados cerrados

Eduardo Sartelli

Hegel dice en alguna parte que todos los grandes hechos
y personajes de la historia universal se produce,
como si dijéramos, dos veces. Pero se olvidó de agregar:
una vez como tragedia y otra vez como farsa.

Carlos Marx, 1852

En un conocido texto, Tulio Halperín Donghi examinaba las "canciones de otoño en primavera", es decir, las previsiones que, en fecha muy temprana, algunos observadores oponían a la feliz inocencia de quienes suponían que el "progreso argentino" carecía de fisuras y tenía por delante un futuro sin límites (Halperín Donghi, 1984). Autores como Estanislao Zevallos, Miguel Ángel Cárcano, Eleodoro Lobos, Roberto Campolieti, Emilio Lahitte, Heriberto Gibson o Juan B. Justo, intentaban llamar la atención sobre las limitaciones y problemas de la agricultura argentina, que sin dudas repercutirían sobre las posibilidades del conjunto de la economía nacional. Esta reflexión, que puede fecharse entre la última década del siglo XIX y la tercera del que le sigue, recogía una larguísima tradición, señala el mismo Halperín, que se remonta hasta la Colonia y cuestiona la preeminencia ganadera frente a la producción cerealera.

Estas "previsiones", sin embargo, no agotan el conjunto de preocupaciones de la época, en tanto surgen, también desde fines del siglo XIX, preocupaciones que hoy llamaríamos "por el modelo de desarrollo", entendiendo por esto el tipo particular de vinculación que tendría la Argentina con el mercado mundial. Es cierto que la expresión "modelo de desarrollo" alude no solo a los aspectos económicos del mismo, sino también (y a veces, sobre todo) a los diseños sociales que se esperan deriven de cierta orientación de política económica o de "proyecto de país". Pero ambos están ligados: Sarmiento, por dar un ejemplo, esperaba que una economía agraria de exportación sostenida en pequeños productores propietarios diera como resultado político una democracia burguesa sólida y una sociabilidad moderna y dinámica. Las ideas (y los deseos) implícitas en determinados esquemas de desarrollo económico resultan muy importantes para entenderlos, por cierto. Concentrados, sin embargo, en el limitado plano de la economía, hay tres problemas que se entrecruzan, se vinculan, pero no son idénticos y que se pueden resumir en "hacia dónde", "con qué" y "con quién".

La primera cuestión se refiere al tipo de inserción del país en el mercado mundial: ¿hacia afuera o hacia adentro? La segunda, a la o las ramas particulares de la economía que ocuparán el rol de capital rector del conjunto de la acumulación: ¿agro o industria? La tercera, cuál sería el socio principal de un país que necesita asegurarse un espacio en el mercado mundial: ¿Inglaterra o EE.UU.? Obviamente, muchas combinaciones son posibles y otros temas quedan fuera de discusión. Pero esta encrucijada ciertamente reviste un carácter predominantemente estratégico: hacia dónde va el país y qué consecuencias puede tener tal decisión. El pensamiento estratégico es, entonces, de largo plazo, busca definiciones amplias y opera con argumentos intra, sí, pero, también, extraeconómicos. Es, primero que nada, una apuesta a fin de enfrentar una crisis. No resulta sorprendente que aparezca en tales coyunturas. En el caso argentino, un país agroexportador, es decir, cuyo núcleo de acumulación de capital está en la producción agropecuaria y cuyo destino principal es el mercado mundial, la crisis necesariamente debe despertar iniciativas destinadas a activar el mercado interno y la producción industrial. No obstante, el que las apuestas estratégicas frente a la crisis, que se adivina siempre como "externa", tuviera una "solución" mercado-internista, no puede ocultar que hubo otras opciones, en las que ambos elementos no se alinean de la misma manera o, directamente, no se combinan. Dicho de otra manera, hay propuestas industrialistas "mercado-externistas", por decirlo de alguna manera, en un contexto en que "industria" y "mercado interno" aparecen como indisolublemente soldados.[1]

[1]Véase el texto de Marina Kabat sobre el Plan Pinedo de 1941, en este mismo volumen.

En este artículo nos concentraremos en algunas perspectivas relativamente poco exploradas sobre el "hacia dónde", el "con qué" y el "con quién": las preocupaciones de la corporación militar, los caminos de salida de la producción agraria y el balance temprano de un observador norteamericano, Dudley Phelps, sobre la evolución del capital yanqui en el Cono Sur. Entre las tres obtendremos un panorama claro de los problemas a los que se enfrenta la Argentina entre ambas guerras y la forma que fue dándose la respuesta final, que no es otra que el pantano en el que estamos metidos hasta el día de hoy. Dicho de otro modo, no pretendemos realizar aquí el intento válido por exponer "futuribles" que no fueron, al estilo de Juan José Llach y su La Argentina que no fue (Llach, 1985), como en responder a una pregunta previa: ¿por qué se impuso aquel futurible que hoy es nuestro presente, y no otro? Es decir, ¿por qué el futuro de nuestro pasado no es una nación industrial de algún tipo, con algún vínculo dinámico con la producción agropecuaria y resultó en una "no vía" de desarrollo o, si se quiere, una vía de "no desarrollo"? Empecemos por quienes imaginaron, de un modo demasiado sencillo, si se quiere, y empujados por inquietudes extra-económicas, que una Argentina industrial debía ser, primero que nada, un orbe centrado en sí mismo.

1. Las necesidades de la defensa nacional

A diferencia de la centrada en los problemas económicos inmediatos, las formas de comprender los límites de una estrategia y pensar otra que vamos a examinar en este apartado, no brotan inmediatamente de la economía, aunque mantienen una vinculación innegable. Aquí se supone la reflexión sobre un cuerpo más amplio que la economía. Ese campo es la sociedad nacional toda, la nación. Sería una perogrullada decirlo, pero vale para la continuidad del argumento, es atendible que sean militares los que privilegien esta perspectiva, habida cuenta de que se los educa en el "espíritu de la Nación", porque su tarea consiste, primero que nada, en su defensa. Hay un "clima de época" también: la nación, como continente privilegiado de la acumulación del capital enfrenta el momento de la crisis como un cuestionamiento a su existencia por la guerra imperialista, de modo tal que es más que esperable que la reacción de sus superestructuras armadas sea aquella que busque garantizar su continuidad. Finalmente, la guerra no es más que la continuidad del comercio en el contexto de la crisis y el agotamiento del capital. Luego, si quieres acumulación continua, prepárate para la guerra.

Un dato muy relevante, para comprender esta irrupción de lo militar en lo económico, es el surgimiento de una corporación militar. Dicho de otro modo, la "abstracción" de la función militar y su separación de la función política. A lo largo de todo el siglo XIX, las funciones propias del intelectual burgués se encontraban fusionadas en las mismas personas.[2] Un Mitre podía ser un intelectual en el sentido corriente de la palabra, un político activo y un militar. Roca podía pasar de la función militar a la política. Signos de un Estado-Nación todavía inmaduro y de una sociedad con un grado limitado de división social del trabajo, en particular, del trabajo que corresponde a las funciones propias de las superestructuras. La llegada de Roca al poder, como en tantos otros campos, significó aquí un punto de inflexión. No solo por el fin de las milicias provinciales sino por una separación de funciones que se identifica como "profesionalización". La creación de una corporación militar, separada de la sociedad y animada de "misiones" específicas, códigos propios, tareas asignadas, desde las reales a las imaginarias, la organización de un panteón de héroes, culmina con su entronización como "magisterio" de lo nacional. El servicio militar obligatorio constituye, a estos efectos, también por mano de Roca, otro punto clave en el nacimiento de este monopolio de una función específica que demanda una atención de tiempo completo. Hacia el primer gobierno de Yrigoyen, este proceso ha culminado y esa es la razón por la que veremos a un conjunto de militares volver a cumplir una función intelectual general, pero como simple proyección de su "función natural". Ya no son personajes que pueden transitar sin obstáculos de una función a otra en un medio fluido, sino "técnicos" en una tarea específica, la defensa de la Nación, que hablan desde su propio métier. Y es ese métier el que se ha modificado, como consecuencia de la evolución de la función militar a escala mundial.

En efecto, muchos elementos nuevos aparecen a la consideración del mundo de la guerra a fines del siglo XIX y comienzos de los años veinte. La "era del imperialismo" y sus presiones sobre los países más débiles, sí, pero también el abrupto cambio tecnológico que determina una nueva forma de hacer lo que se supone que los militares saben hacer. Ahora la guerra es una actividad signada crucialmente por la tecnología. Por más de una razón, entonces, la época puede comprenderse como la era del acero. Porque las armas se hacen con acero, sí. Pero también porque la guerra moderna es, en sus aspectos más básicos, una guerra de materiales, muy alejada de los tiempos homéricos, mucho mejor retratada

[2]Hemos tratado este tema en Sartelli (2006).

que en la Ilíada, en novelas como las Tempestades de acero, de Ernest Jünger, donde el espíritu caballeresco se demuestra inútil ante la lluvia de metal que desmiente las pretensiones heroicas del autor. Pero esta cuestión tecnológica desborda su propio campo y se proyecta crucialmente en otros. Porque la guerra tecnológica es, primero que nada, una guerra económica en el sentido en que la potencia y la naturaleza de los materiales puestos en juego son expresión de la potencia económica del país. La nueva guerra es cosa de nuevas naciones, aquellas que pueden organizarse cohesivamente detrás del objetivo central, la supervivencia y gloria de la nación, que es lo mismo que decir, de su aparato industrial.

En la preocupación de los "militares" hay, obviamente, muchos temas, pero todos se engarzan en la noción de defensa nacional. La defensa nacional aparece como el principio organizador, en el marco de una noción particular, que sintetiza la doctrina que mejor corporiza la estrategia más adecuada a ese objetivo, la guerra total. Ella solo es ejecutable con éxito si se constituye el sujeto que le corresponde, la nación en armas. Por esa vía es que aparece el problema industrial en un sentido amplio, en las preocupaciones de este tipo de personajes ambiguos, caros a toda tradición anti-liberal, ya sea de izquierda o de derecha. Piénsese, por ejemplo, en las biografías de ese gran acopiador de prosapias, el comunista Raúl Larra, dedicadas a Mosconi (Larra, 1957), Savio (Larra, 1980) y Baldrich (Larra, 1981).

En efecto, Mosconi, Savio, San Martín y el propio Perón, resultan ser héroes del pensamiento que supone que el mercado no es el depositario de la esencia de "lo nacional", sino que esta última entelequia es anterior y superior. Sobre todo, los dos primeros, por no haber ocupado la primera plana política y, por lo tanto, haberse aislado de la puja inmediata, son "héroes" ideales de la patria en esos ámbitos de la movilización de la nación en armas que hacen posible la guerra total, es decir, fuera del espacio de lo estrictamente militar. No es casual, entonces, que la figura del "militar desarrollista" adquiera ribetes mitológicos. Se podría tirar de varias cuerdas, ya sea la del concepto de "nación en armas", de la figura del militar como encarnación de la patria, de los vínculos de la "nueva derecha" que nace luego de la Semana Trágica, etc., etc. Todo ello podría constituir una historia de las "historias" que desembocan, por ejemplo, en el peronismo. Pero lo que aquí nos interesa es otra cosa, bastante más acotada: ¿qué tipología estratégica se podría encontrar en la fuente "militar" de la industrialización argentina posterior a los años treinta?[3]

Por ello, es posible detectar tal "tipología" en el discurso militar que vincula su métier específico con la problemática que aquí tratamos. A tal efecto, nada más interesante que examinar una compilación que recupera esa "mística desarrollista nacional" de la que se supone investido todo militar "verdaderamente patriota". Como toda recuperación, es un intento de asimilación y también de disputa política. En este caso, y en línea con lo que señalábamos, se trata de una apuesta desde la izquierda "nacional" del espectro político, la compilación editada por la editorial Jorge Álvarez, en la Colección de Política Concentrada, bajo la dirección de Rogelio García Lupo, Ejército y revolución industrial (AAVV, 1964). Una más de las tantas búsquedas del "militar nacional y popular" al estilo Perón o Velazco Alvarado. Lo más interesante de la compilación, que incluye textos de autores extranjeros[4], es la presencia de tres representantes locales que exponen posiciones clásicas de la tipología que queremos describir: el Coronel Luis Vicat, el General Mosconi y el, al momento de exponer sus ideas, Coronel Perón.

En efecto, el discurso militar sobre la modernización técnica, la vida industrial y el desarrollo nacional, contiene al menos tres modulaciones distintas: aquella que se encuentra más ligada a su propio campo profesional (Luis Vicat); la que se preocupa por las condiciones técnicas de la tarea específica a realizar (Mosconi) y la que se concentra sobre los problemas político-sociales de la cuestión (Perón).

El Coronel Luis Vicat, un personaje interesante, proviene de la Liga Patriótica. Representa, por lo tanto, esa reacción anti-liberal aristocrática que es más autoritaria que fascista, y que duda en abandonar por completo el liberalismo. No obstante, la cuestión de "lo nacional" se impone a "lo ideológico liberal", pero sobre todo desde el ámbito de la vida social. Igual que con Perón, el problema de la seguridad social aparece en primer plano, pero a diferencia de "coronel de los trabajadores" no como reformismo, sino lato sensu: la seguridad de la sociedad existente en el plano puramente militar, es decir, en ocasión de una guerra. A Vicat lo obsesiona la posibilidad de una invasión y lo aterra la facilidad

[3]Un tratamiento más exhaustivo que el que desarrollaremos aquí, puede verse en Rougier y Odisio, 2017.

[4]Un sociólogo francés, Jean Cazeneuve, cuyo tratamiento del pensamiento de Spencer no se entiende qué función cumple en el conjunto, y un militar brasileño, Macedo Soares, cuyas especulaciones resultan útiles para una perspectiva comparada para la que aquí no tenemos tiempo ni lugar.

con la que ella podría producirse, a partir de un simple bloqueo marítimo. Su conclusión es sencilla: nuestra debilidad yace en nuestro liberalismo exacerbado. Esta combinación de anti-liberalismo nacionalista e industrialismo, explica su reivindicación actual por el peronismo. En su texto más conocido (Vicat, 1925), el coronel "proto-peronista" se limita a constatar que la "nación en armas" argentina, no las tiene. Es más, que es, virtualmente, un país desarmado, pero no solo porque carece de instrumentos bélicos de uso inmediato, sino porque no podría producirlos por sí mismos, por no contar con elementos sensibles de importancia aún más general: el combustible y el acero, ante todo.

Con esa idea en mente, Vicat describe un escenario walking dead: el bloqueo marítimo impediría recibir el carbón para la electricidad, no se podría traer el petróleo de Comodoro Rivadavia, la Patagonia quedaría aislada, lo poco de combustible restante sería incautado para uso militar, las fábricas se paralizarían, miles de obreros quedarían en la calle, convirtiéndose en "semillas de desorden", se detendrían los subtes y tranvías, no alcanzaría la leña para los hogares y las usinas, no habría con qué traerla desde largas distancias, se devastarían bosques enteros, no habría servicios elementales, desde agua corriente hasta recolección de basura, se tendría que quemar maíz, es decir, parte del saldo exportable, no se podría transitar más en autos y ferrocarriles y no habría con qué transportar el alimento necesario para los miles de caballos recuperados para servir como fuerza de tracción. Se desencadenaría el caos:

"Gran parte de los dos millones de habitantes de la tan cosmopolita ciudad de Buenos Aires, lo mismo que los de todas las poblaciones vecinas, no tendrían más remedio que ser evacuados. Los saqueos y asaltos a las casas de comercio, los actos de violencia, las manifestaciones turbulentas de los desocupados, amparados tras una muralla de mujeres y niños, serían tan frecuentes que el gobierno se vería obligado a establecer el imperio de una ley marcial rigurosa, distrayendo al efecto numerosas tropas del interior.

Pero, ¿qué podría remediar la violencia contra el hambre en gente que vería enfermarse y perecer a los miembros de sus familias? ¿Y qué fibra de patriotismo puede sacudirse en poblaciones no movilizadas, formadas por una mayoría de extranjeros que pedirían la paz y el sometimiento a cualquier precio y, aun ayudando al enemigo si éste les prometiese víveres, combustibles y trabajo?

¡Piénsese un poco en la influencia que podría tener sobre personas que habrían llegado a quemar sus muebles para preparar sus alimentos, la noticia de que los bloqueadores sólo esperan la entrega de la ciudad para descargar en el puerto diez, quince o más transportes cargados de carbón, con el que se remediaría la situación y se reanudaría el trabajo en las fábricas paradas!" (Vicat, 1925: 38).

Pensando en un escenario bélico futuro, no demasiado realista, hay que decirlo, Vicat deduce estas conclusiones catastróficas a partir de constatar el eslabón débil de la cadena de la defensa nacional, que no se encuentra en ninguna cuestión técnico-militar, sino en la política económica imperante: "la forma en que hemos dejado que se organice nuestra vida económica: producir materias primas para exportarlas y luego, con su importe, comprar en el extranjero todo lo que necesitamos" (Vicat, 1925: 32-33). El cuestionamiento del liberalismo tiene este núcleo discursivo: desarma a la nación porque supone un escenario idílico en el cual siempre estarán a disposición, vía libre comercio, todos los elementos necesarios para cualquier vicisitud. Este es, si se quiere, el cuestionamiento más amplio a la estrategia económica seguida hasta el momento por la burguesía argentina: el liberalismo es contrario a la nación. Se trata, entonces, de imitar a los vecinos. Chile, Bolivia, Perú, hasta Brasil, no proceden alegremente con sus recursos naturales, en especial, en eso que Vicat echa de menos, antes que nada, los minerales:

"Allí, para felicidad de ellos, pueblo y gobierno trabajan de acuerdo. El gobierno estimulando las empresas, guiándolas y ayudándolas, y el público poniendo sus capitales y dando ostentosa preferencia a los artículos de fabricación nacional sobre los artículos importados. ¡Es todo lo contrario de lo que hacemos nosotros!" (Vicat, 1925: 43).

Vicat sintetiza su posición, que podríamos denominar "autarquizante", con una expresión que de alguna manera se adelanta varias décadas a otra que vendría hacer famosa otro industrialista, Aldo Ferrer: su bastarnos a nosotros mismos es sustancialmente equivalente a vivir con lo nuestro.

Un segundo nivel discursivo de lo "militar-industrial" es el que se encuentra mucho más ligado a la preocupación por lo social. A Vicat lo que le preocupa es perder la guerra. A Perón, le preocupan más las consecuencias sociales de la desindustrialización luego de la guerra, se participe o no en ella. Es decir, es una preocupación menos militar y más política. Si bien el texto de la compilación que examinamos no resulta muy interesante, más bien lo contrario, es representativo de esta preocupación propiamente peronista. Perón coincide con Vicat en lo general, incluso con frases que parecen citas directas:

"La economía del país reposaba casi exclusivamente en los productos de la tierra, pero en su estado más incipiente de elaboración; que luego, transformados en el extranjero con evidentes beneficios para su economía, adquiríamos de nuevo ya manufacturados." (Perón, 1944: 104).

La Primera Guerra Mundial generó un impulso a la sustitución de importaciones, pero "terminada la contienda "muchas de estas industrias desaparecieron, por artificiales unas, y por falta de ayuda oficial, otras, que debieron mantenerse". Nótese que aquí Perón se mantiene dentro del territorio ideológico "liberal" a la hora de reconocer el campo semántico creado por la oposición "natural vs artificial". Ciertamente, añade un elemento que cuestiona esta dicotomía al reconocer también la existencia de otro campo semántico, el que constituye la oposición implícita entre "prescindible vs necesaria". Algunas debieron mantenerse, a pesar de ser incapaces de competir por sí mismas. Aquí el Estado aparece en carácter de agente subsidiario, cuya función es guiar, tutelar, orientar, facilitar, armonizar, "con lo cual la economía nacional se hubiera beneficiado considerablemente". El Estado como intelectual colectivo en función de una acumulación de capital nacional más eficiente. Esta es la vía de escape del discurso liberal, bien que, contenida dentro de una racionalidad de mercado, provista por el marco que constituye la anterior oposición: en general, pareciera decir el coronel, las industrias "artificiales" pueden ser sacrificadas en el altar de la eficiencia nacional, pero algunas no (la energía y la materia prima que, por contexto, se entiende "minerales"). Citemos el párrafo para encontrarnos con dos elementos más, de relevancia en función de la fuga hacia adelante en relación al discurso liberal:

> "Pero esta transformación industrial se realizó por sí sola, por la iniciativa privada de algunos pioneros que debieron vencer innumerables dificultades. El Estado no supo poseer esa videncia que debió guiarlos y tutelarlos, orientando la utilización nacional de la energía; facilitando la formación de la mano de obra y del personal directivo; armonizando la búsqueda y extracción de la materia prima con las necesidades y posibilidades de su elaboración; orientando y protegiendo su colocación en los mercados nacionales y extranjeros, con lo cual la economía nacional se hubiera beneficiado considerablemente." (Perón, 1944: 106).

Estos dos elementos atañen a la fuerza de trabajo y el personal directivo, por un lado; a la función mercantilista del Estado, es decir, la conquista de mercados. El problema de la "mano de obra" resulta aquí vinculado claramente a la formación profesional, pero nos permitimos hacer extensiva la preocupación a otros ámbitos, en tanto, páginas después vuelve sobre el tema de la guerra y la transformación económica que ella produce, transformación que se torna un dilema a resolver en la paz:

"La transformación que necesariamente debe producirse en las industrias, en la vida agropecuaria y en todos los órdenes de la producción, es de tal naturaleza que, si no se han adoptado con tiempo medidas previsoras, muy graves perturbaciones pondrán en peligro la existencia misma de los Estados. La desocupación y el derrumbe industrial y comercial han asolado a las naciones beligerantes después de la guerra 1914-18, cundiendo una desmoralización general, peligrosa y contagiosa." (Perón, 1944: 110).

Hay aquí una alusión evidente a Rusia y Alemania, pero Perón debe recordar además su propia experiencia en la misma coyuntura, pero en la Argentina de la Semana Trágica. Como señalamos, este texto, bastante pobre, no agota el pensamiento del futuro presidente sobre el tema. Pero es indicador de una posición desde la cual el discurso militar también pensó la industrialización: como la conciencia de un país que no podía dar marcha atrás, al costo de una crisis social y política. Una conciencia que no ha hecho más que acrecentarse con el tiempo y que es, en última instancia, la clave para entender no sólo ese fenómeno llamado peronismo, sino también la sorprendente resistencia de una estructura productiva costosa, atrasada y subdesarrollante. El mismo Perón, hasta aquí entendido en la necesidad de cierta racionalidad económica general, terminará siendo quien instale definitivamente la primacía del mercado interno a cualquier costo, es decir, a expensas de una eficiencia general de largo plazo, por un lado, y en desmedro de esa función mercantilista que no recibió, en ninguno de sus gobiernos, una atención relevante, por otro.

Entramos en un terreno más interesante, en términos técnicos, pero también políticos, cuando desenvolvemos con cierto detalle el breve, pero sustantivo texto de Enrique Mosconi (Mosconi, 1928). Mosconi tiene una perspectiva nacionalista, igual que Vicat y Perón, pero se diría que más completa y al mismo tiempo, más limitada. Una conferencia dictada en el México todavía revolucionario, sorprende por la lógica de la pretensión: el general argentino va a explicarle a los mejicanos cómo cuidar su petróleo, exponiendo su propio ejemplo. De su discurso, destaca la reivindicación de la acción del Estado:

"La importancia alcanzada por la repartición fiscal en el último período de trabajos, los beneficios comerciales y la perfección técnica y administrativa del Estado sostienen los enemigos de toda actividad oficial en los dominios de la industria." (Mosconi, 1928: 67).

Mosconi distingue claramente "Estado" de "gobierno" y señala como otra de las claves del "modelo argentino", la "eliminación absoluta de toda influencia política en la gestión industrial y comercial de la organización" (Mosconi, 1928: 70). El tercer elemento sustantivo es el abierto anti-imperialismo. La conferencia que citamos, en el paraninfo de la Universidad de México, célebre por su repercusión en su momento y luego, con la construcción de Mosconi como héroe de la nacionalidad, es pródiga en epítetos hacia las dos compañías a las que el "general del petróleo" prodiga particular inquina, la Royal Dutch y la Standard Oil:

"Tanto el grupo europeo como la Standard Oil, el poderoso grupo norteamericano de funesta tradición ante la justicia de su país, son indeseables para toda nación que quiera fecundar en paz su trabajo creador. Por lo general, intentan perturbar y ejercer influencias sobre la labor legislativa o resisten y violan la aplicación de las leyes y reglamentos que tiene a su cargo el poder administrador. Con cierta aproximación, ambas organizaciones son equivalentes entre sí. Harto conocido es, y en poco se diferencia, el catecismo de penetración y de dominio, que ponen en práctica para realizar sus planes; pero es evidente, también, que la Standard Oil, con éste u otros nombres, es de ellas la organización que tiene una tradición perturbadora, en grado superlativo." (Mosconi, 1928: 72-73).

Mosconi va a proponer, inicialmente, una estructura empresaria mixta, donde el Estado se asocia a los privados, sobre todo nacionales y, mejor aún, industriales. Está enunciando una estrategia que se ha llamado muchas veces como de "capitalismo de Estado" o también "Estado empresario", distinto del estatismo peronista en dos sentidos: en primer lugar, el Estado se desarrolla junto con la empresa privada; en segundo lugar, el núcleo de la apuesta está dado por la mayor eficiencia del sector "fiscal". El estado peronista se transformará en un núcleo de empresas monopólicas estatales que, por lo general, subsidian al capital privado y actúan en forma desprovista de consideraciones económicas tales como la mencionada eficiencia. Por el contrario, para Mosconi la empresa estatal debe ser rentable y su mayor eficiencia mejora la del conjunto de la industria:

"Sin oposiciones ni cortapisas, podremos alcanzar efectivamente múltiples ventajas. Nos evitaremos las complicaciones y los quebrantos ocasionados por la ingerencia directa o indirecta de los intereses privados antinacionalistas en la explotación del petróleo; obtendremos ventajas económicas, por cuanto los beneficios de la explotación quedarán en el país y la producción de petróleo, consultando los intereses de la Nación, se llevará a cabo empleando una adecuada técnica de perforación y aplicando principios de conservación por un mejor empleo del combustible, un menor desperdicio y una regulación de la explotación que consulte las existencias disponibles y garantice al país, para su creciente desarrollo industrial, la ventaja que importa el empleo de combustible líquido. Desde el punto de vista social, se podrá atender más ampliamente el bienestar de los mineros y el pueblo consumidor podrá gozar de los beneficios que representa el combustible motor e iluminante a bajo precio." (Mosconi, 1928: 81-82).

Posteriormente, Mosconi cambiará su perspectiva acerca de la empresa mixta y se acercará a la que propone Yrigoyen, de monopolio estatal. Sin embargo, se manifestará contra las expropiaciones, prefiriendo la competencia con los privados y la expansión de la actividad fiscal (Mayo et al., 1983).

Como sea, el pensamiento militar de la época entrevé la existencia de peligros y límites al desarrollo económico nacional. Y si bien tal presciencia es una elaboración anclada en las condiciones y necesidades de la corporación militar, no deja de ser ilustrativa de un estado de ánimo que explicará buena parte de la imaginería del industrialismo peronista y de buena parte de la izquierda. Dicha imaginería parte del principio de que toda una época de desarrollo nacional, centrado en el mercado externo, debe dejar paso hacia un camino distinto, hacia adentro, hacia el mercado interno. Si el intercambio internacional era la llave maestra del desarrollo nacional, las tendencias autarquizantes aparecen ahora como la consecuencia lógica del fin de una etapa y el comienzo de otra. El "hacia dónde" señala, sin dudas, el interior más que el exterior. Sin ese pasaje, la Nación está en peligro. Como veremos ahora, ese pasaje estaba ya produciéndose de hecho y desde al menos principios del siglo XX. Volvamos, entonces, a la pregunta por el "con qué".

2. La búsqueda de una alternativa a la acumulación agraria

Más allá del "hacia dónde", es decir, si el centro de la acumulación capitalista debe ubicarse en las exportaciones o en el mercado interno, está el "con qué". No está dicho que ese cambio autarquizante que examinamos en la conciencia de una parte del aparato del Estado, la corporación militar, deba necesariamente dirigirse hacia la industrialización generalizada. Es decir, no está claro que la industria deba transformarse en el eje de la vida económica argentina. Hasta aquí, los militares que examinamos se limitan a lo que su oficio exige: materias primas esenciales, insumos imprescindibles, tutela estatal de tales bienes y no mucho más. Allí veíamos al mismísimo Perón titubear entre industrias "naturales" y "artificiales". Pero es el propio desarrollo de la economía agropecuaria la que va a mostrar, en sus límites, la necesidad de una "segunda rueda", primero; de una industrialización amplia, después. A este respecto, es interesante comparar dos momentos del desarrollo de las tendencias industrialistas, el de la crisis de 1866 y el de los años posteriores a la Primera Guerra Mundial.

Cada crisis importante deja a sus protagonistas en condición de reflexionar fuera de los carriles habituales y los impulsa a buscar soluciones en lo que antes eran territorios inexplorados o considerados impracticables. Un momento tal es el que examina José Carlos Chiaramonte en Nacionalismo y liberalismo económicos en Argentina,1860-1880 (Chiaramonte, 1971), prestando particular atención a la crisis de la lana que se desencadena en 1866 y que da pie al surgimiento de un movimiento "proteccionista". El proteccionismo resultante es, entonces, la primera reflexión estratégica acerca del modo de inserción del país en el mercado mundial. No nos interesa examinar la crisis, ligada a la caída de los precios y a la sobreabundancia de lana en el mercado mundial, sino a la respuesta que los productores y sus intelectuales esbozan en torno a ella. Como señala Chiaramonte,

> "Las tendencias proteccionistas, según hemos visto en la Introducción, están presentes en todos los momentos de nuestra historia. Distintos intereses (artesanales, agrícolas, manufactureros, ganaderos) actúan detrás de ellas según las circunstancias. En el caso que nos ocupa, el proteccionismo se caracteriza por dos hechos significativos: haber logrado una victoria parcial de la importancia de 1875 y ensamblarse en todo un programa de desarrollo industrial moderno, como el sostenido por el grupo dirigido por Vicente F. López. ¿Cuáles son las razones de esta singular fuerza del movimiento proteccionista de la década del 70? Entre otras, la de haber contado con un factor decisivo: la participación de los ganaderos dedicados al lanar en la provincia de Buenos Aires." (Chiaramonte, 1971: 70).

La desvalorización de la lana da como resultado un movimiento espontáneo de liquidación de stocks en beneficio de la exportación de sebo y grasa. Se trataba, como señala Chiaramonte, de "buscar formas no usuales de rescatar parte de lo invertido en la cría de ganado". Se calcula la matanza en unos 15 millones de animales, lo que da una medida de la gravedad de la situación. Y a problemas reales, soluciones imaginativas: la fundación de una fábrica de paños para la industrialización de la lana. Es decir, un inicio de industria textil, apoyado por un pioneer, Francisco Carulla, y la Sociedad Rural, que llama a la suscripción de acciones. En el mismo sentido, un diputado nacional, Montes de Oca, presenta un proyecto destinado a proteger la fabricación de tejidos. La fábrica contará, en su directorio, con la presencia de los miembros de la comisión directiva de la SRA, Martínez de Hoz y Olivera, quienes prohíjan proyectos proteccionistas de variado tipo en los Anales, entre ellos, uno destinado a la defensa de la industria del papel, "argumentando que la ruina de la producción pecuaria obliga a dedicarse a otras industrias" (Chiaramonte, 1971: 74). El impulso que provee a esta línea estratégica la percepción de los límites de la producción agropecuaria es claro, como se ve en la siguiente cita de Ezequiel Paz, miembro del grupo de Vicente López, en los Anales de la Sociedad Rural:

"Debemos, pues, fijar la vista en algo más serio y de porvenir más sólido. Las fábricas, la industria fabril, apoyándose en su nacimiento con el gran aumento de la población, con la corriente activa de la inmigración y con el estímulo que ofrecen nuestras instituciones a los capitales y hombres laboriosos del extranjero, son nuestra ancla de salvación. El pastoreo ha llegado a su límite." (Chiaramonte, 1971: 75).

Las quejas contra la política proteccionista yanqui, la organización de una Exposición Nacional de Córdoba, en 1869, estimulada por Sarmiento, la aparición de un grupo decididamente proteccionista e industrialista, son una consecuencia del desarrollo de la crisis y su agravación a partir de 1873. También, acota Chiaramonte, de la reacción proteccionista en la propia Europa. Es, en efecto, en el grupo de Vicente Fidel López (Carlos Pellegrini, Aristóbulo Del Valle, Lucio V. López, Aditardo Heredia) en el que se llega a una conciencia doctrinaria más profunda bajo las influencias de List y Hamilton. Véase el siguiente párrafo de Carlos Pellegrini:

"El librecambio es la última aspiración de la industria que sólo puede hallar en ella su pleno desarrollo, como la planta busca el aire libre para adquirir elevada talla y frondosa copa. Pero de que la planta necesite del aire libre para alcanzar su mayor crecimiento, no se deduce que no debamos abrigarla al nacer, porque lo que es un elemento de vida para el árbol crecido, puede ser un elemento de muerte para la planta que nace. Si el librecambio desarrolla la industria que ha adquirido cierto vigor, y le permite alcanzar todo el esplendor posible, el librecambio mata la industria naciente." (Chiaramonte, 1971: 129).

La conciencia de los límites del desarrollo agropecuario produce, entonces, un movimiento que se va a repetir varias veces en las décadas siguientes: la crisis lleva a la acción gremial, la acción gremial a la demanda política, la demanda política a la construcción ideológica.

No es necesario que avancemos en esta historia conocida. Queremos simplemente dejar testimonio de este movimiento, no sólo porque será retomado luego como "antecedente" en las luchas ideológicas posteriores, sino porque ilustra bien de lo que señalamos: es la conciencia de los límites lo que genera la demanda de renovación estratégica. Este precoz proceso se vio sobrepasado por la explosión de las fuerzas productivas que se sucede durante los años ochenta y, luego de la crisis de 1890, hasta por lo menos la Primera Guerra Mundial. La salida de la crisis provino de un despliegue de las potencias de la misma pampa. Evidentemente, la economía agroexportadora, ferrocarril mediante, tenía mucho por crecer todavía, en particular, de la mano de la agricultura y del frigorífico, motivo por el cual sonaba y resultaba mucho más rentable seguir invirtiendo en "el campo" antes que arriesgar capitales en otras ramas. Este es un dato importante para determinar el momento en que una idea que parece lógica se transforma en económica, es decir, en que lo que aparece como una forma de resolver una coyuntura se transforma en una estrategia. Ese momento adviene cuando la rentabilidad del sector desciende de modo profundo y sostenido frente a otros que aparecen mucho más prometedores. Si el proceso no se hace automáticamente, es decir, por la fuerza de la propia economía, y adquiere características similares al anterior, en términos de su dinámica, el pasaje es relativamente incruento e incluso progresivo. Si el camino se complica, aparece el debate estratégico porque la política deberá intervenir. Ese es el sentido del período que va de los años veinte a los cuarenta.

En efecto, si bien es cierto que junto con la economía agraria ha crecido una economía no agraria importante y que hay mucho pequeño (y no tan pequeño) capital que migra de un lado a otro (el caso de los talleres de reparación de maquinaria, por ejemplo), establecemos como hipótesis que los capitales de mayor tamaño lo hacen en la década de 1920. No nos referimos en este caso a los capitales que realizan integración vertical y se constituyen como grupos con un centro ligado a las finanzas, necesario para organizar el conjunto de las actividades de un conglomerado (caso Santamarina, por ejemplo, en Reguera, 2006). Nos referimos a capitales propios del sector agrario que separan parte de la plusvalía acumulada allí a los efectos de prolongar sus actividades en otras ramas. Señalamos dos casos: Bunge y Born, por un lado; Genoud, Benvenuto y Martelli, por otro. El de Bunge y Born, ya suficientemente estudiado, entre otros, por Schvarzer (Schvarzer, 1989), es claro. Invirtió, en los años veinte, en pinturas (Alba), en desmotadoras de algodón (Fabril) y textiles (Grafa), y en los treinta en la rama química (Compañía Química).

Mucho menos conocido, por tratarse de un capital mucho menor, pero también más interesante, por la misma razón, es el caso de Genoud,

Benvenuto y Martelli.[5] Estamos hablando de una cerealera menor, un capital de tamaño medio, de los que abundaban en la pampa. En general, se trataba de acopiadores de pueblo, presentes en las estaciones de ferrocarril, desde las que vehiculizaban la circulación del grano y desde la que se extendían a otros ramos asociados. Algunas alcanzaban tamaños más que respetables, se prolongaban por los puertos del litoral y tenían peso en ciudades grandes, como Rosario. Genoud, Benvenuto y Martelli (o Traverso, por dar otro ejemplo), eran grandes subcontratistas del sur de Santa Fe y Córdoba y colonizadores del norte bonaerense. Desde fines del siglo XIX, participaban del control del tráfico cerealero en la frontera entre Santa Fe y Buenos Aires (Arrecifes, Zárate Ramallo, Baradero, San Nicolás, Pergamino y San Pedro), ocupándose, además, de préstamos a chacareros y "servicio" de trilla. Muchas de las empresas a las que nos referimos, se quedan allí, en algo parecido a una integración vertical de actividades agrarias. Pero Genoud y sus socios avanzan con ramificaciones hacia el mundo industrial: en Baradero, asiento de la casa central, los exitosos inmigrantes edificaron una enorme fábrica de alcohol, una de varias de sus intervenciones fuera del agro. Martelli, relevante empresario por mérito propio, dirigió una fábrica de ácido carbónico y levadura en la capital del país, y formó parte del directorio de la UIA. Son empresas como estas las que "hablan" sobre el fin de una experiencia: el desarrollo mismo del capital los lleva fuera de un espacio que empieza a mostrarse angosto e inician un camino divergente. Primero, dentro del marco de una estrategia de desarrollo, la de la exportación agropecuaria. Luego, en creciente confrontación con ella, cuando se haga evidente que el campo ha dejado de ser el mejor negocio.

Estas experiencias, que vienen del ámbito central de acumulación de capital en Argentina, se encuentran con otras que llegan desde el mismo campo industrial. Hay varios casos emblemáticos, pero tal vez el más significativo sea el de Di Tella. Otra vez, no agregaremos nada a lo que ya Cochran y Reina (Cochran y Reina, 2016) desarrollan, pero sí remarcaremos algunos aspectos interesantes para lo que nos interesa. Di Tella parece ser el ejemplo más claro de una línea de desarrollo industrial, aquella que se caracteriza por la mediación en la acumulación de capital mundial. Por mediación queremos decir lo siguiente: la historia de los emprendimientos industriales en un país subdesarrollado puede partir de muchos puntos distintos, pero hay uno que es clave, el que aprovecha el conocimiento del mercado interno y detecta nichos en los que el capital internacional no puede o no quiere intervenir. Al mismo tiempo

---

[5]Hemos desarrollado este tema en Sartelli, 2022.

que tiene esa capacidad mercantil, el capitalista "mediador" carece de la potencia suficiente como para desarrollar la ciencia y la técnica para ocupar ese nicho. De allí que su instrumento clave sea la "licencia" para producir localmente. En esta estrategia, el capitalista en cuestión es apenas un "mediador" entre la necesidad local y el grado de desarrollo de las fuerzas productivas internacionales. Obviamente, entre sus "acervos", el capitalista mediador tiene en cartera sus conexiones políticas locales, que hacen posible garantizar el éxito de sus emprendimientos.

Di Tella comienza detectando una necesidad, pero apostando a la innovación. O si se quiere, a una mediación "tramposa". La municipalidad de la ciudad de Buenos Aires había emitido una ordenanza prohibiendo el amasado manual del pan. Di Tella calcula que la demanda, en todo el país, alcanzaría a 5.000 aparatos. Convence a un conocido para que desarrolle una mejora técnica en relación a las máquinas importadas y con ello funda su primer éxito comercial, "Allegrucci y Di Tella". Sobre esta base, se lanza a una nueva "mediación", esta vez formal. Firma un acuerdo de licencia con Wayne Pump Company, de EE.UU. para producir surtidores de nafta, aprovechando la expansión del parque automotor (luego vendría la separación de la licenciataria, reemplazando el modelo licenciado por uno de factura propia). Un acuerdo similar, con Shell, le permitía participar de la venta minorista de combustible, adquiriendo una posición ventajosa que se refuerza con una relación muy fructífera con un conocido nuestro, personaje clave de la rama en la que Di Tella va a hacer verdadera fortuna: Enrique Mosconi. El acuerdo con YPF va a resultar clave en la expansión de sus negocios, incluso en su pelea con su antiguo licenciador. Para lo que nos interesa, la historia de Di Tella y SIAM termina en la década del '30. Di Tella se va a beneficiar con la política de cambios que se inaugura en los '30, en especial, con la discriminación a EE.UU. Si bien tiene dificultades para importar, logra firmar un acuerdo de licencia con Kelvinator para dar un nuevo batacazo: las heladeras domésticas. Para apreciar el rol "mediador" de Di Tella entre espacios de acumulación de capital, veamos el detalle del acuerdo con la empresa americana:

"Según las condiciones principales del acuerdo puesto en vigor el 25 de marzo de 1937, SIAM compraría a Kelvinator todas las piezas de la heladera, con excepciones fijadas de común acuerdo; los precios serian iguales al costo en el momento de fabricación, más un 20%. SIAM pagaría a Kelvinator un 0,75% en concepto de regalía sobre toda la facturación de heladeras domésticas, pero no más de veinticinco mil pesos por año. Kelvinator concedería a SIAM un descuento del 3% sobre las compras superiores a cincuenta mil pesos en un año y ese descuento se aplicaría al pago de regalías. Además, Kelvinator suministraría planos y literatura de ventas, y en sus plantas industriales pemitiría a los empleados de SIAM la misma libertad que a los funcionarios de subsidiarias de Kelvinator. SIAM debía vender el 20% de las heladeras con el nombre de Kelvinator, o bien colocar en todas las heladeras el rótulo 'Sistema Kelvinator' u otras palabras que vincularan las marcas Kelvinator y SIAM." (Cochran y Reina, 2016: 80).

No resultará extraño ver a Di Tella defender, no teórica sino empíricamente (Di Tella no es un "empresario-intelectual" como Marcelo Diamant), la protección industrial, que, a la vista de las características de su empresa, consistía en un trato preferencial para actuar como licenciataria, es decir, como "mediadora" de la acumulación de capital entre espacios nacionales. La misma lógica es la que lo lleva a aprovechar la relativa debilidad del capital en países vecinos y, desde su base en Argentina, expandir su "mediación". Por esta razón es que Di Tella no se saldrá del marco conceptual en el que creció su empresa. Habiendo comprado una estancia, declara:

"Si bien la industria nacional puede hallar un camino para desarrollarse con rapidez bajo una política de protección, no debe perderse de visto el hecho de que la agricultura y la ganadería son las actividades básicas de este país y, por consiguiente, el equilibrio adecuado entre los tres factores sería ventajoso para la economía nacional." (Cochran y Reina, 2016: 116).

Por las diferentes vías que hemos visto, este desarrollo "hacia adentro" de hecho, está en la base de tendencias industrialistas que, a diferencia de la examinada más arriba, tendrán mayor fortuna y lograrán imponerse ya no coyuntural sino estructuralmente: si la reanudación de la expansión pampeana dejó sin aire a Vicente Fidel López y los suyos, el estrangulamiento de largo plazo en el que entran la agricultura y la ganadería del litoral argentino, obliga a pensar y actuar de un modo estratégico definitivamente opuesto.

No vamos a insistir mucho sobre este punto, ya suficientemente desarrollado en Rougier y Odisio (Rougier y Odisio, 2017). Sí vamos a tomar de allí un par de citas que refieren a la idea que aquí sostenemos: el desarrollo industrial no brota de la política económica (aunque ella tenga mucho que ver en su suerte), ni de un clima de ideas en tal sentido, sino de los límites mismos de la Argentina agro-exportadora. De los límites, en tanto campo de acción expandido para capitales fuera del agro mismo; de los límites, en tanto, como veremos más abajo, freno último a las posibilidades de expansión local bajo la forma de mercado-internismo. Dicho de otra manera, la propia economía argentina desarrolla la industrialización como proyección del desarrollo agrario y, al mismo tiempo, le pone un límite a ese desarrollo no agrario en el tamaño reducido del mercado interno y los problemas de escala correspondientes.

Será, no la nueva industria creada durante los años treinta, que llega recién sobre el final de la década, la que sustentará un renacimiento "industrialista" en una "opinión pública" masivamente liberal, sino la que ya había surgido durante los veinte, a pesar del desarme de buena parte de las posiciones conseguidas durante la Primera Guerra. Así, cuando todavía es temprano para que se expresen intereses nacidos después de la crisis, se expresaban los crecidos antes de la crisis, por boca de Luis Colombo, presidente de la UIA, en el acto en el Luna Park contra el Pacto Roca-Runciman:

"Queremos que cualquier concesión a los países amigos se reduzca estrictamente a materias primas que no producimos o artículos que no se elaboren en el país, sin que ello implique cerrar ilimitadamente las posibilidades de producirlos o fabricarlos. (...) Queremos que la salvedad que se hiciera en el protocolo firmado en Londres por el eminente ciudadano Vicepresidente de la Nación, doctor Roca, sea cumplida con toda fidelidad por los que han de concertar el acuerdo definitivo, en cuanto aquél estableció que la reducción de derechos aduaneros alcanzará hasta donde lo permitan las necesidades fiscales y el interés de las industrias nacionales. Y bien, señores, las industrias existentes sienten en estos momentos el peligro de concesiones aduaneras que las inutilizarían. No se conseguirá nada en el caso de confirmarse tal peligro, ninguna ventaja en los precios de nuestros ganados y cereales, y en cambio se habrá asestado un golpe de muerte a nuestras fábricas." (Cúneo, 1984).

Los que se están expresando aquí, a santo del Pacto Roca-Runciman, son los Genoud, los Traverso, los Di Tella, incluso los Bunge y Born. Es decir, todos aquellos que no arrancaron su vida industrial desde fuera de la industria, sí, pero también y, sobre todo, los que ya no encuentran en el agro un lugar privilegiado para la plusvalía producida allí y la vuelcan a la actividad no agraria. Una industria cuya competitividad es todavía razonable en tanto se despliega antes del proteccionismo de facto de los '30, pero como vimos en el caso de Di Tella, en buena medida adolece de independencia en relación a la burguesía norteamericana. Es este vínculo nuevo y contradictorio el que cuestiona la sociedad que se organizó en torno a la relación privilegiada con Inglaterra. Dicho de otro modo, cuestionaba no solo el "hacia dónde", el "con qué", sino también el "con quién". Lo relevante, para la historia que sigue es que esa separación de un matrimonio centenario, no sólo llevó su tiempo, sino que desairó al pretendiente bien dispuesto que se ofrecía como reemplazo. Veremos esta nueva situación desde el punto de vista del desairado.

3. Las dificultades iniciales de un matrimonio imposible

Un texto relativamente poco conocido, Migration of Industry to South America, de Dudley Phelps, editado en 1936 en EE.UU., nos servirá para la última parte de nuestro argumento[6]. La posición desde la que habla nos permitirá observar los problemas de la industria "argentina" desde los intereses norteamericanos. El eje del trabajo examina la instalación de subsidiarias americanas en América Latina, no lo que podríamos entender literalmente como "migración". El estudio cubre Argentina, Brasil, Uruguay y Chile a comienzos de los años treinta, abarcando 66 compañías en los cuatro países, 52 si se descuentan las repeticiones. De ellas, la mayoría, holgadamente, están en Argentina (31), después en Brasil (19), en Chile (11) y en Uruguay (5). Se reparten en cuatro actividades. 1. las relacionadas con las actividades primarias (extracción de petróleo); 2. el procesamiento de productos de origen agropecuario; 3. servicios públicos (electricidad); 4. manufacturas en general.

Las manufacturas en general se dividen, a su vez, entre las que producen el producto total en la filial (cemento), las que ensamblan el producto hecho en origen (totalmente, automotrices, parcialmente, ascensores), las ligadas a las ventas de equipos importados (máquinas de cosecha) y las empaquetadoras de productos importados a granel (farmacéuticas). Los arreglos entre las matrices y empresas locales (como vimos con Di Tella), también son una forma de "migración". Los acuerdos varían. Van desde la entrega de la licencia y las condiciones técnicas (fórmulas, planos, etc.) quedando el resto en manos de la subsidiaria, hasta la dirección estricta de todo el proceso productivo. Técnicos de Hinds, por ejemplo, viajaban una vez al año para supervisar directamente la producción de las cremas que se venderían todo el año. Durante unas semanas se hacía el trabajo más importante, la elaboración de la crema, luego solo quedaba su fragmentación y venta, a cargo de la licenciataria.

El proceso de instalación del capital norteamericano comienza a principios del siglo XX. United Shoe Machinery Corporation y Singer se hacen presentes hacia 1904-1906. Poco después, Swift y Frigoríficos La Plata. Pero, en realidad, se trata de un fenómeno que se acelera con la Primera Guerra Mundial y se acelera en la segunda mitad de la década de 1920. Es decir, el fenómeno no opera con la crisis de 1930 para "saltar" las vallas proteccionistas que produce la crisis, sino que es el

---

[6]Todas las citas de este texto son traducción propia.

resultado del desarrollo del propio mercado argentino. Esta idea se confirma cuando se examinan las causas de la migración.

Buena parte de la explicación de la migración industrial tiene que ver con lo que pasa en el país "migrante". Phelps señala que la guerra cambió la posición internacional de EE.UU. y, por lo tanto, sus relaciones con el mundo, no solo con América Latina. La guerra hizo a Europa abandonar sus mercados, al mismo tiempo que hizo crecer los precios de los productos que exportaban los países latinoamericanos, aumentando su capacidad de compra. Eso puso a la región en la mira yanqui por primera vez, incluso con una intensidad desmedida, después de muchas décadas de ignorancia absoluta. Obviamente, acota Phelps, la causa principal de la migración es un hecho sencillo: los mercados latinoamericanos ofrecen posibilidades ciertas de ganancias. Pero la investigación debe mostrar qué es lo que hace posibles esas ganancias, en particular, a partir de la Primera Guerra Mundial. Y el primer asunto relevante es la madurez de la industria americana. Es este desarrollo es el que la impulsa fuera, pero también, la que hace posible operar más allá del espacio americano. En buena medida, se trata simplemente de producir más en los propios EE.UU. y la radicación en el exterior de una filial empuja esa producción, como en el caso de los laboratorios o los automotores. En no pocos casos se transforma en una exportación de "intangibles", como técnicas industriales o habilidades dirigenciales.

También se trata de transformaciones en los países receptores, en particular, la escala de sus mercados internos, para albergar procesos productivos eficientes. Aquí Phelps toma nota del desarrollo de la población, aunque también destaca que aumenta su poder de compra por el aumento del valor total de las exportaciones. Incluso cuando al final de la década los precios caen, la producción aumenta, manteniendo el poder de compra de dichos mercados. Entre las transformaciones relevantes de los países receptores, se cuenta también una masa creciente de mano de obra calificada local.

Más allá de los elementos mencionados, más del orden de lo estructural, aparecen elementos e coyuntura. Y en particular, la mayor fuerza coyuntural detrás de la migración, anota Phelps, la que puede acelerar un proceso ya en marcha, es el nacionalismo agrario de los países centrales. Las políticas nacionalistas de los países centrales estimularon la industrialización de la periferia. Países como Francia, Italia y Alemania se volvieron autosuficientes en términos de alimentos, cancelando los intercambios con los países productores de materias primas alimenticias. El mismo efecto tuvo la tarifa de carne enfriada que impuso el Pacto de Otawa. Este proceso puso límite a las exportaciones de los países bajo estudio, lo que los llevó al default de su deuda (salvo Argentina). La implementación de tarifas proteccionistas locales y la devaluación, igual que el control de divisas y su consecuencia, los fondos congelados, otorgaron una ventaja ostensible a los productores locales, siempre que no tuvieran dificultades con las importaciones.

Algunas radicaciones tuvieron que ver con simples modificaciones en el mercado mundial de la rama en particular. Por ejemplo, cuando el mercado americano terminó por retener toda la carne producida en el país para el consumo interno, los frigoríficos se encontraron en un problema serio, a saber, cómo continuar con sus exportaciones a Gran Bretaña. La respuesta fue moverse hacia el país que dominaba ahora el sector, Argentina. En otros casos, como la química y el petróleo, la decisión de migrar obedeció al hecho que la materia prima estaba en el mercado receptor. La magnitud del mercado, que permite economías de escala y hacen viables grandes inversiones, es otro elemento de peso a considerar. Pero las tarifas proteccionistas generan un estímulo mayor y torna a las filiales en defensoras del mercado interno: "Cuando una empresa ha establecido una sucursal, tiene argumentos a favor de tarifas más altas en caso de que sean necesarias para eliminar la competencia externa" (Phelps, 1936: 64). Es que, como señala el autor, sin continuidad en el tiempo de las condiciones que decidieron la migración, la inversión puede resultar en fracaso. Otras cuestiones, como el transporte, la disponibilidad de divisas (lo que supone ciertos contactos con el gobierno), la adaptación del producto a la necesidad local (como el packaging) y el control de la distribución, son razones importantes para migrar.

Un dato vital, para decidir radicaciones, es la calidad de la fuerza de trabajo, que, desde un punto de vista que bordea el racismo, se expresa como una función directa de la presencia de población del norte europeo e inversa de la nativa. Digo que bordea el racismo porque Phelps utiliza la palabra "raza" pero en el sentido de "nacionalidad", suponiendo que determinadas naciones aportan diversas cualidades de fuerza de trabajo, como consecuencia de su propia historia productiva. La Argentina tendría, en ese punto, junto con Uruguay, ventajas indudables, pero hasta cierto punto contrapesado por una tendencia a la belicosidad de su mano de obra, inexistente en los otros países. Un obstáculo de igual peso que el anterior es lo que hoy llamaríamos "seguridad jurídica". El examen del tratamiento del caso Goodyear es ilustrativo al respecto, lo mismo en relación al conflicto con la Standard Oil. Entrelíneas, se insinúa un trato discriminatorio contra el capital yanqui.

Con todo, y más interesante para lo que aquí examinamos, es otro asunto el que se lleva la palma a la hora de señalar dificultades para las empresas yanquis: los problemas técnico-operacionales. La carencia de industrias auxiliares es un asunto serio. La falta de repuestos, de una cadena de proveedores, se impone como un limitante técnico muy serio. Pero, sobre todo, hay un problema de escala, que no justifica la mecanización avanzada. Por eso las subsidiarias utilizan aquí, para fabricar el mismo producto, un componente tecnológico menor, descansando en un uso mayor de mano de obra. Se aprovecha aquí que este último componente es más barato que en el país de origen del capital, sí, pero esta ventaja revela un obstáculo insuperable. Comparando la producción de neumáticos, Phelps explica que el uso de la tecnología más moderna excede el tamaño del mercado:

"Sin un cierto volumen de demanda, no es rentable instalar equipos con alta capacidad productiva. Los ejemplos abundan. En la producción de neumáticos, la mezcla de la producción de goma se hace con una máquina llamada mezclador Banbury. Una de estas máquinas puede mezclar suficiente goma en ocho horas para tres y hasta cinco mil neumáticos. En una fábrica de Sudamérica, en la cual la producción diaria es menor a mil neumáticos, el uso de la Banbury no es posible, incluso aunque los materiales áticos, el uso de la Banbury no es posible, incluso aunque los materiales producidos se conservan en el tiempo, porque la inversión original requerida es demasiado elevada como para permitir un uso parcial o por debajo de su capacidad." (Phelps, 1936: 234).

El caso del proceso de fundición resulta otro ejemplo. En Argentina, ciertas operaciones demandan una hora y cuarenta minutos por tonelada, mientras en EE.UU. la misma operación requiere seis minutos. Con la demanda argentina, la inversión que multiplicaría la productividad no se justifica. Esta menor escala de la producción revierte en procesos de trabajo atrasados, con una menor división técnica: "un hombre realiza un número de operaciones en lugar de una sola". Esto significa que las empresas norteamericanas, más dotadas técnicamente, no mantienen esa ventaja en el lugar de radicación. Sin embargo, un examen de su crecimiento y sus ganancias, lleva a Phelps a señalar que las operaciones son, por lo general, muy redituables. La conclusión que podemos extraer de este estudio, sin embargo, resulta central para lo que nos interesa.

En efecto, las empresas norteamericanas no pueden desplegar todo su potencial, limitadas por los problemas de escala. Son, sin embargo, más eficientes que los procesos atrasados que dominan allí donde migran. Consecuentemente, hacen avanzar las fuerzas productivas locales, creando productos más baratos y ampliando el tamaño del mercado interno. Pero recordemos que muchas de ellas han sido atraídas por condiciones de acumulación creadas por la crisis de entreguerras, lo que significa que su productividad es inferior a la media mundial, inferior a la de sus casas matrices, pero aún superior a las locales a las que desplazan, o al nivel que podrían tener en ramas nuevas para la economía receptora si esta tuviera la escala adecuada. Esto quiere decir que estas empresas representan una modernización sui generis: elevan la productividad local, pero no lo suficiente para alcanzar la punta tecnológica. Necesariamente, entonces, no tendrán competitividad internacional. Hacen avanzar la división del trabajo local, elevan la posición del país en la economía mundial, pero consolidan su lugar secundario. Se trata de una industrialización "dependiente", no en el sentido de la teoría de la dependencia, sino en el de necesitar, para su existencia, de condiciones de competitividad artificiales, dicho de otro modo, de compensación de su atraso relativo. Mientras esa compensación exista, sobrevivirán y se desarrollarán, encontrando como límite la escala que permite el reducido mercado en el que operan. El origen de las retenciones agropecuarias está aquí.

Esta conclusión, que podemos extraer del trabajo de Phelps, no apunta a la idea según la cual el capital actúa como si estuviera dotado de conciencia y viniera a nuestro país a cumplir una "función" que pareciera encajar a la perfección con sus intereses globales. Tampoco se avanza demasiado con decir que es "la expresión local del proceso de acumulación mundial", como si ese proceso careciera de contradicciones y tuviera un desarrollo lineal gracias a cierta plasticidad y capacidad adaptativa infinitas. Es, en realidad, el resultado no esperado de transformaciones operadas en todos los niveles del desarrollo capitalista, mundial (y, por lo tanto, local). No es sino a través del choque de intereses de fracciones concretas del capital que se entiende el resultado final, es decir, la formación de una estructura de acumulación subdesarrollante. Desarrollaremos más este punto en las conclusiones. Alcanza con señalar aquí que el capital extranjero, el yanqui en particular, no es responsable de la creación de tal estructura, como quisieran los dependentistas, pero tampoco es parte de la solución, como deseaba el desarrollismo. Lo que es cierto es que el texto de Phelps muestra que el país se ha quedado sin socio, sin una respuesta clara al "con quién". El fracaso a la hora de encontrar una nueva sociedad fructífera, que desembocará en un matrimonio infeliz, en una relación de amor-odio con los EE.UU., marcará la historia posterior a la década que estudiamos hasta el día de hoy, tal cual se refleja en los acalorados debates en torno a la "dolarización".

Resumiendo, la migración de capital hacia el mercado interno no es simplemente el resultado de las políticas inauguradas en 1930. Se encuentran dos procesos económicos mundiales (con esto queremos decir, independientes de lo que sucede en Argentina) y dos nacionales. En los dos casos, se trata de procesos de diferente magnitud o, si se quiere seguir la terminología inaugurada por Fernand Braudel, de diferente temporalidad. En el largo plazo, lo que Phelps llama "madurez de la economía americana" es el proceso, único hasta ahora en la historia capitalista, de cambio en el liderazgo de la economía mundial y, por lo tanto, de una nueva división internacional del trabajo: de Inglaterra a EE.UU. En el mediano plazo, la crisis mundial que se inicia en torno a la Primera Guerra y que tiene como expresión, la quiebra del mercado mundial, la formación de bloques económicos y el fin del patrón oro. Los procesos nacionales son también, como dijimos, de diferente temporalidad. En el largo plazo, el fin de una etapa de crecimiento dominada por la producción agraria y, por ende, el agotamiento del crecimiento dinamizado por el sector exportador. En el mediano plazo, por el cierre del mercado interno producto de la crisis mundial, que se expresa aquí como caída de los precios de los bienes de exportación.[7]

Consecuentemente, el proceso de migración de capital, en este contexto, está lejos de producir el mismo resultado que el movimiento similar protagonizado por el capital inglés durante el siglo XIX. Mientras aquella transferencia masiva de capital, sobre todo en el área de transportes, dio lugar a una expansión sostenida y de largo plazo, esta, protagonizada por el capital norteamericano, será parte de la formación de eso que hemos denominado "pantano argentino". Lo que aquella sociedad tenía de positivo para la acumulación de capital local, lo tiene de negativo ese lazo nunca cerrado con el nuevo amo del universo capitalista.

Conclusión

Nos encontramos en el comienzo del otoño de la economía argentina. Si la primavera se había desplegado a lo largo las cuatro décadas posteriores a 1880, había llegado a su fin durante el primer gobierno radical. Un período tan fructífero que todo canto agorero sonaba a queja

[7]Nota al margen y como hipótesis: ese cierre se hubiera producido igual, con crisis mundial o no, como consecuencia de los límites físicos que, dada una tecnología, la producción agraria encuentra en la disponibilidad de tierras.

impaciente. No hay dudas que las dos décadas que abarca el período de entreguerras, aquello que podía ignorarse como detalle menor, ocupa ahora un lugar más que relevante. Ha cambiado el signo de los tiempos, el viento sopla en contra y hay que hamacarse.

En efecto, aquello que aparecía como vox clamantis in deserto, es, entreguerras, una preocupación mucho más extensa, que brota de muchas y diversas bocas, motivada por el propio desarrollo de la realidad. Militares que denuncian la fragilidad de la nación y los peligros de la vida social que amenazan su continuidad. Empresarios que buscan otros ámbitos de acumulación y una revisión de los dogmas ideológicos que alumbraron el camino hasta allí, frente a la creciente parálisis del viejo motor de la economía nacional. Extranjeros que ya no ven grandes espacios vacíos abiertos a la inversión, sino más bien terrenos pantanosos en los que pueden naufragar las empresas más exitosas. Todos ellos parecen decir lo mismo: es necesario el despliegue asistido de la industria nacional. Los militares, porque la nación en armas así lo exige; los industriales, porque encuentran en los obstáculos a la acumulación que erige la crisis mundial, una evidente desmentida del credo liberal; los capitales extranjeros, porque ellos entran a jugar en el mismo terreno, con las mismas necesidades que sus contrapartes locales.

Más específicamente, lo que aparecía como la crítica del defecto, es decir, de lo que faltaba o podía generar problemas en el futuro, es, en las dos décadas posteriores a la Primera Guerra Mundial, la expresión de una crisis más importante, si se quiere, que la que azota al mundo. Es una crisis que afecta definiciones básicas: "hacia dónde", "con qué" y "con quién". Al comienzo señalábamos que nos interesaba responder a las razones por las cuales nuestro país no resultó como lo imaginaban ni los agoreros de la primavera ni los realistas del otoño. Para citarnos a nosotros mismos: "¿por qué el futuro de nuestro pasado no es una nación industrial de algún tipo, con algún vínculo dinámico con la producción agropecuaria y resultó en una 'no vía' de desarrollo o, si se quiere, una vía de 'no desarrollo'?"

Una primera respuesta, superficial si se quiere, pero orientativa, se deduce de lo que hemos visto: esas definiciones básicas en duda nunca fueron reemplazadas por certezas prácticas. La Argentina se encerró en un mercado interno ("hacia dónde") sin escala suficiente para desplegar una industria importante ("con qué") y sin un nicho mundial en el que insertarse favorablemente ("con quién"). Tarde o temprano tal resultado no podía sino terminar en el estancamiento, en el pantano argentino en el que estamos metidos hasta el día de hoy. Superar el mercado interno, desarrollar una industria competitiva y encontrar un lugar en el mercado mundial, siguen siendo tareas inconclusas.

Bibliografía

AAVV (1964). *Ejército y revolución industrial.* Jorge Álvarez.

Chiaramonte, J. C. (1971). *Nacionalismo y liberalismo económicos en Argentina, 1860-1880.* Solar/Hachette.

Cochran, C. y Reina, R. (2016). *Torcuato Di Tella y SIAM.* Motorlibros.

Cúneo, D. (1984): *Comportamiento y crisis de la clase empresaria.* CEAL.

Halperín Donghi, T. (1985). "Canción de otoño en primavera: previsiones sobre la crisis de la agricultura cerealera argentina (1894-1930)". *Desarrollo Económico,* núm. 95, pp. 367-386. IDES.

Larra, R. (1957). *Mosconi, general del petróleo.* Futuro.

Larra, R. (1980). *Savio, el argentino que forjó el acero.* Ánfora.

Larra, R. (1981). *El general Baldrich y la defensa del petróleo argentino.* Mariano Moreno.

Llach, J. J. (1985). *La Argentina que no fue.* IDES.

Marx, C. (1971). *El 18 Brumario de Luis Bonaparte.* Ariel (obra original publicada en 1852).

Mayo, A et al (1983). *La diplomacia del petróleo (1916-1930).* CEAL.

Mosconi, E. (1928). "La defensa y el nacionalismo petrolero". AAVV, *Ejército y revolución industrial,* pp. 47-82. Jorge Álvarez.

Perón, J. D. (1944). "La guerra y la revolución industrial". AAVV, *Ejército y revolución industrial,* pp. 83-112. Jorge Álvarez.

Phelps, D. (1936). *Migration of industry to South America.* McGraw Hill.

Reguera, A. (2006). *Patrón de estancias. Ramón Santamarina: una biografía de fortuna y poder en la pampa.* EUDEBA.

Rougier M. y Odisio, J. (2017). *"Argentina será industrial o no cumplirá sus destinos". Las ideas sobre desarrollo nacional (1914-1980).* Imago Mundi.

Sartelli, E. (2022). *La sal de la tierra.* Ediciones ryr.

Sartelli, E. (2006). "Sobre la necesidad del parricidio. A propósito de Julio Argentino Roca y la construcción de la nación argentina". Bayer, O., *Historia de la crueldad argentina: Julio Argentino Roca,* pp. 110-125. Centro Cultural de la Cooperación.

Schvarzer, J. (1989). *Bunge&Born. Crecimiento y diversificación de un grupo económico.* CISEA/Grupo Editor Latinoamericano.

Vicat, L. (1925). "El desarrollo industrial como empresa militar". AAVV, *Ejército y revolución industrial,* pp. 25-45. Jorge Álvarez.

Bibliografia

Capítulo II

El primer "Plan Pinedo"

Presiones estructurales, fuerzas sociales y política económica

Eduardo Sartelli

Los hombres hacen su propia historia, pero no la hacen
arbitrariamente, bajo circunstancias elegidas
por ellos mismos, sino bajo circunstancias
directamente dadas y heredadas del pasado.

Carlos Marx, 1852

La economía y la política económica argentina de la década de 1930 ha sido objeto de fuerte y sostenido debate. No nos ocuparemos del análisis específico de la economía del período, aunque será el telón de fondo de este texto. Nos concentraremos en la política económica: ¿se inaugura una nueva política económica como resultado de la intervención de personajes singulares, capaces de hacer época en el pensamiento económico, se trata de "respuestas tempranas" (y espontáneas) a la crisis, como sostuvo en su momento Díaz Alejandro (Díaz Alejandro, 1975) o, más bien, es la propia crisis la que construye las políticas económicas y resulta la partera de la reflexión posterior sobre la experiencia?

Hay varias cuestiones atadas a la pregunta anterior. Por ejemplo, si todo el aparataje institucional construido en la primera mitad de la década tiene por función abrir un nuevo curso a la economía o en realidad, simplemente reforzar el camino anterior, es decir, el bilateralismo argentino-británico. Otro eje de análisis pasa por las intersecciones específicamente políticas de la política económica: ¿quién es el padre de la criatura, Pinedo o Prebisch? Problemas de difícil respuesta si no se exponen primero las novedades económicas que trae la crisis y que somete a los actores sociales a presiones nunca vistas. Presiones que los obligan a defender intereses, afirmando el statu quo, sí, pero afirmación que al mismo tiempo lo niega y produce nuevas realidades. Y esas nuevas realidades, al afirmarse, crean un nuevo terreno para la disputa social y, por ende, para las políticas económicas.

Adelantando conclusiones, diremos que la crisis porta problemas originales que, al ser enfrentados con ideas e instrumentos tradicionales en concordancia con intereses tradicionales, produce una realidad nueva que, inesperadamente, desarrolla ideas e instrumentos originales, que expresan una nueva resultante de fuerzas. La reflexión posterior, la "teoría", pone nombre a estas ideas y reconstruye la historia pasada de las acciones de los hacedores de políticas, dotándolas de una coherencia que no tuvieron ni podían tener. Dicho de otro modo, la teoría reifica el proceso y coagula soluciones, eliminando el poder pedagógico de la crisis, colocando ex ante lo que es ex post y borrando la huella de los intereses que provocaron las acciones. Al mismo tiempo, ofrece al futuro "soluciones" para los problemas de la nueva realidad, soluciones ancladas en la reconstrucción coherente de un proceso que careció de coherencia o cuya coherencia hay que buscarla más allá de las ideas, en el choque de intereses contradictorios. Esas "soluciones" simplemente expresan, a un nuevo nivel, la conciencia que los actores post-crisis tienen de lo que ahora son sus renovados intereses. Es decir, la crisis es el fin de lo viejo, pero también el parto de la forma en que deben enfrentarse los problemas que surgen de lo nuevo. Examinando estas cuestiones, creemos que es posible hipotetizar que, al terminar la década bajo examen, quedan delineados tres carriles por los que transitarán sendas opciones de política económica futura, que conformarán un sistema ideológico de tres polos de diferente influencia: el liberalismo, el cepalismo y el "bungismo".

En efecto, como veremos a continuación, además de innovaciones institucionales muy notables, la década inaugura algunos fenómenos que serán relevantes a la hora de determinar la evolución de la economía argentina, en especial, la relación perversa entre agro e industria y, por ende, los intereses de las nuevas fuerzas sociales que se van a enfrentar, tanto en el plano político y social, como en el "teórico". Las tres corrientes van a reconocer esa realidad perversa y van a imaginar soluciones. Cada solución tendrá variantes y modificaciones a lo largo del tiempo, pero se concentrarán en el desarme de las "industrias artificiales" (liberalismo), su potenciación mediante transformaciones estructurales (cepalismo) y la primacía del proteccionismo del mercado interno ("bungismo"). Esta última orientación tuvo un escaso desarrollo teórico (de hecho, asimilada de alguna manera por la segunda, tal cual lo examinaremos en el capítulo siguiente), aunque será la dominante en la práctica. Dejaremos, entonces, a Bunge y sus propuestas para más adelante y nos detendremos aquí en quienes van a corporizar ambas las alternativas teóricamente dominantes, Federico Pinedo y Raúl Prebisch.

1. Dos tipos audaces: Pinedo y Prebisch

Repasemos primero, sin pretensiones de exhaustividad, el rol que se asigna, en el proceso histórico que vamos a examinar, a los personajes de nuestro drama.[1] La confrontación entre ambos constituye una de las grandes paradojas de la historia argentina: maridados por la historia común, socios durante mucho tiempo, imbricados en los mismos problemas, Federico Pinedo y Raúl Prebisch van a tomar, al terminar la década de 1930, caminos divergentes. El primero culminará su trayectoria siendo el epítome del liberalismo más rancio; el otro, el creador de una perspectiva opuesta, al menos dentro del campo del pensamiento burgués, el cepalismo. Uno se empeñará en defender las virtudes del libre mercado; el otro, en desentrañar sus fallas. No menos paradójico resultará que muchos criticarán a Pinedo por traidor al liberalismo, mientras otros ubicarán a Prebisch en el terreno del "entreguismo" liberal. No faltará quien los ubique juntos, en el mismo espacio del "coloniaje". Veamos.

1.1. Pinedo

En un texto escrito cuatro décadas después de su primer protagónico, un actor sorprendente de la economía argentina, Federico Pinedo, reescribe el guion del papel que le cupo en la obra original, una en la que todo lo conocido hasta entonces en materia de manejo monetario se les aparece a tirios y troyanos como un trastorno radical (Pinedo, 1961). Transformado ya en un ícono del liberalismo conservador, Pinedo, que arrancó su vida como ávido lector de Marx y miembro conspicuo del partido de Juan B. Justo, intenta colocar su acción pasada en el marco de sus concepciones presentes. El liberal que ahora es (o que siempre fue, según se lo mire), necesita demostrar que siempre lo ha sido. Flota en el aire una acusación implícita: la "dictadura" del "régimen totalitario y

[1]Una evaluación, desde una perspectiva que aquí no nos interesa, puede verse en Blanco y Barboza, 2021.

planificador", tal su definición del peronismo, en última instancia puede mostrar un precedente en sus innovaciones institucionales, esas mismas que le otorgan un lugar más que relevante en la historia de las políticas económicas argentinas, sí, pero también en la de los organismos que han resultado cruciales en su devenir, como el Banco Central.

El relato comienza reseñando la novedad de la crisis y sus consecuencias en términos de las creencias económicas:

> "La crisis del año 30 fue un acontecimiento mundial de trascendencia histórica. La sacudida fue tan fuerte que la generalidad de los gobiernos se creyeron obligados a intervenir para morigerar sus efectos. Dejar que prosiguiera un proceso de liquidación que había adquirido inusitada violencia era –o parecía- imposible. Se descubrió o inventó una doctrina conforme a la cual en el mundo en que vivíamos la depresión tenía tendencia natural a perpetuarse, lo que obligaba –según esa concepción- a tomar medidas que rompieran la real o supuesta espiral descendente e hicieran posible el proceso de recuperación." (Pinedo, 1961: 110)

Pinedo supone, ahora, que esas medidas, cuyo nombre parece evitar, como si decir "keynesianismo" significara darle una importancia que no merece, demoraron la recuperación porque impidieron el proceso de saneamiento necesario. Como si fuera poco, además, los países que siguieron esas prácticas "exportaron la crisis" aislando sus economías, "lo que no solo dejó de ser eficaz cuando la práctica fue generalizada, sino que quitó significación internacional a la recuperación que se operaba en algunas partes". La Argentina,

> "...con su economía vinculada a la del mundo, tenía que ser de los países que más sufriera con esa dislocación del comercio y con la caída de los precios, de los cuales los más afectados fueron los de nuestras exportaciones habituales. En esa situación mundial era lógico que se desarticularan de manera especial sus finanzas nacionales, que se basaban entonces principalmente en los derechos de aduana." (Pinedo, 1961: 110-111).

La crisis es, para Pinedo, un fenómeno externo que obliga a la Argentina a acomodarse. Fiel a su liberalismo, en última instancia, "crisis" es una forma de decir "destrucción de la moneda". Hasta ese momento no se habían producido desmesuras monetarias, porque la estructura del sistema bancario lo impedía. No se podía emitir billetes y se obligaba a cada banco, aun al de la Nación, a contar "solo con los recursos que obtuviera de sus depositantes". No había Banco Central que ampliara la circulación a gusto o "para servir al gobierno". Gracias a eso se pudo volver a la convertibilidad del peso en 1927. En su perspectiva, el retorno de Yrigoyen inicia un descalabro financiero y cambiario.

No se entiende, entonces, si la crisis es un reflejo mundial o un producto local. Pinedo pareciera explicar que la segunda se superpone a la primera y, hasta cierto punto, encubre la magnitud real del problema:

"Si se considera lo que era allá por los años '32 a '34 la situación económica local y general, con los productos invendibles y los precios de todas las cosas, y principalmente los precios agrarios, a un nivel ínfimo, en este país y en todos los países; con los bancos en proceso de congelación progresiva; con un número enorme de desocupados; sin que hubiera la menor perspectiva de ayuda extranjera, porque estaban desorganizados todos los mercados (...) parece al autor evidente que las dificultades eran más hondas que el desequilibrio en las finanzas públicas, aunque ese desequilibrio tenía que ser corregido y lo fue." (Pinedo, 1961:113)

La virtud de Pinedo habría sido, entonces, la de percibir la existencia de un escenario muy diferente del acostumbrado. La política real del primer Pinedo, consecuentemente, iría en contra de lo que el último Pinedo preferiría. Su línea de justificación será, entonces, la presión de los hechos, por un lado; el carácter de excepcionalidad de las medidas, por otro. Veamos el caso de los "márgenes de cambios" (las "retenciones", diríamos hoy) y los precios sostén del trigo, que nos hará percibir ecos familiares:

"La diferencia entre el precio a que se compraban las divisas y el precio al que se vendían –el 'margen de cambio' como se le llamó- estaba destinada a costear las pérdidas posibles resultantes de comprar los granos a precio fijo y venderlos por lo que valieran. El alza internacional de los precios dejó libre para el Estado esa diferencia de cambio que, perpetuada –cuando ya no tenía razón de ser-, actuó como un pesado tributo a costa de los agrarios, que son los que producen lo que se exporta. El 'margen de cambios' es un antepasado de las 'retenciones' de parte del valor de las divisas de exportación, que todavía hoy subsisten." (Pinedo, 1961: 115-116).

Lo que comienza como una necesidad, evitar la destrucción del mercado de productos agrarios por la deflación internacional, termina constituyéndose en un instrumento fundamental de la política económica posterior. Lo mismo sucede con el Banco Central:

"Otra cosa que quedó de la época de la crisis del '30 fue el Banco Central, que se consideró necesario crear cuando no quedaban sino vestigios del antiguo sistema monetario basado en la Caja de Conversión. Cuando comenzó a crearse papel moneda por procedimientos que nada tenían en común con lo que presuponía el sistema de la Caja (...) lo lógico y natural era crear un organismo centralizado que se hiciera cargo de esas funciones, que entre otras corresponden a los bancos centrales normales. No fue una creación hecha caprichosamente para reemplazar el sistema de la Caja de Conversión, sino para ocupar en la organización monetaria del país una posición que había quedado vacante." (Pinedo, 1961: 116).

Pinedo va a devaluar el peso y eso le va a dejar un superávit con el que, mediante otro instrumento importante, salvará de su crisis al sistema bancario. Como expondremos más abajo, se trata de un verdadero rescate del capitalismo argentino, alejado de cualquier "ortodoxia", entendiendo por esto, la política desarrollada durante la vigencia del patrón-oro:

"Como consecuencia de la política seguida en la crisis del 30, en vez de quedar un tendal de víctimas clamando entre las ruinas del sistema bancario, como pasó en crisis anteriores, se salió de aquel cataclismo con el mínimum de conmoción posible y con el país en condiciones de desenvolverse en el mundo moderno. Salió con un sistema financiero sano y modernizado y que, en vez de contar con la aduana como principalísima fuente de ingresos fiscales, pudo esperar recursos de la contribución pagada en proporción de cada contribuyente. Salió sin que se hubiera producido el derrumbe de productores perfectamente capaces de sobrevivir y que estaban en imposibilidad de cumplir sus obligaciones; salió sin que perdieran sus depósitos muchos centenares de miles de personas que tenían sus haberes en bancos en dificultad; salió con la deuda pública servida como siempre lo fue, pero convertida a tipos bajos de interés, por procedimientos que dejaron intacto el crédito nacional, del que pudo hacerse uso poco después a corto y largo plazo. Salió con un sistema bancario saneado, encabezado por un instituto central organizado conforme a las reglas más ortodoxas, y que nacía con una salud y un poder envidiables, con muchísimo más oro que billetes y con casi tanto oro como billetes y depósitos sumados. Salió con una moneda que podía defenderse sin dificultad y a la cual estaban acomodados los precios. Salió con un mercado financiero y monetario en perfecto funcionamiento, donde no solamente el Estado, sino las empresas privadas, podían obtener los recursos que afluían a él provenientes de un cuantioso y creciente ahorro nacional." (Pinedo, 1961: 117).

Cuando se observa cuál fue la política que produjo tan encomiables resultados, la evaluación no deja bien parado al liberalismo, en tanto lo que se hizo fue exactamente lo contrario. Como dijimos, las críticas a Pinedo no provienen solo de los que lo consideraron predecesor del estatismo, sino también de quienes lo critican, otra paradoja, por abandono del liberalismo del socialismo clásico (Sanguinetti, 1981). En efecto, el socialismo de J. B. Justo consideraba toda cancelación de la conversión monetaria, toda violación del patrón oro, un ataque a los asalariados. Lo cual no deja de ser cierto, como ilustraba, en el debate parlamentario que siguió a la interrupción de la conversión en 1914. En dicho evento, los únicos que se opusieron fueron los legisladores socialistas.

En boca de su jefe, el socialismo se quejaba de la devaluación del peso frente a la libra y su consecuencia, el "agio", o lo que hoy denominaríamos inflación:

"Las consecuencias inmediatas de este agio son, para las transacciones, todas, encarecimiento de los artículos importados y también de los que se exportan, así como la depresión de los salarios reales y la agravación de la carestía es el alza del precio del azúcar, de la yerba, del café, de las telas, de todos los artículos de consumo general por sobre lo que ya están encarecidos..." (Citado en Panettieri, 1983: 96).

Dicho de otra manera, lo que ha abandonado Pinedo no es el liberalismo al que nunca perteneció, sino al socialismo juanbejustista, del cual era un conspicuo representante. Ciertamente, ese socialismo era liberal. Contra ellos, sus ex correligionarios, se defiende, en el pasado, Pinedo. Es recién en su mirada retrospectiva que Pinedo tiene que defenderse de los liberales no socialistas, es decir, lo que hoy consideramos "liberales a secas". Frente a unos y otros, Pinedo esgrime el argumento de la "necesidad". No en vano, un apologista liberal del Pinedo se esfuerza por encubrir los hechos con la misma excusa a la que apela su defendido:

"La economía funciona adecuadamente, asignando con eficiencia los recursos, innovando, abasteciendo con productos de calidad, con precios convenientes, creciendo en sistemas donde impera la libertad. El mercado, con la fijación libre de los precios por las leyes de la oferta y la demanda, es el mejor árbitro. En él juega la competencia y el consumidor tiene la última palabra. Donde el mercado es reemplazado por las decisiones de los funcionarios, las consecuencias son el estancamiento, disminución del nivel de vida. A la pérdida de las libertades económicas se suman, paulatinamente la pérdida de las libertades civiles y políticas..." (Azaretto, 1998: 94).[2]

Uno esperaría que después de semejante defensa de las virtudes de tal institución, se cuestionara seriamente a quien se negó a que el mercado las demostrara, rescatándose a sí mismo de la crisis. Sin embargo,

"Esto no es óbice para que, en determinadas circunstancias de crisis, el gobierno no utilice los mecanismos a su alcance que le permitan corregir distorsiones en el funcionamiento del mercado, por causas internas o externas. (...) Esta aclaración vale, pues algunos críticos de Pinedo han pretendido confundir a la opinión pública, sosteniendo que el perverso sistema estatista y socializante puesto en marcha después del golpe militar del 43, tuvo origen en las medidas y programas implementados por Pinedo. Un conjunto de medidas de excepción en un contexto excepcional

[2]En la misma línea, De Pablo (2022) y Díaz Alejandro, op. cit.

como el de la Gran Depresión, en defensa de los sectores más productivos, nada tiene que ver con el aberrante sistema puesto en marcha después..." (Ibid.)

Es curioso que se llame "distorsión" al colapso total de mercados y al cierre de fronteras. Es decir, que confunda una falla sistémica con una simple modificación temporaria de alguna variable particular. No solo no está interpretando correctamente lo que está sucediendo, sino que no puede tampoco justipreciar la magnitud de las creaciones institucionales que su encomiado personaje va a crear. Porque de lo que se trata no es de corregir "distorsiones" del mercado, sino de su reconstrucción completa, a través del reemplazo de sus ajustes automáticos por decisiones institucionales.

Hasta aquí, entonces, un liberal que, en el fondo, nunca ha dejado de serlo, se enfrenta a una coyuntura muy particular y reacciona de un modo no esperado, amparado en la excepcionalidad de los hechos. La historia posterior, aunque se asiente en muchas de sus innovaciones, constituyen, a su juicio, una perversión de su política. Dar marcha atrás con lo actuado (que examinaremos más abajo), es la solución a los problemas que se generaron no con una línea de intervención excepcional para tiempos excepcionales, sino con su perpetuación y profundización, estimulada por intereses espurios. Se olvida Pinedo que, como veremos luego, dichos intereses surgieron al amparo de sus "excepcionalidades".

1.2. ¿Y Prebisch?

Este actor tan versátil que resulta ser Federico Pinedo, de esos que, al estilo Dustin Hoffman, parecen capaces de representar cualquier papel, se inicia en la vida del funcionariado estatal seguido de cerca por un fantasma que lo acompañará toda su vida. No porque esté siempre detrás, como en segundo plano, como un auxilio necesario o un complemento imprescindible. No. Se trata más bien, como diría Michel Löwy, de una "afinidad electiva": provenientes de caminos distintos, confluyen durante un tiempo en la misma avenida. Son, por así decirlo, compañeros de ruta. Tan interesante como esa confluencia, es el que ese fantasma sacará, de la misma experiencia, las conclusiones contrarias. Y lo hace con tanto éxito que su nombre opaca todo recuerdo de aquel a cuya vera realizó una tarea cuyos resultados positivos serán objeto de disputa. Porque detrás de Pinedo y sus innovaciones político-institucionales, resuena un nombre, el de Raúl Prebisch, llamado a mayor fama y presencia internacional que la de su mentor. Al punto que se proyecta hacia el cono de sombra de los años treinta, en el que el creador del "cepalismo" era un personaje menor, como el verdadero ghost writer de aquel guión que Pinedo se empeñaba, como vimos, en reescribir retrospectivamente.

En efecto, la paternidad de las transformaciones que acabamos de ver ha sido objeto de discusión. Hay un cierto consenso en que Pinedo tiene un protagonismo indiscutido. Para algunos autores, es el dueño de la escena. Para otros, Raúl Prebisch es el verdadero genio detrás del político. No falta la opción que los coloca en el mismo plano, señalando la confluencia de una trayectoria política, la de Pinedo, y una burocrática, la del grupo de Prebisch (Louro de Ortiz, 1992). Pocos hacen mención de un personaje mucho más importante en la época que Pinedo y Prebisch: Antonio De Tomaso. Muy probablemente, ello se deba a su prematura muerte, anterior al ascenso de Pinedo al ministerio, pero el justipreciar su figura en esta historia escapa a los límites de este texto.[3]

Tucumano, rápidamente insertado en el mundo académico y en el ámbito de las decisiones estatales, Prebisch coqueteó con el Partido Socialista. Una anécdota, su primer encuentro con Augusto Bunge, pone de relieve no solo su vínculo con el partido, sino también su "ruptura":

> "El primer artículo que escribí fue en la Revista "La Hora" que dirigía el Dr. Augusto Bunge, que estaba en la extrema izquierda del Partido Socialista y a quien yo conocí porque el Secretario de él, Luis de Francesco, era compañero de la Facultad. Y un día me llevó a conocerlo y en la conversación me preguntó -o yo le traje el tema, no me acuerdo como fue- sobre la plataforma del Partido. Dije: yo voy a votar por el Partido a pesar de no estar de acuerdo con algunas de las tesis. "¿Cual?" Por ejemplo, la de que para combatir el alza del costo de vida hay que pagar salarios en oro. Esa era la obsesión del Dr. Justo, que creía en el libre cambio y en el patrón oro. Y le dije eso es una barbaridad porque el oro también se ha desvalorizado en el mundo. "Escríbame un artículo", me dijo el Dr. Bunge. Y le escribí el artículo. Fue el primero que escribí, seguramente con una gran pedantería, demostrando que el oro también se había desvalorizado. Y al Dr. Justo le causó tal indignación que llevó el asunto al Consejo Directivo del Partido. Le reprochó al Dr. Bunge publicar un artículo de un jovencito que no era afiliado al Partido. Justamente el mismo día en que yo había firmado mi solicitud para entrar al Partido Socialista. Volví a mi pensión tan impresionado por eso que rompí mi solicitud. El texto del artículo te revela cual era mi preocupación en ese momento: era la desvalorización del oro y la pérdida del poder adquisitivo también." (Mallorquín, 2006).

---

[3] Véanse Graciano (2013) y Santillán (2017). También, Sanguinetti (1991) y Halperín Donghi (2004).

Hay aquí una diferencia, entonces, con Pinedo: Prebisch no cree, desde muy temprano, en el patrón oro y el librecambio. Se podría decir también que Pinedo es el político y Prebisch el teórico. Si se sigue la carrera de ambos personajes, resulta claro que la de Prebisch está ligada al funcionariado estatal, mientras la de Pinedo al mundo de la política. Ciertamente, Prebisch no está solo y, como ha sido dicho ya, hay detrás suyo una serie de transformaciones importantes en el personal técnico producido por el Estado para gestionar su funcionamiento (Blanco y Barboza, 2021; González Bollo, 2014), pero también es cierto que demuestra, aun siendo muy joven, la pasta de líder que lo caracterizará mucho después. El futuro factótum de la CEPAL ha ido formando su grupo a lo largo de los años veinte, con nombres que luego van a tener proyección propia en más de un caso: Ernesto Malaccorto, Máximo Alemann, Guillermo Walter Klein, Edmundo Gagneaux, Héctor Liaudat y Alfredo Louro, entre otros. Con este equipo, va a participar de muchos momentos cruciales de la política económica argentina entre las dos guerras. Prebisch, por ejemplo, formó parte del equipo que firmó el pacto Roca-Runciman, paradojas de una trayectoria que lo va a llevar hacia el campo de los que harán de la crítica nacionalista a ese episodio su razón de ser. Como dijimos, comparte con Pinedo una trayectoria muy larga y siempre muy protagónica, lo que, tarde o temprano, termina construyendo un dibujo plagado de meandros antes que una línea recta. Pero lo que parece ser un hilo conductor es una idea central: la economía puede modelarse, siempre y cuando se entienda el funcionamiento real, que solo se logra con el estudio de la realidad inmediata.

Una intervención crucial a este respecto es su análisis del "ciclo argentino". El análisis del ciclo se impuso a un joven Prebisch en tanto investigador, pero sobre todo como funcionario del Estado. En 1921, antes de graduarse en la universidad, publica un primer texto relacionado con el tema, "Anotaciones sobre nuestro medio circulante", el que le presentara a Octavio Bunge, mencionado más arriba. Allí reseña la evolución monetaria a lo largo del siglo anterior a la Primera Guerra Mundial. Según Caldentey, Sunkel y Torres (2012), en un primer momento, Prebisch creía que el ciclo se originaba en factores externos, en especial, en las transferencias de capital que recibía la Argentina procedentes de Gran Bretaña y su impacto en una economía dependiente del ciclo agrario. El ciclo tenía una dinámica y consecuencias inevitables. En palabras de los autores:

"Coherente con esta visión, hasta no convencerse de que una autoridad monetaria central tenía las herramientas necesarias para atenuar las fases del ciclo, Prebisch pensaba que los intentos por impedir la fase contractiva del ciclo (y más específicamente, un colapso) solo podían tener efectos temporarios y que, en última instancia, resultaban inútiles en un proceso que era necesario para restaurar el equilibrio externo (una condición sine qua non para lograr el equilibrio interno). Además, al posponer lo que se considera un proceso natural, estas medidas a la larga se convierten en artificios que tienden a agravar las fuerzas correctivas necesarias. Según Prebisch, el punto de inflexión y factor desencadenante del colapso era el mismo en todos los ciclos considerados: una posición externa insostenible y, más precisamente, un déficit insostenible de la cuenta corriente. Esta posición es consecuencia de una combinación de tres factores o de la presencia de alguno de ellos: crecimiento de las importaciones, aumento de las obligaciones de servicio de la deuda y descenso de los flujos financieros." (Caldentey, Sunkel y Torres, 2012: 9).

A fines de los años veinte y comienzos de los treinta, Prebisch va a matizar esta idea hasta irse acercando a una perspectiva más madura. Si al comienzo no está en desacuerdo con las medidas ortodoxas de la época, es decir, de tipo pro-cíclicas, el abandono del patrón oro abría un escenario más flexible y permitía observar las posibilidades de una política anti-cíclica. Dicho de otra manera, de una política económica activa que no se limitara a aceptar la evolución "natural" del ciclo:

"En un inicio Prebisch pensaba que el banco central debía intervenir en el amortiguamiento de los efectos de los ciclos económicos, aunque creía ilusorio pensar que podía compensar los movimientos del ciclo. No obstante, la crisis de 1937 lo hizo cambiar de opinión. A partir de entonces el banco central fue evolucionando hasta convertirse en una institución menos ortodoxa, con un propósito más ambicioso que el simple amortiguamiento de las fases del ciclo económico para asegurar su ocurrencia ordenada y mantener la estabilidad de la moneda. Se tomó conciencia de que la institución tenía dos objetivos para los cuales la balanza de pagos era fundamental: la estabilidad de los precios y la estabilidad de la producción (estabilidad nominal y real)." (Caldentey, Sunkel y Torres, 2012: 11).

Nótese que Prebisch llega a esta conclusión (que se profundizará más adelante con el desarrollo del esquema centro-periferia y de la importancia de la relación de los términos de intercambio) cuando ya el grueso de la crisis ha sido superado. Dicho de otra manera, más que un presupuesto con el que se ataca la crisis, se trata de una enseñanza de la crisis, una enseñanza que deriva más que del razonamiento teórico, de la práctica real.

1.3. Ni Pinedo ni Prebisch

Defensores y detractores se han preocupado por ubicar a cada uno de nuestros héroes en la línea de intervención que más los favorece, casi siempre desde una perspectiva lejana a los hechos que se examinan. Si Pinedo es o no el padre de las transformaciones de los treinta, si lo es Prebisch, es todo un debate. Quienes se pelean por el titular de esos logros, indudablemente los valoran positivamente. No es para menos: está en juego quién sacó a la Argentina de la crisis y modeló la historia subsiguiente. Sin embargo, en torno a la relevancia de los actores a la hora de definir políticas (cuestión que le otorga lógica a la discusión sobre la "paternidad") hay dos cuestiones importantes. La primera, es si las políticas implementadas son producto de la originalidad teórica o de la necesidad práctica. La segunda, si constituyen un resultado coherente identificable teóricamente o, más bien, el producto de intereses inmediatos. Dicho de otro modo: ¿los actores moldearon las circunstancias o fueron moldeados por ellas? Veamos.

¿Originalidad o necesidad?

¿Eran Pinedo y Prebisch originales en su política? Opiniones divididas. En general, los apologistas enfatizan la originalidad de las respuestas a la crisis, tanto de uno como de otro lado (Azaretto, op. cit; Furtado, 1969). Algunos, como Arturo O'Connell, señalan antecedentes en la política económica inaugurada por Pinedo-Prebisch: el proyecto de Yrigoyen sobre impuesto a los réditos, por ejemplo, o el de Alvear sobre el Banco Central (O'Connell, 2001). No es el único en pensar de esa manera. Desde otra perspectiva, el problema no es la originalidad del ministro y su segundo, sino la imposición de la realidad, que va llevando, a través del laberinto, hacia una realidad completamente nueva.

Los mejores defensores de esta tesis, José Luis Machinea y Pablo Gerchunoff, (Gerchunoff y Machinea, 2001) sostienen que, entre 1929 y 1933, se fija una nueva estructura para el régimen cambiario-monetario, producto de ensayo y error, en una época en que no había claridad acerca de las novedades y de su persistencia en el tiempo. No es la expresión de una mente clarividente, sino la resultante final de un camino a tientas, lleno de contradicciones. Dada la situación, señalan, no hubo un plan sino un proceso decisorio que no sigue un curso recto, del patrón-oro a la moneda fiduciaria, sino avances y retrocesos llenos de contradicciones. Dos preceptos guiaban la acción: el patrón oro como principio indiscutible; toda desviación se consideraba una excepción a reparar. Al mismo tiempo, como suele suceder, los protagonistas no eran conscientes del carácter cualitativo de la coyuntura. Por el contrario, se creía que la recuperación "estaba a la vuelta de la esquina". Esta percepción producía contradicciones obvias, que se pueden enumerar: la instalación de la primera versión del control de cambios, con el susto, en octubre de 1931, de la devaluación de la libra, o la "sorprendente combinación de control de cambios y regreso al patrón oro", cuando la Argentina ató el peso al dólar y al franco francés, desde diciembre de 1931. Luego, cuando el dólar se desenganchó, el peso siguió anclado al franco.

Desde la perspectiva de los autores, la situación empeoró hasta 1933, pero todos los esfuerzos iban en el sentido de restaurar un estado de cosas que no tenía vuelta atrás. Sin embargo, en la práctica, las decisiones tomadas iban consolidando esa situación de no retorno, como las reacciones proteccionistas, las devaluaciones competitivas y la creciente tendencia al bilateralismo. Recién en 1933, por la fuerza de las cosas y cinco años después de iniciada la transformación, se abandona el patrón-oro, se devalúa, se establece un nuevo régimen de cambios con un sistema de cambios múltiples y se crea el BCRA para la emisión de la moneda fiduciaria.

¿Una política keynesiana y pro-industrial?

Otro debate sobre las consecuencias de la política económica del período atañe a la naturaleza de la política aplicada y sus consecuencias: ¿estamos frente a una política afiliable al keynesianismo y deliberadamente pro-industrial? A diferencia de O'Connell, que ha señalado que el crecimiento industrial es relativamente pobre en la primera mitad de los años treinta, Gerchunoff y Llach sostienen que la industria crece sustantivamente y lo hace gracias al derrumbe del comercio exterior: en 1939 el sector industrial es un 35% mayor que en 1930. Un proceso paralelo a la caída de las exportaciones: en 1928, 1.018 millones de U$S, en 1938, 438. El control de cambios ayudó, al perjudicar sobre todo a los productos yanquis, lo que, como se verá, llevó a las empresas americanas a instalarse localmente. No estuvo ausente la exportación industrial, aclaran, pero de una forma muy limitada. Ciertamente, aunque no tenga mucho para mostrar, se hizo política pro-exportadora con un tipo de cambio mayor al de los productos agrarios y se construyeron instituciones a tal fin, como la Corporación para la Promoción del Intercambio, de 1941, ya en tiempos del "segundo" Plan Pinedo. Ese proceso de desarrollo no estuvo exento de problemas, como la incapacidad de importar bienes de capital, que perjudicó la modernización industrial, pero en conjunto, no podría decirse que se trata de un "gobierno de las vacas", tal cual reza el título de un conocido libro sobre el período (Drosdoff, 1972).

En ese clima de ideas, la opinión se dividía entre los críticos de la industrialización forzada (radicales y socialistas, sobre todo) y los que la aceptaban como una "rueda auxiliar" del agro (Pinedo), pero no había, ni dentro ni fuera del gobierno ni industrialismo ni keynesianismo, sino más bien un cierto pragmatismo. En especial, se nota en relación al gasto público. Si bien a partir de 1930 se siguieron políticas contractivas, la tendencia cambió hacia 1935 con un vasto plan de obras públicas, en particular, caminos. Llach y Gerchunoff lo caracterizan como un "keynesianismo pasivo" y, aun en la etapa más expansiva, creen que siempre se priorizó la prudencia.

En conclusión, aquello que se atribuye a los actores políticos y a los responsables de la política económica es más el resultado de una práctica de la que ellos se nutren y aprenden, movidos por la necesidad, que la consecuencia de una reflexión teórica ex ante. Si los grupos dirigentes de los años treinta y, en particular, los hacedores de políticas económicas pueden reclamar algún tipo de paternidad, sin dudas se trata de un premio a una praxis a tientas, semi-consciente. La claridad y la coherencia serán un producto retrospectivo de una reflexión sobre lo hecho más que sobre lo pensado.

2. ¿Qué pasó en los años treinta?

Esta conclusión se afianza cuando se observa, por un lado, la potencia de los hechos que motivan las acciones que examinamos, una potencia que deja poco margen a la acción y elimina todo prurito ideológico que pudiera obstaculizar acciones alejadas de alguna ortodoxia sagrada. Veamos primero los problemas que plantea la realidad y luego la política que resulta de las fuerzas sociales que pugnan por sus intereses. Es decir, veamos primero qué presiones se ciernen sobre la economía argentina, a quiénes afectan y cómo. Luego veremos cómo las políticas económicas aparecen en las resultantes de ese juego de fuerzas.

2.1. *Los nuevos problemas*

Pongamos primero el telón de fondo de esta historia, es decir, una breve descripción de las novedades económicas de la década. Adoptaremos una metodología particular, que remedará, de alguna manera, a Fernand Braudel. Trataremos de colocar la década en un acercamiento de temporalidades de longitud decreciente. Empecemos por la "larga duración".

El espacio geográfico social que luego irá a llamarse Argentina nació a la independencia como parte de un proceso de muy largo plazo, la expansión del capitalismo bajo la hegemonía de Inglaterra y el soporte material de la revolución industrial. La hegemonía inglesa organizó una división internacional del trabajo en la cual la Argentina encajaba a la perfección, en un esquema de complementación que implicaba una posición privilegiada. Durante las primeras décadas del siglo XX, ese ordenado mundo iba a cambiar radicalmente con la aparición de una nueva hegemonía y una nueva división del trabajo en torno a los EE.UU. En ese nuevo mundo que se inicia, y que en la Argentina asume la forma de "triángulo" (Fodor y O'Connell, 1973), la complementación perfecta ya no existe. EE.UU. produce lo que puede vendernos y lo que no necesita comprarnos. La inversión de capital norteamericano y un excedente convertible permanente con Inglaterra es la única forma de sostener el inestable equilibrio de una relación que se agota. La situación estallará con Perón. La década que nos interesa es el canto del cisne de esa relación fundadora de la nación, el punto final de un "tiempo largo" de 150 años. Ese canto será el bilateralismo forzado que se expresará con más fuerza y nitidez en el Pacto Roca-Runciman y que guiará la economía argentina a lo largo de los diez años siguientes. La década de 1930 es, entonces, testigo de un momento de transición en el mercado mundial, que se caracteriza por su fractura y la forzada inclusión de la Argentina en uno de sus fragmentos y no, precisamente, en el que tenía mayores perspectivas de futuro. Eso lo sabemos hoy, luego de ser testigos de la derrota de la potencia menguante (Inglaterra) y el ascenso de la emergente (EE.UU.). En la época no solo la situación no era tan clara, sino que los intereses establecidos a ambos lados de ese feliz matrimonio anglo-argentino no iban a resignarse tan fácilmente, incluso cuando, en las dos orillas, otros intereses propugnaran el divorcio. Por esa razón, la Argentina es, en esa década que alguien llamó "infame", un terreno de una batalla entre las grandes potencias.

En un mediano plazo, lo que enmarca nuestra década es la onda larga descendente de la economía mundial que se inicia a comienzos de la Primera Guerra Mundial y recién se supera después de la Segunda. Es decir, este momento de pasaje está signado por la crisis. En la teoría de las ondas largas (Mandel, 1979), el ascenso de la tasa de ganancia, producto de una reestructuración exitosa de capital, se agota por su propio desarrollo, es decir, por el aumento de la composición orgánica del capital. Este aumento es, a su vez, consecuencia de la generalización de los logros tecnológicos que surgieron durante la fase de expansión. Esos logros reducen la plusvalía extraída a la misma masa de trabajadores, en tanto aumenta la productividad del trabajo, al mismo tiempo que elevan relativamente el peso del capital constante. Mientras esas ventajas tecnológicas se restringen a unos pocos competidores aventajados, el sistema crece impulsado por altas tasas de ganancia. Cuando las innovaciones se generalizan, la tasa de ganancia cae para el conjunto y el resultado es una crisis general. Esa crisis se manifiesta de muchos modos, pero de uno particularmente consistente con el origen del mal: la deflación. Un proceso agudo de caída de precios se comienza a manifestar ya a fines de la década de 1920. En el caso argentino, la deflación afecta particularmente a la agricultura, como lo veremos más abajo, pero dada su importancia en la economía nacional, sus efectos se proyectan al conjunto.

En el corto plazo, lo que domina el horizonte es la política económica dominante de proteccionismo generalizado, consecuencia de la quiebra del patrón oro y el inicio de una era (que sólo terminará en Bretton Woods) de devaluaciones competitivas. Si bien la Argentina no había adherido muy estrechamente al patrón oro más que a lo largo de algunos períodos (el régimen argentino se conoce como de "patrón oro intermitente"), finalmente, tras un breve período de esfuerzos por mantener la "disciplina", lo abandonó. El abandono del patrón oro dio lugar a un proceso de creación de moneda fiduciaria en forma tímida (el Empréstito patriótico), pero, sobre todo, a un nuevo régimen de tipos de cambio, al control de divisas y, por último, a la reconstrucción del sistema monetario completo a partir de la creación de un banco central y el saneamiento de los bancos. Era la consecuencia de la fragmentación del mercado mundial, que daba paso a la creación definitiva de una moneda nacional, es decir, no referida en su valor a un patrón internacional.

Estos tres movimientos de diferente magnitud, la creación de una nueva división internacional del trabajo y de una nueva hegemonía mundial, la apertura de una onda larga depresiva de la economía mundial y el abandono del patrón oro con la consecuente aparición de una moneda nacional, son el telón de fondo de la obra que veremos a continuación, en la que dos actores se disputan el papel protagónico. Veamos con más detenimiento el "tiempo corto".

La coyuntura

Esta idea de que la Argentina está atravesando un período muy peculiar ha recibido un análisis ya canónico en dos textos justamente clásicos (O'Connell, 1984 y Fodor y O'Connell, 1973). En el primero de ellos, Arturo O'Connell examina la experiencia de la "Argentina en la depresión", partiendo de la consigna según la cual los problemas nacionales se resumen en las vicisitudes de una "economía abierta". Una situación de ese tipo, en la que no hay ningún colchón a las variaciones del mercado mundial, expone al país a crisis recurrentes como consecuencia de esa exposición. Desde este punto de vista, la crisis de 1930 no significaría una novedad, sino más bien el resultado de una más de las tantas veces en que una "economía abierta" y altamente vulnerable a la inestabilidad de la economía mundial recibe un impacto externo. Sin embargo, la política económica en una economía abierta, por definición, carece de autonomía, quedando sometida, no solo a los vaivenes del mercado sino a los cambios de la estructura de poder a nivel global. La política de los años treinta, entonces, constituyó una respuesta a dos problemas, uno "tradicional" (la inestabilidad) y otro novedoso (el cambio de estructura mundial). La crisis, por lo tanto, no da paso a un ciclo más, sino a una etapa disruptiva de la política económica local, porque la estructura mundial cambia. El cambio endógeno es, entonces, una consecuencia no buscada del cambio exógeno. En sus palabras,

> "...la Depresión puede considerarse ... como un caso más, tal vez anormalmente grave, del ciclo económico argentino... pero ... aceleró el advenimiento de una nueva fase en la división internacional del trabajo y acarreó ... toda una etapa en la que las transacciones internacionales perdieron importancia." (O'Connell, 1984: 509).

En la matriz de pensamiento de Fodor y O'Connell, cercano a la CEPAL, los cambios en la estructura de la división del trabajo mundial y la forma de inserción de un país en ella resultan el elemento explicativo central para entender los procesos nacionales:

> "Por razones geográficas y económicas –a veces también por razones políticas– a cada país corresponde, en una época dada, un modelo particular de integración en la economía mundial. Este modelo está definido por el patrón de su comercio

internacional de bienes y servicios y de sus transacciones en cuenta de capital." (Fodor y O'Connell, 1973: 20).

Así, la dinámica económica argentina, lo que se conoce como el "ciclo económico argentino", se explica por la peculiar inserción de la Argentina en la división internacional del trabajo organizada por Inglaterra. Veamos un poco las peculiaridades de ese ciclo, cuyo análisis fue una de las primeras intervenciones intelectuales de Raúl Prebisch. Como señala Celso Furtado (1969), el problema se ubica en el carácter monoproductor del país, que lo hacía muy vulnerable a la suerte de la producción agraria, que a su vez es sumamente sensible a factores incontrolables, como el clima. El alto peso de las exportaciones en el PBI (24%) y en la demanda final del sector rural pampeano (67%), contribuían a esa consecuencia. Cualquier modificación en la situación del sector agrario, sobre todo durante la vigencia del patrón oro, tenía consecuencias internas inmediatas. Así lo resume O'Connell:

"La creación primaria de dinero estaba regulada por el flujo de oro y de divisas extranjeras. Al no existir un Banco Central hasta 1935 (si bien el Banco de la Nación Argentina cumplía algunas funciones de éste), a menos que los bancos tuvieran una política deliberadamente compensatoria de uso de reservas en efectivo, los préstamos y la expansión secundaria del dinero quedaban rígidamente relacionados con los altibajos de la balanza de pagos." (O'Connell, 1984: 483-484).

Esa inestabilidad se reflejaba en las dificultades del sistema fiscal argentino, que dependía de las variaciones de la balanza comercial. Tres cuartas partes de los ingresos del gobierno se originaban en los aranceles de importación. Las importaciones representaban una fracción significativa del PBI y acusaban una elasticidad-ingreso muy alta: "la demanda de importaciones presentaba una respuesta retardada, desequilibradora, ya que se mantenía alta aun después que disminuyeran las exportaciones y la actividad interna". A eso se sumaba una carga fija anual que superaba el saldo de la balanza comercial: los pagos de la deuda. Para equilibrar el balance de pagos, se necesitaban nuevas entradas de capital cada año para evitar problemas. La consecuencia de esta dinámica es que "la política económica sólo gozaba de una muy limitada autonomía para atacar el ciclo económico argentino". (op. cit. 486) Este desequilibrio se agranda con la estructura triangular del comercio exterior, que surge en los años y cuyo examen es, precisamente, el núcleo de la intervención de Fodor y O'Connell: el agotamiento de la economía británica y el ascenso de los EE.UU. Dicho de otro modo, un ciclo "normal", adquiere peculiar agudeza porque se estructura en la crisis mundial, que a su vez coincide con el agotamiento de lo que podríamos llamar súper ciclo inglés. Dicho de otro modo, la crisis del 1930 es el punto en que se encuentran las tres temporalidades de las que hablamos. Ello explica la potencia de la transformación que va a producirse.

Una pequeña digresión es necesaria para sumar un elemento de análisis. Y tiene que ver con que este no es un ciclo más y no solo porque hay un cambio en la relación centro-periferia. Veamos con más detalle el momento puntual de la crisis. En diciembre de 1929 se suspende la convertibilidad, atento a la salida acelerada del oro:

"El crédito interno se iba expandiendo a pesar de la declinación de las reservas. A partir de junio de 1928 se hizo uso intensivo de las reservas bancarias, de modo que los préstamos aumentaron un 14,7% entre setiembre de 1928 y diciembre de 1929. A raíz de ello, en el mismo período, los porcentajes de encaje cayeron, en promedio, de 24,7 a 12,3. El origen de esta expansión puede encontrarse en la política activa de préstamos al gobierno y sobre todo a otros bancos, realizada por el Banco de la Nación Argentina. Por lo tanto, en 1929 aumenta el gasto y el PBI a pesar de la crisis en la balanza de pagos; sin embargo, datos menos globales ya muestran a las claras la caída de la actividad económica en la segunda mitad del año." (O'Connell, 1984: 488).

Sin embargo, la crisis había llegado antes a la Argentina que a Wall Street, con la caída de los precios de las exportaciones. Para O'Connell y Fodor no hay aquí un indicio de que la crisis no es un fenómeno externo, sino un proceso general del que la Argentina forma parte. Citando un análisis del mercado mundial de granos, O'Connell señala lo mismo que vamos a mostrar más abajo, a saber, que hay un excedente creciente en el mercado mundial de cereales. Del lado de la demanda, anota la lenta tasa de crecimiento de la población en el noroeste europeo, principal área de importación de cereales. La segunda, la reducción del consumo per cápita de trigo en favor de otros alimentos a medida que aumentan los ingresos. Del lado de la oferta el factor principal fue la recuperación de la producción europea a partir de 1925, sin reducción de los exportadores tradicionales que habían aumentado su producción por las necesidades de la guerra (vamos a ver que en este punto se equivoca). Este es el escenario que impulsa el proteccionismo. Dicho de otro modo, y en contra de la "externalidad" de la crisis, la inversión de capital en Argentina es parte del proceso mundial que lleva a la crisis. Con la propia dinámica del mercado particular en el que la Argentina tiene un rol protagónico, se llega al agotamiento del lugar reservado a nuestro país en la división internacional del trabajo. Es decir, que no es solo que la Argentina se transformará en una de las viudas del Imperio Británico, al decir de Halperín Donghi. Lo que ha sucedido es el fin de esa posibilidad misma de inserción en el mercado mundial a partir de la producción agraria. No es solo que la Argentina ya no puede ser socia privilegiada de Inglaterra porque ésta acaba de abandonar su papel como taller del mundo y eje de su propia división internacional del trabajo. Se trata de algo más profundo: la Argentina ya no puede sostenerse en la potencia de la pampa. Y ello por dos razones confluyentes, pero que tienen que ver ambas con el mismo angostamiento del mercado mundial de productos agropecuarios, como consecuencia del extensísimo y exitoso ciclo de inversión planetaria en la rama agraria que se desencadenó con la revolución del vapor y sus hijos dilectos, el barco a vapor y el ferrocarril: la superproducción mundial y el fin de la frontera productiva interna.

O'Connell no percibe que es este mismo proceso de inversión excesiva es la que lleva a la caída de los términos de intercambio. Su descripción lleva a esta conclusión: entre 1928 y 1932 los precios de exportación cayeron 64%, mientras que los de importación, 41%. Los términos de intercambio caen, consecuentemente, un 40%. La producción se mantuvo a pesar de la caída de precios, no como quiere cierto chayanovismo, por la racionalidad de los "campesinos", sino por las ventajas competitivas de la pampa, que le permiten mantenerse en el mercado a pesar del desplome de los precios. La consecuencia, como bien señala O'Donnell, es la caída del 10% del ingreso nacional en el PBI, resultado directo no de la caída de la actividad productiva, sino de la de los términos de intercambio. Repetimos: esta caída de los términos de intercambio es la consecuencia del exceso de inversión en el sector agrario, proceso del que Argentina forma parte. Esa es la razón por la cual la recuperación no tuvo que ver con el mercado interno, como correctamente señala O'Connell: el crecimiento industrial por caída de las importaciones no jugó un papel determinante en la recuperación económica. El principal mecanismo de la recuperación fue el impacto de la reversión de los términos de intercambio desde 1933-34. En 1937 ya habían vuelto a los de 1928, que eran los más altos en décadas, como consecuencia de sequías pronunciadas en Estados Unidos, Canadá y Australia, bonanza se acaba hacia 1938. Se trata, otra vez, de un efecto del mercado mundial de granos, una caída de precios por la recuperación productiva de los competidores, a lo que se añade la pérdida de la cosecha local. Signo de los tiempos, el gobierno tuvo que pedir crédito en dólares en EE.UU. como forma de hacer frente a la situación.

El triángulo maldito

Desde este último punto, podemos examinar de nuevo el análisis que Fodor y O'Connell desarrollan de la peculiar situación en la que queda la Argentina en este momento de transición del dominio capitalista mundial. Nos referimos al famoso "triángulo" comercial y financiero que atraviesa la economía atlántica y une a EE.UU., Argentina y Gran Bretaña. El triángulo se forma porque Inglaterra pierde el liderazgo industrial, pero permanece siendo el principal cliente de la Argentina para las exportaciones, pero no para las importaciones. Los EE.UU. se convierten en exportadores industriales dominantes a comienzos del siglo XX y esa posición no solo erosiona la posición inglesa sino todo el andamiaje armado en derredor de la potencia declinante. Como comprador, EE.UU. para la Argentina era nulo. Su desarrollo rompe el bilateralismo tradicional entre Argentina y Gran Bretaña, obligando a ambos gobiernos a acomodarse a la nueva situación en la década del veinte, reemplazándolo por esa relación triangular. A lo largo del triángulo las corrientes son unilaterales. Del ángulo argentino, los productos iban hacia GB y venían desde EEUU.[4] El lado inglés-yanqui también era desequilibrado: EEUU exportaba lo que GB necesitaba (agro) y lo que producía (industria). El triángulo, entonces, estaba muy desequilibrado. Este desequilibrio se mostraba de muchos modos en la Argentina, por el ejemplo, en el triángulo naviero, con el encarecimiento de fletes marítimos. Dado que esa actividad estaba en manos de compañías inglesas, sus ganancias compensaban el exceso importaciones desde la Argentina. El triángulo de las transacciones de capital veía a la Argentina como fuente de corrientes de intereses, beneficios y amortizaciones para Gran Bretaña, por el peso de la inversión de capital británico aquí.

Con todo lo interesante de este análisis, se pueden interponer dos críticas, una si se quiere menos interesante y que atañe a la evaluación que los autores hacen del Pacto Roca-Runciman, por un lado, y otra, más sustantiva, que resulta en una vuelta de tuerca al argumento que esbozamos más arriba. Vamos por la primera. Curiosamente, otorgándole a este esquema triangular tanto valor para entender la dinámica económica argentina, Fodor y O'Connell van a argumentar que era, básicamente, un asunto de ganaderos, los más dependientes del mercado inglés: apenas el 10% de las entradas de divisas se debían a la carne

---

[4]Brasil mantenía un triángulo similar, pero vendía productos de áreas tropicales a EE.UU. y le compraba a GB. De esa manera, su triángulo era compensado, porque proveía de dólares a GB.

enfriada, que dependía en un 99% de las compras británicas. Desde esta perspectiva, se valora muy negativamente el Pacto Roca-Runciman, en tanto se trataría de una concesión excesiva para complacer a los exportadores de carne enfriada. Se podría señalar que, si bien es cierto que los ingleses eran muy dependientes de la carne argentina (el 40% de su consumo de carne era en promedio de origen nacional), también lo es que el 54% de la carne congelada iba al mercado británico y, en conjunto, el 76% de todas las exportaciones de carne argentina tenían el mismo destino. No era solo un asunto de carne enfriada. Todo ello en una sociedad cuyo ciclo económico dependía de la exportación agropecuaria. Los autores suponen, además, que, pese a la creciente presión que los camiones ejercían sobre los ferrocarriles, y, por lo tanto, sobre la otra punta del negocio de la carne, los yanquis no contaban aquí con un grupo social significativo que empardara el lobby británico-ganadero. Si todo esto es cierto, entonces, parece evidente que no se trata solo de un asunto de frigoríficos y ganaderos, sino de un problema verdaderamente nacional. Es decir, que hay mucho más en juego que una cuota de carne.

Es por esto que otros autores, como Machinea y Guerchunoff, tienen una opinión diferente sobre el Tratado Roca-Runciman: la Argentina pidió y consiguió “en medida no desdeñable” un “trato menos discriminatorio en materia de carnes” y obtuvo, además, la emisión de un “préstamo de desbloqueo” en libras para hacer frente al pago de las deudas vencidas, derivadas de los errores del control de cambios de 1931. Además, se recibía un préstamo equivalente a los montos utilizados en el desbloqueo. Estos recursos se usaron para pagar deuda flotante y recomprar deuda pública.

Pero esto no es lo único que puede señalarse, ni siquiera lo más importante. Lo que no dicen Fodor y O’Connell ni la mayoría de los que han estudiado esta estructura triangular, es que su formación (y su continuidad bajo otras formas casi hasta el día de hoy) se debe, no solo al cambio producido en el centro del poder mundial, sino a la incapacidad de la economía argentina para generar otra figura geométrica que resulte en un nuevo equilibrio en su inserción internacional. Por eso, la primera respuesta es la instauración de un bilateralismo forzado.

Esta situación se hace todavía más compleja por el propio desarrollo industrial local. Señalan Fodor y O’Connell que en la Argentina sucede algo distinto de las economías mineras de exportación, en tanto su modo de integración específico le había permitido un desarrollo temprano de actividades locales ajenas a dicho modo, por ejemplo, una industria textil. Aparecen algunas fuerzas locales que entran en conflicto con la relación especial con Gran Bretaña, lo que llevó a un proteccionismo más estricto al final de la guerra. Como dijimos, esto venía a hacer más compleja la situación, en tanto además de una relación triangular, la Argentina poseía un cierto grado de desarrollo autónomo: "las políticas gubernamentales serán formuladas no sólo como resultante de las nuevas condiciones estructurales, sino, adicionalmente, como resultante del poder relativo de los grupos vinculados a cada modelo".

Retomando, entonces, nuestro argumento, el esquema centro-periferia cepalino que adoptan de alguna manera Fodor y O'Connell y tienen en mente casi todos los analistas, pasa por alto que la crisis en la que está inserta la Argentina, en esa triple temporalidad de la que hablamos, tiene un origen no solo en los cambios en la estructura del comercio mundial sino también en su propio desarrollo. Se trata, entonces, del fin de un largo ciclo de desarrollo capitalista apoyado en un intenso proceso de inversión en la rama para la que el país poseía ventajas competitivas, que, por su propio despliegue exitoso encuentra sus límites, sin contar con alternativas que pudieran compensarlos. En ese punto, se encuentra, de golpe, con un proceso puesto en marcha por esos mismos éxitos y límites que va a constituir una estructura estrangulada que cuestionará todo su futuro. Sin ser este el lugar para comparaciones ilustrativas, el destino divergente de Australia, atado a la continuidad de su crecimiento ligado a la producción minera para la economía japonesa, es testimonio de aquello que careció la Argentina y que hubiera permitido otra historia. Explica, además, todos los intentos posteriores para superar la situación, desde el Plan Pinedo de 1940 hasta las propuestas de unión aduanera de Alejandro Bunge. Otra vez, no resulta extraño que, dadas estas correlaciones de fuerzas sociales, la respuesta inicial haya sido el bilateralismo forzado. Y que, como veremos, resulte, también, una apuesta sin futuro.

El bilateralismo forzado

La instalación del bilateralismo forzado resultó de una deliberada política de discriminación al capital norteamericano. Ante la fractura del mercado mundial, la Argentina se recluyó rápidamente en el área de la libra. La forma más importante de discriminación surgió en el manejo de la moneda. Como señalan Fodor y O'Connell, la erosión de la libra llevó a la multiplicidad de centros financieros y al ascenso de Nueva York, único centro basado en una balanza comercial saludable y una inmensa acumulación de oro. Bajo esa presión, los demás trataron de sostenerse bajo el patrón-oro, pero por poco tiempo. Gran Bretaña lo abandonó en 1931 y EE.UU. en 1933. Se llegó, entonces, a una situación nueva:

> "El manejo de las paridades monetarias sumado a la protección arancelaria y la discriminación por países no se reveló como suficiente para terminar con las presiones generadas por la 'escasez de dólares', creada por la casi total desaparición de las exportaciones de capital norteamericanas. Los distintos países recurrieron, en consecuencia, al expediente del control de cambios, que a su vez fue puesto al servicio de la discriminación. Fue así como surgió el área de la libra esterlina, como también los acuerdos de pagos que prescribían una asignación preferencial de divisas." (Fodor y O'Connell, 1973: 31).

Los EE.UU. intentaron eliminar la manipulación de las monedas, pero eso recién fue posible con los acuerdos de Bretton Woods (1944) y la adopción de las paridades fijas del sistema del FMI. Hasta ese momento, el mercado mundial se mostrará como un archipiélago de áreas monetarias competidoras, que obligaban a sus satélites a adherirse a una u otra. No se trataba de una presión unilateral, sino más bien de presiones generalizadas. Ello explica que la Argentina asumiera como consigna el "comprar a quien nos compra", de 1927, y que se plasmó en el Tratado D'Abernon y el acuerdo de la Seda Artificial (1929). Se trataba de un acuerdo de trueque de material ferroviario británico por carne y cereales argentinos. Era "un gesto unilateral" de Yrigoyen, según Fodor y O'Connell, asustado por la creciente presencia yanqui. A los ingleses les interesaba solo ferrocarriles y textiles. Sin embargo, firmado por el presidente, pero no aprobado por el Senado, nunca fue puesto en práctica. Como sea, se trataba de un antecedente que ilustraba lo que iba a suceder cuando la crisis metiera presión.

En efecto, las preferencias imperiales inglesas buscaban mantener a EE.UU. fuera de sus mercados y extender esa influencia a Argentina y los países escandinavos. EE.UU. respondió con el abandono del patrón oro. En ese contexto se discute el tratado Roca-Runciman. En la descripción de Fodor y O'Connell, los ingleses querían asignación preferencial de divisas, el desbloqueo de fondos congelados, una reducción en los aranceles y preferencias aduaneras. La crisis le había agregado otros condimentos a la situación. El control de cambios en Buenos Aires, había congelado libras bloqueadas en Argentina. Los exportadores británicos no quisieron seguir autorizando embarques solo contra la prueba del depósito en pesos en Argentina. Desde el punto de vista de los críticos del Tratado, este era un elemento que podía utilizarse para garantizar un lugar en las preferencias imperiales, pero Roca había sido instruido de lograr un acuerdo que estableciera el statu quo con respecto a la carne enfriada. Era lo único que importaba, una concesión innecesaria a los dominantes intereses ganaderos.

Todo lo que quiso Gran Bretaña, desde la óptica de los autores que examinamos, lo obtuvo, incluso no se dejó de pagar la deuda. Finalmente, y a pesar de esta generosidad, la Argentina no consiguió una cuota de carne fija, sólo el derecho a ser consultada si fueran necesarias nuevas restricciones y sentar a los otros proveedores en la mesa de negociación en caso de que fuera necesaria una reducción mayor al 10%. También se comprometió el gobierno argentino al "tratamiento benévolo", es decir, solucionar una serie de problemas de las empresas británicas: un tipo de cambio preferencial para las remesas de beneficios por parte de los ferrocarriles y la organización de la Corporación de Transportes de la Ciudad de Buenos Aires para evitar la competencia de los colectivos contra la Anglo-Argentine Tramways. Es este sistema el que instaura el bilateralismo forzado, con el que los ingleses logran desplazar a los yanquis de la Argentina. Si el 34% del capital extranjero en el mercado local pertenecía, a comienzos de la Primera Guerra Mundial, a Gran Bretaña, ese porcentaje había bajado a casi la mitad en vísperas de la crisis, mientras el yanqui había trepado, en el mismo período, de 14 a 27%. La instalación del bilateralismo lleva a una nueva inversión hacia 1935, llegando los ingleses al 25 y los norteamericanos al 14%.

El bilateralismo se va a acentuar todavía más durante la Segunda Guerra Mundial. En 1939 se firma un acuerdo secreto con Gran Bretaña, según el cual la Argentina vendería a cuenta a dicho destino. El país aceptaría libras esterlinas en pago de sus exportaciones a Gran Bretaña, que serían depositadas en una cuenta especial en el Bank of England y usadas solo para pagar las exportaciones argentinas o para comprar títulos argentinos retenidos en Gran Bretaña. Gran Bretaña se ahorraba pagar en dólares u oro. Las libras bloqueadas podían, además, garantizar un mercado cautivo para las exportaciones británicas después de la guerra, liberadas lentamente a medida que se recobraran las industrias de exportación británicas. Sobre esto había debate en Inglaterra: si el Board of Trade pensaba en la financiación de las exportaciones inglesas, el Bank of England quería que se usaran para comprar los ferrocarriles. Paradójicamente, la Argentina no usó sus libras en repatriar deuda externa ni comprar acciones de ferrocarriles, lo que significaba que sus deudas con Gran Bretaña pagaban interés, las deudas británicas con la Argentina no lo hacían. El acuerdo entre bancos implicaba un crédito ilimitado a Gran Bretaña a cero por ciento de interés.

Este bilateralismo forzado, sin embargo, va a tener el resultado opuesto, su ruptura definitiva. Como bien resumen Fodor y O'Connell,

"Los cambios experimentados por la posición argentina durante la guerra son tan importantes que es difícil que puedan sobrestimarse. Algunos fueron una consecuencia directa de la guerra, mientras que otros tenían sus raíces en el desarrollo interno. Combinados transformaron a la Argentina, de un país agrícola extremadamente dependiente de Gran Bretaña y gobernado por una oligarquía conservadora, en una nación regida por un gobierno de amplia base popular, empeñado en la industrialización y en obtener la hegemonía en otros estados latinoamericanos." (Fodor y O'Connell, 1973: 55).

Para entender este resultado paradójico, hay que comprender las soluciones que fueron presentándose a los problemas que planteó la inusitada condensación de tiempo histórico que se produce en la década que examinamos.

2.2. Las nuevas soluciones

La respuesta inmediata

Como señalan Llach y Gerchunoff (1998), la clave de la crisis de los años treinta es la deflación generalizada. El índice de precios al consumidor cayó 25% en los cuatro años que siguieron al crac de la bolsa. Los precios de exportaciones argentinas cayeron 42% entre 1928 y 1932. Frente a eso, los insumos para la industria y las inversiones urbanas y rurales representaban, en 1929, el 63% de las importaciones.[5] Aunque los precios de importación también se depreciaron, en 1933 la Argentina podía comprar en el exterior, con lo producido por las exportaciones, apenas dos tercios de lo que compraba en 1929. Como consecuencia y como ya vimos, en setiembre de 1929, luego de la pérdida de 173 millones de dólares en reservas, Yrigoyen volvió a la inconvertibilidad.

La Argentina era, en 1929, uno de los países con más reservas de oro en el mundo, con casi 10 libras per cápita, contra 6 en EEUU y Francia. Hasta 1931 las usó para entregar oro a importadores para sus pagos exteriores a cambio de pesos, para no desplomar el signo monetario

---

[5]Llach y Gerchunof suponen que la tendencia a la caída de los productos agrícolas venía incubándose desde los '20, gracias a la mejora de los métodos de producción agrícola y ganadera y de la mecanización más eficiente de la producción, generando una oferta mayor a la demanda (Llach y Gerchunof, 1998: 113). Sin embargo, la mecanización ahorra mano de obra, no aumenta los rendimientos. Lo que hay, y, como veremos más abajo, va a derrumbar los precios, es un proceso de superproducción mundial.

argentino. El gobierno no quería la devaluación del peso para evitar que subiera el servicio de la deuda. El drenaje de oro, sin embargo, creaba la iliquidez, porque ante una menor entrada, el cambiar el oro por pesos para pagar exportaciones, significaba menor circulante local. Esta sobrevaluación del peso restringía el crédito. Para evitar esta conclusión, el gobierno se vio obligado a emitir dinero sin respaldo (o lo que es lo mismo, devaluar) gracias a una vieja ley que permitía hacerlo a través de la Caja de Conversión. Entre abril y diciembre de 1931 se emitieron 360 millones de pesos. El dólar pasó, en 1929, de 2,39 pesos a 2,78 en 1930 y 4,11 en setiembre de 1931. No obstante, la depreciación del peso aumentaba el tamaño de la deuda, mientras que la convertibilidad del peso tenía como consecuencia la salida de oro y el achicamiento de la demanda interna. Para contrarrestar ambas situaciones, se estableció el control de cambios, en noviembre de 1931. La Comisión de Control de Cambios tomaba las divisas traídas por los exportadores y las cambiaba a 12,85$ por libra y las distribuía siguiendo la prioridad de la deuda externa, las importaciones de materias primas y los bienes de consumo indispensables, las remesas de los inmigrantes, las mercaderías no esenciales y las divisas para deudas comerciales atrasadas. La restricción a las importaciones fue forzada por un aumento general del 10% en los aranceles. El control de cambios logró estabilizar el valor del peso y cesar la pérdida de oro, pero el precio quedó bajo y surgió un mercado negro con un tipo más alto. Como ya vimos, no alcanzaban las divisas, lo que hizo emerger el problema de los fondos bloqueados, es decir, proveedores del exterior que debían esperar que la Comisión de Control recibiera divisas para entregarlas para el pago correspondiente.

La crisis golpeó también el presupuesto nacional, que dependía de los impuestos a las importaciones. El derrumbe de las importaciones derrumbó los ingresos, al tiempo que una devaluación incrementaba el peso de la deuda. Se aumentaron aranceles a las importaciones, se aumentaron impuestos internos (correos, impuesto a los ingresos) se redujeron los gastos, en particular, los salarios de los empleados públicos. Cayó también la inversión pública y se privilegió el pago de la deuda. A pesar de que Hueyo profundizó el ajuste, no consiguió bajar el déficit, por la depresión de la economía, ni consiguió deuda externa ni préstamos del Banco Nación. Se decidió emitir un "empréstito patriótico", con lo que se obtuvieron 150 millones de pesos más 170 de emisión monetaria mediante la Caja de Conversión. Llach y Gerchunof señalan que, a pesar de esta última medida, "no puede dudarse de que la primera reacción de la política económica ante la crisis fue un firme apego a la disciplina fiscal". Anotamos, sin embargo, que ese "firme apego" se revela no tan firme, demostrando que las circunstancias están escribiendo una teoría económica nueva.

Las primeras medidas de Pinedo simplemente continúan la tarea de su antecesor, es decir, ordenar el descalabro administrativo de Yrigoyen y el desequilibrio de las cuentas. Pinedo mismo reconoce que buena parte de la faena ya había sido encarada por su antecesor. El ministerio de Hueyo, en efecto, es responsable de la reducción de la deuda flotante mediante el Empréstito Patriótico, la creación del impuesto a los réditos y del Pacto Roca-Runciman. Por el último, se comenzaba a ordenar el mercado externo, punto de partida para la "nueva Argentina" que empieza a gestarse. El impuesto a los réditos, ya discutido durante el primer gobierno de Yrigoyen, buscaba darle ingresos a un Estado que ya no podía descansar, simplemente, en gravámenes a las importaciones. El empréstito, más allá de su carácter de "gesta", que hasta motivó un tango (Suscribite al 6,67), era una forma de consolidar la deuda flotante mediante deuda de más largo plazo. Dicho de otro modo, una emisión de moneda "non sancta". Pinedo atacará el problema de la deuda pública, duplicada por Yrigoyen en relación a Alvear. Empieza con la interna, renovándola con una de menor interés. La externa la renegocia en Londres, París y Nueva York, con un resultado positivo en cuanto a plazos y tasas.

El verdadero "Plan Pinedo"

Ahora bien, no es esto lo que caracteriza la gestión Pinedo, en tanto se trata de acciones que cualquier ministro de cualquier orientación política hubiera debido realizar sin salirse de ninguna ortodoxia, sea esta cual sea. La tarea fundamental es otra, no la de corregir una "distorsión" sino la reconstrucción del sistema de precios, del sistema monetario y del sistema bancario. O lo que es lo mismo, un rescate en regla de todo el capitalismo argentino. Ese rescate comienza por la reconstrucción del mercado, o sea, la creación de las juntas de la producción.

Las juntas de la producción

Estamos en un momento de deflación mundial, es decir, en el que el mercado sanciona una destrucción no creativa de masas gigantescas de fuerzas productivas. La burguesía rechaza ese camino y lo hace conscientemente y en todo el mundo. Pinedo es parte de esa nueva conciencia burguesa que acaba de entender que el "sistema de mercado" no tiene ninguna automaticidad, sino que es una institución que solo funciona "bien" cuando el sistema crece. Aquí debe entenderse por "bien" el proceso de destrucción creativa que da por resultado un crecimiento neto. En momentos en que se impone la deflación mundial, ese proceso destructivo no tiene fondo o, mejor dicho, tiene un alcance que la burguesía no puede aceptar. Por eso hay que crear un mercado "ficticio". De eso se trata cuando se habla, por ejemplo, de "precios sostén". Un precio mínimo, debajo del cual no se puede vender, o no se encontrará comprador porque hay un comprador que ofrecerá comprar a ese límite, debajo del cual ningún otro comprador encontrará vendedor. Dicho de otro modo, se inventa un precio. Para gestionar ese invento, es necesaria una creación institucional, las juntas reguladoras:

"El gobierno nacional decidió actuar en defensa de los precios de la producción agrícola-ganadera. Para ello creó organismos específicos, como la Junta Reguladora de Granos, la Junta Nacional de Carnes, la Junta Reguladora de Vinos, de la Industria Lechera, de la Yerba Mate. La difícil situación de los agricultores, por la caída de los precios internacionales, que provocó una caída desproporcionada de las cotizaciones internas... determinaron que el Poder Ejecutivo decidiera crear el 28 de noviembre de 1933 ... la Junta Reguladora de Granos. Sus funciones eran adquirir en forma inmediata trigo al precio básico de $4,40; maíz a $5,75; lino a $11,50. Adelantaba para la siguiente cosecha las cotizaciones de $5; $10 y $15 para esos productos, que se destinarían a la exportación, regulando su salida en función de los precios internacionales. Suscrito el contrato de compraventa, el vendedor podía obtener un anticipo del 80%, sin otro trámite que la revisión y peritajes previos a la constitución de la prenda agraria, que garantizaba el importe adelantado." (Azaretto, 1998: 95).

A las que menciona Azaretto se pueden agregar la Junta Nacional del Algodón y las comisiones nacionales del azúcar, la patata, las fibras textiles, el extracto de quebracho y las del aceite. La creación de Juntas lleva todavía más allá, a la creación de entidades que resultan de estas nuevas realidades. El mejor ejemplo es la CAP, Corporación Argentina de Productores de Carne. Se dedicará a la compra de hacienda, a la tipificación de carne, a controlar embarques y fomentar el aumento de precios. En otros casos, prefiguran el porvenir: la Junta Reguladora de Granos, que compra la cosecha y se encarga de la venta, adelanta lo que será el IAPI. Otras instituciones similares promueven mejores en la eficiencia económica al encarar soluciones a problemas de vieja data, como la Comisión Nacional de Granos y Elevadores, cuya función es acelerar la construcción de silos modernos.

Como este problema es mundial, el país necesita, además de defender un piso interno, mantener una porción del mercado mundial en sus manos. Es decir, intervenir políticamente en la arena mundial para sostener aquello que se está cayendo, es decir, el mercado. Es hora de analizar los principales tratados internacionales que definen este momento para la Argentina. Como ya hablamos de uno de ellos, el Tratado Roca-Runciman, nos concentraremos en el otro, mucho menos conocido, pero igualmente importante, el Congreso Mundial del Trigo.

El Congreso Mundial del Trigo

¿A qué se debe esta decisión que, como se ve, alcanza a prácticamente toda la producción agropecuaria nacional? En el mundo se observa una enorme sobreproducción, que es la que está desplomando los precios. No se trata de una "distorsión" de mercados, como cuando una circunstancia particular (la guerra de Ucrania, por ejemplo) altera un mercado específico y desde allí afecta al resto. Se trata de una crisis sistémica en la que los gobiernos intentan recrear condiciones de acumulación positivas de modo ficticio. La respuesta varía. De hecho, hablamos de "respuestas" y no "respuesta". Por ejemplo, el proteccionismo agrario que se extiende en Europa desde la Primera Guerra Mundial, en particular, el cierre del mercado de carnes provocado por los pactos de Otawa.[6] Como ya dijimos, del Tratado Roca-Runciman ya hemos hablado bastante, nos limitamos ahora a señalar que su función no es simplemente contentar los intereses ganaderos, sino reconstruir condiciones de acumulación para el capitalismo argentino. Detengámonos, sí, en un episodio poco conocido, la participación argentina en el intento de reconstrucción mundial del mercado de productos agrarios, en particular, del trigo.

---

[6]El proteccionismo agrícola se extiende en Europa desde muy temprano: Francia (1892); Alemania (1902); Italia (1887). Se reforzó en la década del '20, cuando Italia empezó la "batalla del trigo". En EEUU, en 1921-22, culminando con la ley Smoot-Hawley, complementada con precios mínimos internos y subsidios y, para el caso específico de la Argentina, prohibiendo el ingreso de carne en 1927 con la excusa de la aftosa. El proteccionismo se reforzó con la tendencia a la sobreproducción desde comienzos de la Primera Guerra Mundial. El proteccionismo agrícola del centro dio lugar a un proteccionismo industrial en la periferia, poniendo fin a la división internacional del trabajo dirigida por Gran Bretaña. La presión norteamericana en los mercados de exportación condujo a Inglaterra. a la instauración de la Preferencia Imperial, en la Conferencia de Ottawa, en 1932. Véase O'Connell, 1984.

En el campo de la producción triguera, la intervención internacional pretende atacar la deflación ordenando una retracción coordinada de la producción, mediante los acuerdos en el Congreso Mundial del Trigo. En general, este último no ha sido objeto de un tratamiento específico por la historiografía. Su ausencia en el debate ha afectado una caracterización mejor de la primera mitad de los años treinta y de la naturaleza del gobierno de Justo. La evaluación de la política exterior "económica" de la década estaría incompleta sin la consideración del Acuerdo Internacional del Trigo.[7] Veamos la situación del mercado, para hacer algunas precisiones a lo ya expuesto por O'Connell. En la Tabla 1 puede apreciarse cómo el peso de los abastecimientos desde 1924-25 asciende en relación al total consumido, a pesar de que la exportación rusa muestra fuertes altibajos y, salvo por un par de años, no cuenta en el mercado. La diferencia entre abastecimientos y consumo pasa de unos 13 millones de toneladas en 1924-25 a 31 millones en 1933-34. Los stocks iniciales trepan de 18 millones en 1924-25 a 31 en 1934-35.

Tabla 1: Cuadro estadístico referente a la situación triguera en los últimos trece años

Agosto/Julio	Cosecha*	Stock iniciales	Exportación de Rusia	Total abastecimiento	Total consumido
1936/37	89.678.000	19.856.000	54.000	109.588.000	
1935/36	91.582.400	24.915.200	788.800	117.286.400	97.430.400
1934/35	90.793.000	31.524.800	54.000	122.372.800	97.457.600
1933/34	98.953.600	30.083.200	924.800	129.961.600	98.436.806
1932/33	101.048.000	27.254.400	462.400	128.764.800	98.681.600
1931/32	99.932.800	27.472.000	1.768.000	129.172.800	101.918.400
1930/31	100.694.400	25.051.200	3.100.800	128.846.400	101.374.400
1929/30	93.160.000	26.547.200	244.800	119.952.000	94.900.800
1928/29	106.216.000	19.230.400		125.446.400	98.899.200
1927/28	97.376.000	17.788.800	54.400	115.219.200	95.988.800
1926/27	91.473.600	16.646.400	1.360.000	109.480.000	91.691.200
1925/26	89.814.400	14.361.600	734.400	104.910.400	88.264.000
1924/25	83.123.200	18.686.400		101.809.600	87.448.000

Fuente: Carlos H. Parr, "El Mercado Mundial de Trigo", en Bolsa de Comercio de Rosario, *Boletín Oficial*, n° 597, 30/11/36, p. 14.
*Excluidas Rusia, China y Turquía.

[7] Se retoma aquí Sartelli, 1994.

Al mercado le están "sobrando" varios millones de toneladas de trigo. ¿De quién es la culpa? Una respuesta muy aceptada es que la crisis radica en el proteccionismo agrario europeo y el fomento de la producción "artificial". Sin embargo, es la producción de los "cuatro grandes" la que satura el mercado, apenas aliviado por la destrucción masiva de la capacidad productiva europea: de un promedio de 35 millones de toneladas en los tres años anteriores a la guerra, se baja a 25 millones en 1920 y no vuelve a recuperarse hasta 1925. Por doce años el mercado sufrió un bache equivalente a cerca del 12% del total de la producción. Esto actuó en varios sentidos: por un lado, postergó la crisis de superproducción que venía incubándose; por otro lado, estimuló la producción de aquellos países que quedaron en posición ventajosa, EEUU y Canadá, que aumentaron fuertemente su capacidad productiva. La Argentina se vio perjudicada por el problema de los embarques. Luego de 1925, la diferencia entre el total del abastecimiento y el total del consumo ya llega a 25 millones, muy cercano al tope de los 31 millones en 1934. Mientras tanto, la producción europea todavía está en los niveles de pre-guerra y el aumento que se produce hacia el final de la década, es de apenas 3 millones de toneladas. Si bien su producción llega a 47 millones en 1933, ello se produce cuando el problema ya está planteado y no antes. Además, se trata de una cosecha récord, parcialmente compensada por la menor cosecha rusa. En realidad, la producción europea sólo ha aumentado un 10% entre la guerra y los primeros años treinta, mientras la producción canadiense se ha duplicado, la norteamericana ha aumentado un 20% (que, si parece poco en porcentaje, se trata de 4 millones de toneladas) y la Argentina casi un 80% (Tabla 2). Con un consumo en crecimiento más lento, se comprende que se acumulen stocks sin vender y que dichos stocks presionen hacia la baja de precios. Mientras entre 1925 y 1930 la producción mundial de trigo aumentó un 19%, entre 1913 y 1929 la población lo hizo un 14,4%. La situación es peor, porque la población europea, la principal consumidora, creció sólo un 7,7%.[8]

[8]Bolsa de Comercio de Rosario, Boletín Oficial, (en adelante BCR, BO) 31\5\33, p. 7. Los datos son de Societé des Nations, Comité Economique la Crise Agricole, Volumen 1, Géneve, 1931, p. 27.

Tabla 2: Producción de trigo de Europa, Canadá y EE.UU.

Años	Producción de trigo de Europa*	Producción de trigo de Canadá	Producción de trigo de Estados Unidos
1911	36.200.000	6.000.000	
1912	34.800.000		
1913	35.200.000		20.700.000
1914	28.800.000		
1915		10.700.000	27.500.000
1919	24.100.000	5.250.000	
1920	25.700.000		21.400.000
1921	33.000.000		
1922	28.500.000		
1923	34.500.000	12.900.000	
1924	29.300.000	7.100.000	
1925	37.600.000		
1926	33.100.000	11.000.000	
1927	34.500.000		23.900.000
1928	38.300.000	14.500.000	24.500.000
1929	39.500.000		
1930	37.200.000	10.800.000	23.100.000
1931	39.100.000	8.270.000	
1932	40.600.000	11.660.000	19.700.000
1933	47.500.000	7.340.000	14.300.000
1934	41.500.000	7.595.000	13.500.000
1935	42.200.000	7.548.000	16.410.000
1936**	39.000.000	6.341.000	17.064.000

Fuente: ídem Tabla 1.
*Excluyendo Rusia.
**Pronósticos.

La crisis provoca un replanteo de todas las ideas aceptadas sobre el manejo de la economía. El paradigma liberal da paso al keynesiano y los sueños de intervención del mercado reemplazan al laissez faire más crudo. El mercado del trigo no podía escapar a este hecho: en 1933 se promueve en el seno de la Conferencia Económica Mundial, una Conferencia Mundial del Trigo, tendiente a regular la producción y reducir los excedentes acumulados en Estados Unidos y Canadá, los ejes de la crisis. La propuesta había surgido de los delegados argentinos a la conferencia mundial y el temor por la restricción de los sembrados fue el principal leivmotiv sobre la participación nacional en dicha conferencia. En particular, cuando se conoce que son los delegados argentinos los que promueven una restricción de áreas sembradas. Frente a esto, los medios locales imponen como tónica dominante la negativa a toda transacción, apoyada en la confianza en la capacidad competitiva de la agricultura pampeana:

"A poco que se reflexione sobre las ventajas y desventajas de una medida como la señalada, en el aventurado supuesto de que la idea tuviese buen éxito, no parece que ella hubiese de consultar nuestra conveniencia. La producción agrícola pasa por la crisis más aguda de su historia. Ahora bien, en ese 'campeonato de resistencia', la Argentina cuenta con todas las grandes ventajas que ofrece la naturaleza: un suelo de inigualada fertilidad, clima y riego natural magníficos, tierras que no necesitan los costosos abonos que ya son indispensables en otros países, y un 'estándar' de vida muy barato. ... Si la Argentina contase con los módicos fletes ferroviarios con que cuentan Canadá y los Estados Unidos -algo menos del 50 por ciento de los que se pagan aquí- esos países quedarían prácticamente desalojados en el acto. Sólo esa ventaja y los convenios de Otawa, en cuanto a Canadá, los mantiene en este momento como competidores. Asimismo, con alguna mejora de precios, muy posible apenas falle parte de las cosechas de los competidores o consumidores, el trigo mejorará hasta pasar de $8, con lo que el agricultor argentino no se enriquecerá, pero sí logrará algún beneficio. Ni el labrador de Canadá, ni, menos todavía, el de los Estados Unidos, podrían llegar, en tales circunstancias, a un resultado semejante." (BCR, BO 31\5\33: 7).

Como conclusión, el 24 de mayo de 1933 la Bolsa de Comercio de Rosario envía un telegrama al ministro de agricultura, De Tomaso, negando validez a la estrategia de reducir exportaciones. La postura es clara: los "stocks" se acumularon en Estados Unidos y Canadá y no en Argentina, por lo que la reducción de áreas sembradas no nos corresponde (BCR, BO, 31/5/33: 29). Por el contrario, la postura oficial, expresada por Raúl Prebisch, supone que los excedentes seguirán aumentando, lo que impide todo optimismo con respecto al precio del trigo. El mismo Prebisch señala que el avance de la crisis obliga a repensar los mecanismos con los que se la enfrenta y a considerar la posibilidad de reducir áreas sembradas. Estados Unidos y Canadá, con su política de acumular stocks han profundizado la situación al triplicar los excedentes (BCR, BO, 31/12/32: 9-10).

En el Convenio Triguero de Londres estarán presentes Alemania, Austria, Bélgica, Bulgaria, Francia, Gran Bretaña e Irlanda del Norte, Grecia, Hungría, el Estado libre de Irlanda, Italia, Checoslovaquia, Polonia, Rumania, España, Suecia, Suiza, la Unión Soviética y Yugoeslavia, todos ellos a invitación de Argentina, Australia, Canadá y Estados Unidos. Parte del acuerdo consiste en limitar sus exportaciones de trigo, durante la campaña del 1 de agosto de 1934 al 31 de julio de 1935, a un máximo que sería, para cada país, inferior en un 15% al promedio del rendimiento de la media de la superficie sembrada de trigo en el curso de los años 1931-1933 inclusive, deducción hecha de las necesidades interiores normales (BCR, BO, 15/9/33: 13).

Otras cláusulas atendían a los compromisos de las naciones importadoras, las que aceptaban no propiciar el aumento de sus superficies sembradas de trigo ni tomar ninguna medida gubernamental que lo hiciera, adoptar acciones para aumentar el consumo, bajar aranceles de importación cuando el precio del cereal subiera, evitar toda medida que pudiera implicar un fracaso del plan, etc. Por último, los países participantes en la conferencia deciden establecer una comisión asesora, para que vigile el funcionamiento y la aplicación del convenio. El plan en su conjunto intenta lograr, en dos años, la evacuación de los excedentes productivos americanos y canadienses, calculados en 18 millones de toneladas, reduciendo las superficies sembradas de ambos en un 15% cada uno, mientras se mantiene estable la producción argentina y australiana, la de los países del este europeo y la de los compradores. La Argentina logra un acuerdo satisfactorio en la medida en que, dado que su área sembrada viene achicándose desde 1929, no deberá efectuar ninguna reducción suplementaria. La cuota asignada de exportación para el país es de 3.500.000 toneladas, lo que equivale más o menos a la exportación media de esos años. Si se le suma que la cosecha de 1934 no viene con buenos auspicios, no habría problemas para embarcar toda la cosecha durante el plazo que rigiera el plan (del 1ro. de agosto de 1933 al 31 de julio de 1935). La situación de los países del Danubio y de Australia es similar. El resultado se considera un "triunfo de la iniciativa argentina" y el mérito se atribuye al ministro De Tomaso (BCR, BO, 15/9/33: 15-18).

Sin embargo, ya en el primer año la cosa no marcha bien: Argentina exige el aumento de la cuota para evacuar su inesperada "excepcional" cosecha. El problema se pospone frente a la negativa argentina a acceder a una cuota inelástica para el segundo año del acuerdo. En realidad, el gobierno argentino está completamente despreocupado por el pacto y no es el único: Estados Unidos sólo había logrado una reducción del área sembrada del 8,6%, mientras que Canadá ni siquiera lo había intentado (BCR, BO, 31/7/34: 3-4). Evidentemente, el tratado nació muerto.

Un nuevo arreglo fracasa completamente y las negociaciones se levantan cuando la Argentina se niega a acordar. Nuevamente, llama la atención el tono enérgico de los negociadores argentinos, que contrasta fuertemente con la imagen de debilidad que surge del Roca-Runciman. Después de la retirada de las negociaciones, ante un último ofrecimiento americano, el gobierno argentino respondió que "utilizaremos la cuota de 150 millones de 'bushels' hasta el 31 de junio próximo", lo que era la exigencia argentina original, "postergando la discusión del arreglo del segundo año ... sin comprometernos a cifra alguna por ignorar aún la magnitud que tendría el área sembrada". El gobierno remarca que se reserva el derecho de solicitar la reconsideración de la cuota para el segundo año. Esta posición es aceptada por el resto de los países, lo que otorga tranquilidad a los productores locales: no sólo no deberán sacrificar la "excepcional cosecha" de 1934 sino que, para el año siguiente, queda un remanente que podrá utilizarse junto con la cuota del segundo año.

Es en este escenario en el que la acción gubernamental, que involucra centralmente al grupo de Pinedo (¿o debiera decirse, al grupo De Tomaso, habida cuenta de la relación de paternidad política de éste último para con el primero?), se mueve en el sentido de construir el mercado, garantizando en el exterior la mayor libertad para los productores argentinos, y en el interior, una acción destinada a crear un precio. Dicho de otro modo, nuestro héroe liberal comanda una misión de salvataje político del mercado, una misión con unos instrumentos inéditos. Visto así, el "primer Plan Pinedo" es, con mucho, mucho más importante que el "segundo", ese que le dio la fama historiográfica de la que hoy disfruta a pesar de lo controversial de su (no) aplicación y la sustentabilidad de sus resultados (véase el capítulo correspondiente de Marina Kabat en este volumen). Es esta reconstrucción política de lo que se suponía eran procesos "naturales" y automáticos en los que cualquier intervención simplemente postergaba la solución o agravaba la crisis, lo que se cuela en el acervo experiencial de cualquiera que quiera sacar las conclusiones obvias: la economía no es un orden "natural" y la intervención en los mercados es, no solo una actitud válida, sino necesaria. No seremos demasiado originales ni sorprenderemos al lector si decimos que esta es la conclusión que saca el otro protagonista de este drama, Raúl Prebisch. La iniciativa que puede adjudicársele, casi por completo y sin discusiones, la creación del BCRA, se hace bajo este signo, todavía con cierta tibieza, pero ya con la convicción necesaria.

El Banco Central

Este proceso de re-construcción del capitalismo, culmina con otra creación institucional de primer nivel, el Banco Central. Es importante, no solo porque involucra creación institucional y, por lo tanto, va en línea con nuestro argumento central aquí, a saber, que Pinedo y su grupo inician, de facto, un proceso que termina dando como resultado a la CEPAL: la idea de que la realidad económica, lejos de responder a un automatismo inmodificable, es plástica y acepta, requiere y exige la intervención consciente. De aquí a la posibilidad no solo de intervenir, sino de modelar esa intervención de cara a un futuro deseado específico, hay un solo paso. Es importante también, más allá de sus consecuencias teóricas, porque significa un paso más en la creación del mercado, en tanto que hablamos aquí de la creación y control de la moneda. Dicho de otro modo, precio, demanda, moneda: el capital es reconstruido políticamente. Y en esa reconstrucción política la acción consciente queda testimoniada y se corporiza en instituciones: las Juntas y el Banco Central. Veamos ahora, los motivos de la creación de esta última institución.

La creación del BCRA, constituye un capítulo apasionante de la historia de la economía argentina. Resume en sí toda la historia de la banca y la moneda nacionales. Un somero repaso al sistema bancario previo (seguimos aquí a Regalsky, 2018) nos lleva a un punto de inflexión constituido por la creación del Banco de la Nación Argentina, en 1891. El sistema monetario de 1880 estaba basado en una banca mixta de emisión y depósitos, abierto a una especulación descontrolada que va a estallar en la crisis del noventa. Para enfrentar el desmadre, Pellegrini suprime las facultades de emisión de los bancos garantidos y crea el Banco Nación. El banco va a jugar un rol muy importante en la estabilización monetaria y la morigeración del "ciclo argentino". Con una red enorme de sucursales y un elevado nivel de encaje, logra actuar como contrapeso en un mercado de cambios marcado por la estacionalidad de los productos exportables: después de cada cosecha, al subir la cantidad de divisas ingresadas por las exportaciones, se expandía el circulante rápidamente, para contraerse luego. Más tarde, ya con Roca de nuevo en el gobierno, el régimen monetario se estabiliza a partir de la nueva Conversión de 1899, y se estructura en torno a la Caja de Conversión, organismo centralizado de emisión regida por el mecanismo automático del patrón oro: monetizaba pasivamente los saldos favorables del balance de pagos y contraía la base monetaria cuando los saldos eran negativos. Este esquema va a durar hasta 1914. Con la Primera Guerra Mundial, la Caja se cierra y vuelve a abrirse en 1927, para clausurarse definitivamente poco después.

En este sistema, entonces, la masa monetaria fluctúa en relación al ingreso de oro, ordenándose el sistema a través de la Caja de Conversión, y los flujos se morigeran mediante la actuación del Banco Nación. Sin embargo, esta última institución va a ir creciendo en relación a la primera, desplegando más acciones que lo transforman, paulatinamente, en un banco central avant la lettre. Por ejemplo, a partir de la guerra, pasó a comportarse de hecho como prestamista de última instancia para el sistema bancario. Se podría decir que esta lógica de funcionamiento estaba implícita en las características de la estructura productiva argentina. El patrón oro solo puede funcionar aceitadamente mientras el ingreso de capitales y las exportaciones compensan la salida por importaciones y las remesas por servicios de deuda y de otro tipo. Cuando hubo problemas, como en 1911 con el fracaso de las cosechas, se pudo apelar al financiamiento externo. Pero, hacia comienzos de la guerra, el colapso internacional generó una aguda sangría de divisas, que solo pudo controlarse suspendiendo el patrón-oro. En esa coyuntura, la actividad del Banco de la Nación fue fundamental, en especial con la autorización para actuar con el redescuento bancario. Parecía bastante claro que era necesario perfeccionar un instrumento que habían mostrado su utilidad:

"El BNA había terminado por llevar su comportamiento anticíclico al límite de las propias reglas de funcionamiento del sistema permitían, intentando evitar el ingreso de la economía en una fase depresiva y tratando de sostener, a la vez, el financiamiento del sector público. El resultado colocó al sistema bancario en un nivel de fragilidad que obligaría a una transformación del régimen de emisión, con la reforma de 1931, anticipatoria de otra más profunda que conllevaría la creación del Banco Central en 1935." (Regalsky, 2018: 63).

Por eso, de la mano de Domingo Salaverry, ministro de finanzas de Yrigoyen, se propone la formación de un banco central, con la idea de manejar una moneda fiduciaria en función de las necesidades de crédito interno. El asunto no va a prosperar, por la oposición de socialistas y conservadores, ambos apegados al credo liberal en boga.

Si nos enfocamos ahora en la experiencia que nos interesa, la de la primera etapa del BCRA, antes de la nacionalización de Perón, resulta útil colocarlo en un marco más amplio.[9] La Primera Guerra destruye el patrón-oro. En la posguerra se trata de ordenar de nuevo el comercio mundial, en uno de cuyos intentos, la Conferencia de Bruselas de 1920, las potencias negocian el retorno al patrón-oro. Para ello se recomendaba formar bancos centrales que tuvieran independencia de la política y remover los obstáculos al comercio internacional, en particular, el control de cambios. Complementariamente, en la Conferencia de Génova de 1922, se planteó el tema de que pudiera faltar oro para sostener la expansión y llevar la economía mundial a la deflación. Para eso se propuso incentivar a los países periféricos que mantuvieran sus reservas en divisas, dejando las reservas en oro en los países centrales, es decir, un patrón oro-divisa como el que se va a implementar luego de Bretton Woods. El nuevo sistema monetario debería ser el resultado de la cooperación de los bancos centrales de todos los países. Nace aquí el impulso a la creación de bancos centrales en todo el mundo, con el auxilio de los money doctors yanquis e ingleses, es decir, de especialistas que asesoran a los diferentes gobiernos en la construcción de las nuevas instituciones.

En la Argentina, el proceso de la crisis va tomando decisiones que, de facto, producen una institucionalidad que remeda las funciones de un banco central: como consecuencia del abandono del patrón oro, para evitar la contracción de la base monetaria, se utiliza por primera vez, en 1931, la ley de redescuento aprobada en 1914 por la que se autorizaba a la Caja de Conversión a redescontar documentos del Banco de la Nación. También fue autorizada a emitir billetes contra los títulos del Empréstito patriótico de 1931. Así, comienza a formarse un régimen monetario a partir de funciones que corresponden a un banco central: a la caja de conversión se suma la Comisión de Control de Cambios, para manejar la demanda de divisas. Se llega a la situación en la que tres organismos, la Caja de Conversión, la Comisión de Control de Cambios y el Banco Nación realizaban las tareas propias de un banco central: emitir moneda, controlar el tipo de cambio y actuar como prestamista de última instancia.

La presión para la creación de un banco central ortodoxo, proviene, como vemos, desde varios lados: desde el nuevo orden monetario que las conferencias de Bruselas y Ginebra quieren instalar, hasta las

---

[9]Seguimos aquí a Sember, 2018.

necesidades locales de ordenar el sistema monetario y financiero local. A ello se suma una presión más, la que proviene específicamente de Inglaterra: ordenar el sistema financiero argentino para que funcionara correctamente el triángulo "atlántico" del que hablamos más arriba. La suspensión del patrón oro había generado mucha incertidumbre en Inglaterra sobre la posibilidad de repatriar ganancias. Es decir, por el peligro de que se bloquearan las divisas destinadas a pagar exportaciones y remesas, sospecha que las autoridades inglesas tenían de tiempo atrás, en particular, por la dudosa conducta argentina a la hora de respeto al patrón oro. Según el Banco de Inglaterra,

> "La Argentina ya no puede ser considerada como adherente genuina al patrón oro, al que aparentemente solo está preparada para seguir en tiempos de prosperidad. (...) Si la moneda hubiese estado regulada por un banco central, podemos decir, casi con seguridad, que se podía haber encontrado una salida a las dificultades presentes, aun si la Argentina hubiese tenido que sufrir y lidiar con una cierta incomodidad, pero al menos sin tener que recurrir a una medida tan desesperada como tirar el patrón oro por la borda." (Sember, 2018: 76).

Según la autora, la evidencia documental sugiere que la iniciativa del banco se debió a Gran Bretaña, pero todos coinciden en que el BCRA es producto no del proyecto defendido por las autoridades inglesas, el de Niemeyer, sino de la pluma de Prebisch. Aquí es donde vemos al intelectual en acción, investigando el movimiento real de la economía y concluyendo de allí las medidas necesarias. Prebisch estudia las causas del "patrón oro esporádico" y encuentra su fuente en las fluctuaciones del balance de pagos, en la inestabilidad de las exportaciones y el ingreso de capitales. Es decir, en el "ciclo argentino". A riesgo de redundancia, conviene repetir lo que ya hemos dicho, dada su importancia para justificar la creación del BCRA: ante la ausencia de un banco central, la creación de dinero estaba regulada por el flujo de oro y de divisas. La mayor parte de los ingresos provenía de aranceles a las importaciones, luego, cualquier crisis en el comercio exterior y la misma temporalidad de la producción agropecuaria, llevaba a problemas en la economía real y en los ingresos fiscales. El patrón oro era insostenible fuera de los períodos de auge, en que entraba moneda en abundancia por ingreso de capitales y de exportaciones. Dado que las importaciones eran altamente elásticas al ingreso, mientras las exportaciones eran inelásticas, la fase ascendente finalizaba cuando el ingreso de capitales cesaba o caía. En esos casos, cuando era un fenómeno externo, como en la Primera Guerra Mundial o en ocasión del crac de Wall Street en 1928, había que salir del patrón oro. Como las importaciones eran esenciales y no se reducían inmediatamente cuando se reducía el ingreso de divisas, se complicaba la cuestión. Esto es lo que motiva el "patrón-oro esporádico".

Precisamente por esto, Prebisch trasladará las consecuencias de su estudio a la carta orgánica del BCRA: en el artículo 3 de la ley 12.155 señala que el objeto del BCRA era "concentrar reservas suficientes para moderar las consecuencias de la fluctuación de las exportaciones y las inversiones de capitales extranjeros sobre la moneda, el crédito y las actividades comerciales, a fin de mantener el valor de la moneda". El BCRA de Prebisch difería del proyecto Niemeyer en que la supervisión bancaria quedaba afuera del banco central. El BCRA debía perseguir una política monetaria activa, a través de redescuentos, adelantos, operaciones de mercado abierto y con oro y divisas. El proyecto inglés no habilitaba al BCRA a realizar operaciones de mercado abierto (compra y venta de títulos para regular la liquidez del mercado e influir en la tasa de interés) ni mantener control de cambios. Implícitamente, el estatuto suponía un no retorno al patrón oro. Por otra parte, Prebisch prefería reservas en oro, mientras el proyecto Niemeyer suponía reservas en libras, funcional a la formación del bloque de la libra. El proyecto Prebisch, por último, suponía revalorizar el oro de la Caja de Conversión, que debía pasar al BCRA. En resumen:

> "En general, se puede afirmar que el proyecto británico se diferenciaba por dejar a las autoridades del banco central un menor grado de discrecionalidad y por excluir cualquier participación del gobierno. Además, reflejaba el interés inglés en fortalecer el rol internacional de la libra esterlina y concentrar las reservas en oro en Londres. En cuanto a la concepción de las funciones de los bancos, en cambio, ambos proyectos coincidían, sobre todo en la importante distinción entre crédito de corto plazo y crédito para inversión, siendo el primero el único que debía ser otorgado por los bancos." (Sember, 2018: 91).

El BCRA va a tener una primera existencia como banco "mixto", es decir, con recursos mayoritariamente provistos por el Estado, pero controlado por la banca privada nacional y extranjera. Su nacionalización escapa al período que nos proponemos examinar aquí. Se supone, y autores como Louro lo aceptan, que el objetivo de tal modelo era mantener al banco en condiciones de independencia de la política.

Esa no es la opinión de la relectura, ya en clave cepaliana, que Celso Furtado (1969) hará de esta experiencia, que enfatiza el rol de los intereses imperialistas en la creación de los bancos centrales y celebra la rebeldía implícita en las características que separan al BCRA de experiencias similares. Según Furtado, en EEUU y Europa no veían en la economía latinoamericana otros problemas que los derivados de la inestabilidad política y de la falta de instituciones. No comprendían los problemas derivados de su rol como productores de materia prima, cuyos precios descendentes provocaban crisis financieras y fiscales, obligando a contraer la masa monetaria y entrar en recesión. Para escapar a las profundidades de la crisis, los países latinoamericanos abandonaban el patrón oro, devaluando, cortando la salida de divisas y financiando los gastos públicos con emisión monetaria. En las épocas de bonanza, los gobiernos creaban cajas de estabilización o conversión, a fin de intervenir el mercado para estabilizarlo, pero a la primera de cambio, volvían a la no convertibilidad y a las tasas fluctuantes para castigar las fugas de capitales. Se trataba, entonces, de compensar la inflexibilidad de la estructura productiva por un ajuste en la estructura de precios.

Este mecanismo afectaba a grupos financieros externos que se veían limitados a la hora de los pagos de la deuda y la transferencia de dividendos. Por eso, comenzaron a presionar a los gobiernos latinoamericanos para que reformaran sus sistemas monetarios, iniciando la fase de reforma de los sistemas de emisión y la creación de los bancos centrales. A partir de 1925, con la asistencia de técnicos ingleses y yanquis se instituyeron bancos centrales en toda América Latina (solo los bancos centrales de Uruguay -1895- y México -1925- surgieron independientemente de este proceso). Estos bancos tenían por función operar dentro del patrón oro, monopolizando la emisión de papel moneda, manipulando la tasa de interés, realizando operaciones de mercado abierto y actuando como prestamistas de última instancia. La idea rectora de esta creación institucional era quitar a los gobiernos el poder discrecional de emisión, terminando con los crónicos déficits presupuestarios que se suponía eran la causa de la inflación. Mientras el banco central estuviera en manos de los bancos privados y la comunidad de negocios, se reduciría al mínimo la presión política para financiar gastos. El poder de emisión quedaba limitado al nivel de reservas de oro y divisas convertibles existentes, mientras que la función de redescuento se limitaba a los efectos comerciales y agrícolas de corto plazo.

Es aquí donde Furtado establece la originalidad de la experiencia argentina, en un probable y tal vez no del todo merecido tributo a Raúl Prebisch: el BCRA habría sido el primero en prever la intervención en el mercado de cambio bajo la responsabilidad del Tesoro y realizar operaciones destinadas a financiar al Estado. Según Furtado, "la innovación estaba en partir de la realidad para crear un sistema de Banco Central, lo que significaba reconocer la inviabilidad y artificialidad de los esquemas ortodoxos". Probablemente, Furtado aluda aquí al estudio temprano, por su mentor, del ciclo económico argentino. Como sea, ya para garantizar independencia de, o para dotar al gobierno de un instrumento clave de política económica como un banco central, a nadie escapa la relevancia del hecho.[10]

El BCRA empezó a funcionar en junio de 1935. Hasta la guerra, se limitó a evitar que las fluctuaciones del balance de pagos se transmitieran a la economía. Hasta 1937, absorbiendo el exceso de fondos bancarios. Después, exportó oro de sus reservas e implementó medidas para mitigar el impacto de la salida de capitales en la actividad interna y el tipo de cambio. Si bien el banco fue elogiado por su actividad anti-cíclica, se lo cuestionó por no permitir que los bancos hicieran préstamos de inversión a largo plazo. Evidentemente, Semper reprocha a Prebisch algo que la compilación de Rougier (Rougier y Sember, 2018) quiere defender, a saber, la política que Perón va a impulsar con la nacionalización del BCRA y el despliegue de una perspectiva mucho más activa en términos de promoción económica, en particular, industrial.

En efecto, el banco "Prebisch" era muy prudente y "privatista" en ese sentido. El BCRA pre-peronista suponía que los bancos creaban dinero multiplicando sus fondos para crear nuevos préstamos o depósitos y, por lo tanto, si se restringían los fondos bancarios se podía impedir la expansión del crédito. El "crédito bancario normal" se identificaba al "capital de trabajo", la actividad específica de los bancos comerciales. No se consideraba relevante el tipo de préstamo. No se aceptaba que la banca prestara para inversión de largo plazo. Para eso se creó, en octubre de 1937, la Comisión de Valores, para coordinar las transacciones en el mercado de valores y dar estabilidad al mercado bursátil. El inicio de la Segunda Guerra Mundial va a modificar esta línea, pero eso ya es otra historia. Lo importante es que, con sus limitaciones, el BCRA "Prebisch" proyecta la línea de rescate general del capitalismo argentino que venimos describiendo, al mismo tiempo que corporiza la enseñanza fundamental que deja la crisis en su creador. Este proceso, sin embargo, no se limita a la centralización de las actividades financieras, que no es más que una parte de ese proceso de rescate mayor.

---

[10]Se puede hipotetizar, sin embargo, que la creación de los bancos centrales, fuera cual fuese su originalidad o su apartamiento de las pretensiones de los proponentes internacionales, obedeció a un proceso mucho más amplio y general: el pasaje definitivo de la moneda mercancía (el oro) a la moneda fiduciaria, proceso que culminará con la creación del patrón-divisa-oro (con las monedas ancladas al dólar, a su vez, anclado al oro), que se impondrá con Bretton Woods y caerá en los años '70, dando lugar a un patrón dólar flotante y a cierto caos monetario. Sobre la historia del sistema monetario internacional, véanse Kettell (2004) Eichengreen y Flandreau (1997) y Braga de Macedo, Eichengreen y Reis (2005).

La reconstrucción del sistema financiero

Recordemos que la aparición del Banco Central es apenas el iceberg de una reestructuración completa del sistema bancario argentino. Louro (1992) enlista:

12.155 Ley de creación del Banco Central de la República Argentina.
12.156 Ley de Bancos.
12.157 Ley del Instituto Movilizador de Inversiones Bancarias.
12.158 Ley modificando el Directorio del Banco Nación.
12.159 Ley modificando el Directorio del Banco Hipotecario.
12.160 Ley de Organización del sistema bancario.

Se trata de una reconstrucción completa del sistema, donde el BCRA, ocupando el pináculo, se ofrece como garante del equilibrio monetario, mediante una política de reservas constituidas a ese fin, moderando las fluctuaciones en el ingreso y salida de divisas, regulando el crédito y los medios de pago, asegurando la liquidez bancaria y asesorando al gobierno en materia de operaciones financieras nacionales e internacionales. Obviamente, esta prospectiva se lleva de patadas con un patrón oro o con la convertibilidad a una divisa patrón. Supone la creación de una moneda nacional, en el sentido de una moneda fiduciaria que asume la responsabilidad completa por las funciones internas de la moneda. Como hipótesis, la crisis mundial lleva a la quiebra de la hegemonía inglesa, lo que conlleva el ocaso del patrón oro, en la práctica, un "patrón-libra" y un período de caos monetario que dará como resultado la emergencia de nuevas monedas soberanas. Un proceso que puede vivirse como "independencia", pero que no tiene muchas posibilidades de sobrevivir más allá de la crisis. De allí que se agote en Bretton Woods.

Si la creación del BCRA es la piedra de toque del nuevo edificio, la Ley de Bancos es el cemento necesario para restaurar su solidez. La Ley de Bancos se creó para adquirir inmuebles, créditos e inversiones inmovilizadas en los bancos. Dicho de otra manera, un saneamiento de los bancos a costa del erario público, la estatización de las pérdidas privadas, con la excusa de recuperar luego esos gastos vendiendo gradualmente los activos en cuestión.

El Instituto Movilizador de Inversiones Bancarias resulta ser, entonces, una pieza clave en este proceso de reconstrucción de las relaciones capitalistas. La comisión organizadora del Instituto calculaba en 325.000 clientes afectados por bancos en virtual estado de quiebra.

Según Louro, para evitar una "inflación fiduciaria" se esquivó la solución más directa: clausurar los bancos afectados, pasando sus fondos al Instituto para devolverlos a los depositantes. En cambio, según la autora, se intentó asegurar los derechos de los depositantes, liberar al Banco de la Nación y asegurar el crédito bancario para el comercio y la industria.

Los bancos afectados tenían créditos incobrables y bienes que no podían vender sin pérdida. Esta masa recibía la denominación de "activos congelados", un eufemismo por "quebranto", por oposición a activos liquidables, en sentido estricto, los únicos activos verdaderos. Se trataba de un rescate del sistema bancario utilizando como recurso la devaluación del peso o, dicho al revés, como forma de ocultar la creación de moneda, la "revaluación del oro de la Caja de Conversión". Al momento de crearse el Banco Central, adonde fue a parar el oro de la Caja, se produjo una devaluación de más del 100%, pasando la paridad de 1$ oro = 2,22$ a 1$oro = 5$. Así, "le sobraron", al Banco Central, más de 660 millones de pesos. Dicho de otro modo, se habilitó, mediante la devaluación, la creación de una masa de dinero enorme (que alcanzó a 700 millones, al juntarse con otros ingresos similares), suficiente para cambiar los "activos" congelados por recursos frescos. Esos fondos no solo fueron al rescate de los bancos quebrados y a varias empresas, en maniobras no exentas de sospecha, sino a constituir el capital del BCRA y del Instituto, amén de cancelar la deuda flotante. Una brutal devaluación, con la emisión correspondiente, son la base del rescate. Obviamente, es en última instancia la caída de los ingresos de los trabajadores, como consecuencia de la devaluación, la que paga ese rescate.

El control de cambios

Volviendo a Machinea y Gerchunof, en noviembre de 1933 Pinedo, nuevo ministro de economía anunció el Plan de Acción Económica. Procedió a una devaluación del 20% para las exportaciones tradicionales y del 30% para las importaciones con permiso de cambio. Se envió al congreso el proyecto de Banco Central mixto acompañado de un nuevo régimen de control de cambio. Habría, a partir de ahora, un tipo de cambio oficial y uno paralelo. Las divisas oficiales, más baratas, se distribuirían con el permiso otorgado por la Comisión de Control de Cambios, siguiendo la línea de los países con los que se habían firmado convenios de pago: Reino Unido, Bélgica, Suiza, Países Bajos y Alemania (estos cuatro en 1934). Los que no, deberían ir al mercado libre, con un tipo de cambio un 20% superior. Acá entraba EEUU. Se inaugura, además, un desdoblamiento del tipo de cambio, con cuya diferencia se pagaría el precio sostén agrícola. Cuando los precios agrarios volvieron a subir, la diferencia pasó a ser un recurso fiscal (lo que hoy llamamos "retenciones"[11]). Las exportaciones no tradicionales, las ligadas a países vecinos y de las economías regionales pasarían por el tipo de cambio libre, una apuesta de largo plazo, con el objeto de diversificar las exportaciones y aflojar el bilateralismo, una línea que desemboca en el plan Pinedo de 1940 y la propuesta de unión aduanera con Brasil.

En síntesis, el comercio exterior se transformó en un proceso controlado desde fuera del mercado:

"Se siguió exportando con cuotas acordadas internacionalmente y se importó teniendo en cuenta la necesidad de productos esenciales para el agro y las industrias, maquinaria, combustible, hierro, hojalata, etc.; se trabó la importación de lo que pudiera significar artículos prescindibles o no esenciales, lo superfluo, de lujo, sobre todo en la época de falta de divisas. Permanentemente se buscó comprar a quienes nos compraban, sin perjudicar los intereses de los grupos de importadores y exportadores, pero manteniendo al Estado y a sus funcionarios como organizadores y árbitros del sistema." (Louro, 1992: 55).

La nueva base impositiva del Estado

La crisis del sector externo, ya lo hemos dicho, impacta en las finanzas del Estado en forma directa. Se trata de un impacto de largo plazo, que en el debate político de la época suele achacarse a la escasa vocación por la disciplina fiscal de Yrigoyen. Pero tiene un origen estructural magnificado por la nueva realidad del comercio mundial. Durante los años treinta, el grupo Pinedo-Prebisch va a presionar para cambiar la base de sustento del Estado, con propuestas que no son nuevas necesariamente. Algunas, como el impuesto a la renta, tiene una larga historia detrás.

Como ya vimos, con la reconstrucción del mercado cambiario se establece un tipo de cambio favorable a Gran Bretaña, que pasa por el mercado oficial y uno libre, 20% más caro, por donde pasan las otras importaciones, sobre todo las yanquis. Al mismo tiempo, el oficial se

[11]O'Connell concluye que la "discriminación contra los precios de la producción rural comenzó en la década del '30 y no durante el gobierno de Perón". Señalamos nosotros que allí se inaugura una dinámica campo-ciudad que tendrá larga vida en la historia futura, hasta el día de hoy.

desdobla en tipo de cambio comprador y vendedor. Con la diferencia se mantuvieron los precios sostén. Cuando los precios subieron, se dio inicio a las "retenciones" como fuente fiscal (noviembre de 1933). A esta nueva fuente, Pinedo va a sumar otra, resultante de la unificación de todos los impuestos internos para terminar con la confusión nacional-provincial.

Desde la crisis de 1890, tanto la Nación como las provincias están habilitadas a crear impuestos al consumo. Ello deviene en una proliferación de impuestos en ambas jurisdicciones. Con la sanción de tres leyes, en 1934, se organiza el sistema de coparticipación federal de impuestos, mediante el cual se unifica la recaudación y se reparte según lo recaudado en cada jurisdicción. Este sistema se va a complementar con el Impuesto a la Renta.

El impuesto, aparentemente, una iniciativa de Prebisch, subsecretario de Hacienda, pero que contaba ya con un largo proceso de discusión y antecedentes en el primer gobierno de Yrigoyen, fue establecido por decreto, junto con 32 modificaciones tributarias más y una Dirección Nacional de Impuesto a los Réditos, encargada de la recaudación y control, que con el tiempo desplazó a la Dirección de Aduanas y se convirtió en la Dirección General de Impuestos (DGI). Al frente de su dirección estuvo Ernesto Malaccorto, miembro del grupo Prebisch (Carabacca, 2008). Posteriormente, con la reapertura del Congreso, fue sancionado como ley.

3. Conclusiones

Decíamos al comienzo del artículo que la discusión sobre la política económica de los años treinta incluía un debate por la novedad, junto con otro sobre la paternidad. En ese escenario, resultaba interesante incluir la perspectiva de los propios protagonistas y la forma en que reconstruían su propio pasado. El examen de los problemas a los que se enfrentaron y de las soluciones que ofrecieron, puede arrojar luz sobre dichos debates. Y cuando se coloca todo ello en perspectiva, la conclusión parece asomar con cierta nitidez.

En efecto, los protagonistas se asomaron a la crisis con un acervo teórico y político que podría definirse como "tradicional". Ambos estaban en el centro de los consensos ideológicos de la época y, en ese sentido, muy alejados de la disidencia y la heterodoxia de un Alejandro Bunge. Dicho de otro modo: la historia que van a protagonizar no se anticipa en sus elaboraciones teóricas o políticas previas. Ambos son liberales, consideran el orden económico como algo muy cercano a lo "natural" y a los equilibrios automáticos como una realidad a la que tiende la vida económica. Ambos reconocen que ese es su punto de partida, uno para reivindicarlo (Pinedo), otro para cuestionarlo e iluminar las etapas de su desarrollo intelectual (Prebisch). Es claro como el agua clara que la realidad los obliga a tomar las medidas que toman y que ese proceso decisorio se produce a fuerza de ensayo y error y cuyos resultados terminan moldeados por las fuerzas en juego. Tan claro como que esas fuerzas no provienen solo del interior, respondiendo a una "presión externa" sino que forman parte y se contraponen con el movimiento conjunto del capital a escala mundial. Es decir, que los actores aprenden la letra a medida que la obra avanza y el autor discute con los espectadores y los dueños de la sala.

De todo ese proceso surge una realidad inesperada que plantea nuevos problemas, en particular, uno que ambos personajes se empeñarán luego en explicar y resolver: una tendencia al estrangulamiento de la economía y a la formación de un pantano político y social que parece empujar al país por una pendiente de decadencia. La oposición entre campo e industria, la dependencia de la renta agraria, el mercado internismo parasitario y sus consecuencias, la inflación y el endeudamiento, brotan de la lógica de las decisiones tomadas por los hacedores de política económica de esa década crucial de la historia argentina.

Lo que han aprendido y las conclusiones que han sacado de la experiencia que protagonizaron en los años treinta es muy diferente: uno, que la economía, pese a todo, tiene un orden que no conviene alterar a menos que las circunstancias lo exijan; otro, que la economía es algo muy distinto de un orden natural, que se puede operar sobre su cuerpo y, hasta cierto punto, diseñar políticas activas de transformación.

Si la historia posterior pareciera dar razón a Prebisch, opacando las pretensiones liberales en nombre de una primacía de la "política" sobre la "economía" en el nuevo contenido que la era keynesiana adjudica a la expresión "política económica", si es cierto también que la simple descripción de lo actuado por Pinedo en los treinta, basta para demostrar que su primer "plan" es inconmensurablemente más importante que el segundo, también es cierto que las ilusiones del futuro jefe de la CEPAL no tendrán demasiado vuelo. Porque tiene razón Prebisch en suponer que la economía puede moldearse. Es lo que con Pinedo han hecho: el primer "plan" es una reconstrucción completa del capitalismo argentino, una reconstrucción desde la política, desde el Estado, una reconstrucción consciente que hubiera sido innecesaria en un "orden natural". En ese sentido, y no en la originalidad o no de cada medida, es que la política económica es radicalmente nueva y que sus autores son verdaderos heterodoxos. Las ilusiones de Prebisch, que nutrirán a la CEPAL y lo transformarán en uno de los máximos teóricos mundiales del desarrollo, no carecen de sustento real. Pero las décadas siguientes no traerán buenas noticias a esa verdad adquirida en la era de la hecatombe. Más bien mostrarán serias dificultades a la hora de fijar políticas económicas que busquen forzar resultados de mercado. Al mismo tiempo, encontrarán severa oposición en el seno mismo de la clase a la que pretende ilustrar y que cree dotada de una voluntad segura para seguir sus mandatos, la "burguesía nacional". Sobre esas debilidades, se reconstruirá un campo liberal fuertemente internacionalizado.

Por eso Pinedo y Prebisch aparecerán, dentro del campo de las políticas económicas burguesas, como polos enfrentados, representando fuerzas sociales diversas que expresan las mismas ilusiones que sus representantes: que el problema puede resolverse con una simple marcha atrás; que el mal solo se encara adecuadamente si se lo combate favoreciendo aún más aquello que representaría el futuro. Desregulación versus transformaciones estructurales, libre mercado o reforma agraria, etc, etc., serán los temas en los que se expresará un debate que no ha acabado, porque lo que la historia va a demostrar en lo por venir es que liberalismo y cepalismo operan sobre un conjunto de ideas que suponen sujetos inexistentes y potencialidades dudosas. Ni la burguesía parece funcionar como sus esquemas teóricos pretenden ni la economía es una masa moldeable a voluntad, por más que no sea un orden "natural". Para mirar más allá de liberalismo y cepalismo, es necesario poner en cuestión el sujeto que comanda el proceso de las transformaciones. Eso es algo que la historia de la teoría económica y la historiografía superficial no suelen tomar en cuenta.

Bibliografía

Azaretto, R. (1998). *Federico Pinedo, político y economista*. EMECE.

Blanco, A. y Barboza, P. (2021). "Raúl Prebisch y Federico Pinedo". *Desarrollo Económico*, núm. 232, pp. 314-337. IDES.

Braga de Macedo, J. Eichengreen, B. y Reis, J. (2005). *Currency Convertibility. The Gold Standard and Beyond*. Routledge.

Caravaca, J. (2009). *Estado, economía y economistas: el caso del impuesto a la renta en la Argentina, 1890-1932*. FLACSO.

De Pablo, J. C. (2022). *Pinedo y Prebisch*. Sudamericana.

Díaz Alejandro, C. (1975). *Ensayos sobre la historia económica argentina*. Amorrortu.

Drosdoff, D. (1972). *El gobierno de las vacas (1933-1956). Tratado Roca-Runciman*. La Bastilla.

Eichengreen, B. y Flandreau, M. (1997). *The Gold Standard in Theory and History*. Routledge.

Fodor, J. y O'Connell, A. (1973). "La Argentina y la economía atlántica en la primera mitad del siglo XX". *Desarrollo Económico*, núm. 49, pp. 3-65. IDES.

Furtado, C. (1969). *La economía latinoamericana desde la conquista ibérica hasta la revolución cubana*. Siglo XXI.

Gerchunoff, P. y Machinea, J. L. (2015). "Circulando en el laberinto: la economía política de la salida del patrón oro en la Argentina (1929-1933)", *Revista CEPAL*, núm. 117, pp. 109-126. CEPAL.

Graciano, Osvaldo (2013). "El Partido Socialista Independiente en el gobierno de Agustín P. Justo: la gestión de Antonio de Tomaso en el Ministerio de Agricultura". *Revista de Historia Americana y Argentina*, vol. 48, núm. 2. UNCuyo.

González Bollo, Hernán (2014). *La fábrica de las cifras oficiales del Estado argentino (1869-1947)*. Universidad Nacional de Quilmes.

Halperín Donghi, T. (2004). *Argentina y la tormenta del mundo*. Siglo XXI.

Kettell, S. (2004). *The Political Economy of Exchange Rate Policy-Making. From the Gold Standard to the Euro*. Macmillan.

Llach, L. y Gerchnoff, P. (1998). *El ciclo de la ilusión y el desencanto*. Ariel.

Louro de Ortiz, A. (1992). *El grupo Pinedo-Prebisch y el neo-conservadorismo renovador*. GEL.

Mallorquín, C. (2006). "Textos para el estudio del pensamiento de Raúl Prebisch". *Cinta de Moebio*, núm. 25, pp. 17-63. Universidad de Chile.

Mandel, E. (1979). *Las ondas largas del desarrollo capitalista*. Siglo XXI.

Marx, C. (1971). *El 18 Brumario de Luis Bonaparte*. Ariel (obra original publicada en 1852).

O'Connell, A. (1984). "Argentina en la Depresión: los problemas de una economía abierta". *Desarrollo Económico*, núm. 92, pp. 479-514. IDES.

O'Connell, A. (2001). "El regreso de la vulnerabilidad y las ideas tempranas de Prebisch sobre el 'ciclo argentino'". *Revista de la CEPAL*. CEPAL.

Panettieri, A. (1983). *Devaluaciones de la moneda (1922-1935)*. CEAL.

Pérez Caldentey, E. Sunkel, O., Torres, M. (2012). *Raúl Prebisch (1901-1986): Un recorrido por las etapas de su pensamiento sobre el desarrollo económico*. CEPAL.

Pinedo, F. (1961). *La Argentina, su posición y rango en el mundo*. Sudamericana.

Regalsky, A. (2018). "En los preámbulos de la Banca Central, 1914-1930: el Banco de la Nación Argentina y sus nuevas orientaciones a partir de la Primera Guerra Mundial". Rougier, M. y Sember, F. (coord.), *Historia necesaria del Banco Central de la República Argentina*, pp. 29-68. Ciccus.

Rougier, M. y Sember, F. (coord.) *Historia necesaria del Banco Central de la República Argentina*. Ciccus.

Sanguinetti, H. (1981). *Los socialistas independientes*. Editorial de Belgrano.

Santillán, Fernando (2017). *Antonio de Tomaso: diputado socialista 1914-1926*. UTDT.

Sartelli, E. (1994). "Cuando Dios era argentino: La crisis del mercado triguero y la agricultura pampeana (1920-1950)". *Anuario*, núm. 5. Universidad de Nacional de Rosario.

Sember, F. (2018). "El banco mixto, 1930-1945: entre la ortodoxia y la búsqueda de un nuevo sendero de crecimiento". Rougier, M. y Sember, F. (coord.), *Historia necesaria del Banco Central de la República Argentina*, pp. 69-136. Ciccus.

Fuentes

Bolsa de Comercio de Rosario, *Boletín Oficial*.

Capítulo III

El plan Pinedo, las exportaciones industriales y la Corporación para la Promoción del Intercambio

Marina Kabat

El Plan Pinedo

En 1940 el entonces ministro de Hacienda, Federico Pinedo, presenta el plan de reactivación económica. La Segunda Guerra Mundial había comenzado hacía un año. La economía argentina aun sufría parte de las consecuencias de la crisis del '30 y no había logrado reacomodarse al nuevo orden mundial. Seguía vinculada con Inglaterra, una potencia en declive, mientras que los vínculos con Estados Unidos resultaban complicados. Farmers y chacareros rivalizaban por los mismos mercados. En vez de la complementariedad que había caracterizado nuestra relación con Inglaterra, Estados Unidos competía con nuestra agricultura. Aun así, de Estados Unidos provenían flujos de inversión directa y muchas importaciones de insumos y máquinas que Gran Bretaña ya no podía ofrecer. Para peor, Gran Bretaña pagaba sus importaciones de carne y cereales argentinos con una libra inconvertible, que no nos servía para pagar importaciones norteamericanas ni para el giro de dividendo de las empresas yanquis afincadas en el país. Se generaba así un triángulo comercial: acumulábamos divisas con Inglaterra a las que no les podíamos dar uso, mientras acumulábamos deuda en dólares con Estados Unidos, porque no disponíamos de saldos en esa moneda para afrontar los gastos (O'Connell y Seibert, 1984). Con en el inicio de la Segunda Guerra los problemas de esta economía triangular se agravan, en tanto Gran Bretaña deja de abastecernos y Estados Unidos, que al principio no participa del conflicto, la remplaza en algunos rubros.

Según el Banco Central de la República Argentina, el país exportó en 1940, a la zona de divisas de libre disponibilidad sólo 610 millones de pesos moneda nacional, mientras realizó importaciones por 840 millones. Se esperaba que ese déficit de 230 millones creciera en los años siguientes. En 1941 ya no se consideraba que fuera posible comerciar con Italia y Holanda, lo que forzaría a importar de Estados Unidos lo que en años anteriores se había comprado a aquellos países (BCRA, 1941). Pero, el comercio triangular era solo uno de los problemas. Existían saldos agrarios exportables sin vender. Se temía que el pobre desempeño agrícola tuviera consecuencias negativas en el conjunto de la economía.

El plan Pinedo, cuyo verdadero ideólogo era Raúl Prebisch, busca enfrentar estos problemas. Intenta evitar la recesión sin causar consecuencias inflacionarias ni cerrar la economía. El Estado debía comprar las cosechas, fomentar un plan de construcción de viviendas populares e incentivar la industria. Pero, no cualquier industria, sino aquella que pudiera exportarse, preferentemente a Estados Unidos o a países latinoamericanos. A nivel práctico, para facilitar esta reorientación del comercio, el plan contemplaba la creación de entidades que promovieran las exportaciones industriales y a las que se les concedería autorización para vender los dólares obtenidos en el mercado libre. Se esperaba que esas divisas fueran adquiridas por compañías que importaban desde Estados Unidos. De esta forma, además de promover las exportaciones industriales se resolvía el financiamiento de las importaciones de origen norteamericano. El decreto 78466 de noviembre de 1940 habilita la creación de una entidad de esta naturaleza y en mayo de 1941 se autoriza a operar a la Corporación para la Promoción del Intercambio (en adelante CPI).

Como señala Llach (1984), el plan aunaba propuestas para resolver la coyuntura con medidas de largo plazo. Dentro de estas últimas se destaca el intento de alcanzar una mayor complementariedad con la nueva potencia mundial en ascenso. Para Llach, el proyecto de una industria exportadora representa "La estrategia que no fue". Una estrategia original que no pudo aplicarse porque el Congreso rechazó el proyecto de ley del Plan Pinedo. A su vez, ve a la CPI como "el núcleo germinal de la nueva estrategia económica ... la única medida de todas las aconsejadas por Pinedo que se llevó a la práctica inmediatamente" (Llach, 1984). Para Llach, la CPI fracasó porque al ampliarse la Guerra Mundial no pudo proseguir sus planes y se limitó a realizar estudios sobre la industria local. De esta manera, según Llach, el modelo de industrialización exportadora propuesta por Prebisch y Pinedo fracasó por cuestiones políticas en el Congreso y por contingencias de la guerra y no por problemas intrínsecos de la economía argentina.

En este capítulo proponemos demostrar tres tesis. Una, que la promoción de exportaciones industriales no constituía en el momento una apuesta fuera de contexto o que sorprendiera a los actores económicos. Por el contrario, la UIA y cámaras empresariales sectoriales reclamaban estas medidas desde la década del treinta. En segundo lugar, el corazón del plan Pinedo, la promoción de exportaciones industriales logró implementarse a través de la sanción de decretos y mediante el accionar de la CPI mucho mayor a la que distintos autores sospecharon. Por último, esta estrategia exportadora fracasó debido a los problemas estructurales de la economía argentina.

La exportación deseada

Durante toda la década del treinta la Unión Industrial Argentina (UIA) sostuvo que industria argentina debía ser exportadora y demandó medidas concretas a tal fin. Por ejemplo, pidió leyes de draw back (que no se cobre impuesto a la importación de un insumo que era necesario para elaborar un bien destinado a la exportación). También reclamaba acuerdos comerciales que facilitaran la exportación (Tirre, 1997: 163). Detrás de estos pedidos hay una realidad concreta: industrias que alcanzaron tal nivel de desarrollo que requerían acceder a los mercados externos para evitar el estancamiento. Un caso particularmente agudo es el de la industria del calzado.

La industria argentina del calzado en el siglo veinte atravesó una acelerada transformación técnica. Empleaba las mismas máquinas y métodos que en Estados Unidos, aunque con una escala de producción y especialización menor. Una vez desplazadas las importaciones, pronto el mercado local resultó pequeño. Hubo "...un exceso de producción sobre el consumo, que se prolongó durante años, determinando un período de crisis en esta industria del que recién se sale con motivo de la intensificación de las exportaciones hace pocos años..." (Fernández, 1947:30-31)

Ya en 1923 se plantea la existencia de una sobreproducción y la necesidad de exportar:

"...la fabricación de calzado ha adquirido proporciones tan grandes que las grandes necesidades de consumo del país resultan en realidad pequeñas. (...) hoy, la producción de nuestras fábricas, intensificada y perfeccionada vigorosamente, es muy superior a las demandas del mercado local, no obstante haberse ampliado ésta al ser desalojado decisivamente de nuestro país el calzado extranjero. (...) A este aumento de producción, a esta creciente sobreproducción, no responde un crecimiento igual de las necesidades del país, lo que obliga a buen número de fábricas a soportar situaciones delicadas que, dentro de breve tiempo, han de tornarse insostenibles (...) Es necesario exportar la sobreproducción de calzado." (Cámara de la Industria del Calzado, 1923: 24).

A mediados de la década del veinte ante la agudización de la crisis, los llamados a la exportación se vuelven más precisos y comienzan a ser planteados los problemas concretos que deben resolverse. Así Schuster, dueño de una fábrica de maquinaria para la industria del calzado, señala que la salida a la crisis "por exceso de producción y falta de consumo", debe resolverse mediante la exportación y cree necesario encararla a través de un consorcio de fábricas (Cámara de la Industria del calzado, 1927: 48 y 49). Los problemas que dificultaban las exportaciones no podían ser resueltos por empresarios individuales. Por ello, la Cámara consideraba necesario que el Estado desarrollara una flota mercante y que instruyera a su cuerpo consular para el desarrollo de actividades comerciales (Cámara de la Industria del Calzado, 1927:16).

La crisis había aparecido antes de 1930 como consecuencia del propio desarrollo. No es un shock externo del mercado mundial, pues la Argentina es parte de ese mercado mundial y como tal contribuye también a la crisis. La nueva década no trae cambios cualitativos. En un balance de 1931 de La Cámara de la Industria del Calzado afirma que:

"La industria del calzado, pagando obligado tributo a su potente desarrollo, se halla desde hace años enfrentada a la premiosa necesidad de hallar nueva senda a sus actividades para poder salvar una crisis que de otro modo parece no tener fin. Dueña del propio mercado, sin competidores extraños que limiten el alcance de su acción concluirá por ahogarse en una existencia vegetativa si continúa encerrada dentro de los estrechos límites de este mercado, que ya resulta insuficiente para dar salida a sus productos." (Cámara de la Industria del Calzado, 1931: 12 y 13).

Según la Cámara en solo siete meses de 1937 se produjeron en el país más de 32 millones de pares de calzado, cuando la demanda local anual no podía superar los 30 millones de pares (Cámara de la Industria del Calzado, 1938). De esto se deduce que la capacidad productiva duplicaba la demanda del mercado interno. Había solo dos opciones: exportar o limitar la producción. Se toman algunas medidas para eliminar la competencia de pequeños talleres, pero son insuficientes.[1] La exportación era la única salida real.

Sin embargo, en la década del treinta cada vez resulta más difícil el ingreso a mercados protegidos por tarifas aduaneras. Para sortearlas eran necesarios convenios comerciales, como los que Estados Unidos había firmado con varios países latinoamericanos. Por ello, la Cámara plantea la necesidad de que el gobierno argentino gestione este tipo de acuerdos con países vecinos. Como la crisis afectaba los niveles de empleo los mismos trabajadores del sector terminan sumándose a los reclamos para que el gobierno promueva la exportación. En agosto de 1944 el Sindicato Obrero de la Industria del Calzado elevó memorial al DNT donde piden "la realización de convenios entre nuestro gobierno y los de las naciones extranjeras para la exportación de calzado excedente fabricado en nuestro país" (Cámara de la industria del calzado, 1944: 36).

Como vemos, la promoción de exportaciones industriales del Plan Pinedo no se gesta sobre el vacío, sino que existían demandas sociales que propugnaban en ese sentido. Los mismos sectores que venían demandando políticas de promoción apoyarán en la práctica el Plan de Pinedo, pese a que no sea aprobado en el congreso.

El debate sobre el Plan Pinedo

El Plan Pinedo proponía crear organizaciones que impulsaran las exportaciones industriales a cambio de beneficios cambiarios. Básicamente se les permitía vender en el mercado libre las divisas provenientes de las exportaciones industriales. Esas divisas serían usadas para pagar importaciones sujetas a racionamiento (las provenientes de EEU). De esta manera, se promovían las exportaciones industriales y, al mismo tiempo, se facilitaba el aumento de las importaciones de origen norteamericano.

En mayo de 1941 se autorizó la única organización de este tipo, la CPI, fundada en el Decreto 78466 del 29 de noviembre de 1940. La CPI inició sus actividades entre agosto y septiembre de 1941. En esos meses

---

[1]Durante 1937 la Cámara de la Industria del Calzado solicita la creación de una Junta Reguladora del Calzado y de una Licencia Industrial Obligatoria. En 1939 se crea por decreto el Registro de Fábricas de Calzado, sería considerado clandestino todo calzado no registrado. (Cámara de la industria del Calzado 1939 a: 21 y 1939 b: 16).

se adquirió una oficina en Nueva York y se encomendaron estudios destinados a seleccionar qué industrias podrían ser promocionadas en el exterior. Como ya señalamos Llach cree que fracasó:

"A corto plazo la CPI resultó un fracaso. La escasez de los medios de transporte y el control de las exportaciones norteamericanas por la guerra, cada vez más selectivamente contrario a la Argentina, resultaron obstáculos insalvables para que la CPI realizara los fines que habían llevado a su creación." (Llach, 1984: 527).

Para esta afirmación Llach se funda solo en las Memorias del Banco Central de la República Argentina correspondientes a 1941. Es decir, un documento que apenas podría dar cuenta de los primeros cuatro meses de accionar de la CPI y, demasiado cercano al ingreso de Estados Unidos a la Segunda Guerra, formalizado en diciembre de 1941, como para poder evaluar cabalmente el impacto de este hecho sobre el accionar de la CPI.

La CPI en 1942 reforma sus estatutos para continuar operando ante las nuevas circunstancias. En 1941, el objetivo era exportar y conseguir divisas de libre circulación. Las exportaciones superaron ampliamente las importaciones y aparecieron nuevas dificultades. Era clave asegurarse bodegas y obtener materias primas. Por eso, en la reforma de los Estatutos, la promoción del intercambio, que había constituido la función de la CPI, se redefinía y ampliaba. Inicialmente los objetivos de la CPI se limitaban a la exportación y sólo a aquella dirigida a los Estados Unidos. A partir del cambio de estatutos, se agrega la promoción de las importaciones que la industria argentina requiere, se trate de materias primas o productos elaborados. Sin importación de insumos a precios accesibles la industria no podría exportar. Por ejemplo, los productos químicos eran un talón de Aquiles que afectaban a varios sectores industriales.

A juzgar por un balance contemporáneo de Adolfo Dorfman y a Francisco Sintes Olives (s.f.) la CPI tiene más éxito en promover exportaciones que importaciones, ya que adquiere más divisas de las que consigue utilizar. Quizás por ello, con el tiempo, la CPI desarrollaría también intentos por remplazar esas importaciones con productos locales.

Con su reforma de estatutos la CPI amplía también su área de injerencia: además de ocuparse de Estados Unidos prestará atención a los países latinoamericanos. Esta diversificación obedece, en gran medida, a los problemas que empiezan a presentarse en el intercambio con Estados Unidos, ante los cuales se exploran otras alternativas. En correspondencia con esto, se plantea la apertura de nuevas filiales en México y Perú. Para ello, se estudian las importaciones de cada uno de estos países en el período 1938-39 y 1940-43, para establecer qué productos tienen mercado en épocas normales y cuáles en las de guerra.

De este modo, si bien el ingreso de Estados Unidos a la guerra impacta sobre las actividades de la CPI, no la paraliza porque esta reorienta su labor para sortear las dificultades. También es erróneo que los estudios realizados por la CPI sean un substituto a la exportación, una tarea menor sin consecuencias prácticas a la que la organización se dedicó por no poder exportar. Por el contrario, estos estudios son fundamentales para el éxito de exportaciones en muy variadas ramas como la exportación de cueros, calzado, hígado de tiburón o productos mineros. De esta manera, lejos de frustrarse su actividad, la CPI avanza en la misma tarea en la que persiste hasta 1946 cuando, por decreto es transformada en el Instituto Argentino de Promoción del Intercambio (IAPI), entidad central de la economía peronista.

Cabe agregar que, aunque Pinedo renuncia cuando el Congreso no vota su plan, Prebisch se mantiene a la cabeza del Banco Central. Otros miembros importantes del equipo también permanecen sus puestos de gobierno hasta después del golpe militar de junio de 1943 (Cramer, 1998). Por ello, mediante decretos del Poder Ejecutivo y nuevas normativas del Banco Central, manejado por Prebisch, se implementa un sistema de promoción de exportaciones no tradicionales, tal como fue previsto en el Plan Pinedo. La implementación del sistema se rige a partir de circulares de cambio del Banco Central que establecen el tipo de cambio preferencial y los productos a los que aplica (Kabat, 2008). A los beneficios cambiarios otorgados a la CPI se agrega la ley de draw back, que busca evitar que los bienes exportables pierdan competitividad por el pago de tarifas aduaneras cuando requieren el uso de insumos importados.

Al mismo tiempo, en cuanto relaciones exteriores también se implementa una política compatible con esta iniciativa. En 1941 se firma un acuerdo comercial con Estados Unidos. De acuerdo a Tirre (1997) éste parecería beneficiar a la Argentina porque en él se aseguraba una reducción de los índices tarifarios sobre productos que abarcaban el 75% de las exportaciones de 1940 a EE.UU., y sólo se rebajaban los índices de un 18% de los productos que Estados Unidos exportaba a la Argentina. También, en abril de 1941, Argentina y Brasil firmaron un convenio sobre créditos recíprocos para compras de excedentes, que Pinedo había promovido. Como resalta Tirre el acuerdo con Brasil era complementario al firmado con Estados Unidos, no se podía aspirar a un nivel de competitividad suficiente como para que nuestras manufacturas triunfases en los EE.UU. si no se ampliaba el mercado local y la escala de producción. Tirre destaca que ambos países se comprometían a desarrollar industrias que no estuvieran en ninguno de ellos y a otorgarles diez años de libertades aduaneras (Tirre, 1997: 160-163).

También se subestima al accionar de la CPI porque, debido a prejuicios, muchos autores creen que la misma respondía a intereses foráneos. El directorio estaba integrado, por los ejecutivos de las principales empresas norteamericanas radicadas en la Argentina, que actuaban como compradores de divisas. También estaban representados los grandes consorcios multinacionales, Tornquinst, Bemberg, Bunge y Born, Leng Roberts, etc. Llach considera que esto no es una concesión del Plan Pinedo a los industriales, quienes serían integrados como socios menores. Sino que mostraba el peso creciente de la hegemonía imperialista que intentaba sustraer a los consorcios agrarios parte del comercio de exportación (Llach, 1972). En una tónica similar Murmis y Portantiero, creen que la composición del directorio expresa la sumisión argentina a los deseos del imperialismo yanqui (Murmis y Portantiero, 2011: 86-97). Sin embargo, los empresarios norteamericanos no estaban allí por gusto propio, sino por imposición del gobierno argentino, que amenazó con bloquear sus importaciones si no colaboraban con el proyecto. Los gerentes de General Motors, por ejemplo, declararon que su firma no tenía ningún interés en ocuparse de exportaciones de vino y queso argentinos (Rapoport, 2005: 233). La creación de la CPI no generó en principio ningún entusiasmo en Estados Unidos, la noticia fue recibida con frialdad (Cramer, 1998: 534).

En síntesis, al valerse de las memorias del Banco Central correspondientes a 1941 para ponderar el accionar de la CPI, Llach ha considerado tan solo los primeros meses de lo que fueron cerca de cinco años de gestión, lo que lo lleva a desatender el aporte de la CPI a las exportaciones industriales de inicios de la década del cuarenta. Por su parte, el prejuicio de que la CPI defendía principalmente los intereses norteamericanos contribuyó también a que se menospreciara su efectividad.

Ese desconocimiento de la verdadera labor de la CPI es lo que habilita a Llach a creer que la promoción de exportaciones es "la estrategia que no fue", en vez de la estrategia que fracasó. Una ilusión similar abriga Diaz Alejandro:

"Durante la Segunda Guerra Mundial muchas industrias que se estaban desarrollando vigorosamente durante la década de 1930 pudieron exportar montos significativos de sus productos a otras naciones de América Latina, y aun a los Estados Unidos, mostrando así su vigor. Nunca se sabrá si políticas apropiadas hubieran podido mantener y extender estos mercados externos para productos manufacturados después de la Segunda Guerra Mundial." (Diaz Alejandro, 1970: 337).

¿Qué fue y qué hizo la CPI?

El aporte de las exportaciones manufactureras al total exportado subió del 2,7 al 19,44 % entre 1939 y 1943 (Llach, 1984: 532). Este no fue un movimiento espontaneo. En gran medida detrás de esta alza estuvo el trabajo de la CPI.

"La sociedad inició una vigorosa campaña de venta de productos argentinos, interviniendo directamente como agente vendiendo, forzando la oferta y ocupándose de todas las etapas inherentes de las transacciones... con sorprendentes resultados." (CPI, 1944 a: 10).

En 1941 la CPI abre una filial en Nueva York con un local con vidriera muy bien ubicado sobre la quinta avenida. En 1943 abre tres nuevas sucursales. Una, en Nueva Orleans por el cual ingresaba la mayoría de los embarques provenientes de la Argentina. Las otras dos, en Chicago y San Francisco, plazas donde se habían recibido bien nuestros productos.

Por un lado, la CPI trabaja con instituciones públicas y privadas de Argentina y Estados Unidos para facilitar el intercambio comercial. Para ello colabora con la embajada argentina en Washington y con la embajada norteamericana en Buenos Aires y con Cámaras industriales y comerciales en ambos países (CPI, 1944a:14). Establece contactos con autoridades de la aduana norteamericana a través de los cuales en ocasiones logra la entrada de productos que sufrían inconvenientes a su llegada (CPI, 1943: 11). Además, se vinculó con el comité de importadores de queso de Nueva York, institución que presionó al gobierno estadounidense para que incluyera a los quesos argentinos en el acuerdo con la Argentina (CPI, 1943: 11). También a nivel local, una empresa que había conseguido un contrato para exportar recurre a la CPI para que gestione el tipo de cambio especial para su mercadería, a lo cual la entidad accede (CPI, 1944c: 5).

La CPI también vincula proveedores locales con comerciantes norteamericanos a pedido de unos u otros. Uno de sus logros es un acuerdo entre frigorífico argentino y otro norteamericano. También consigue representantes norteamericanos para la comercialización de textiles (CPI 1943: 11). A la inversa firmas importadoras norteamericanas recurren a la CPI con pedidos de proveedores. En esos casos la CPI pone en contacto a las partes y colabora con ellas en la concertación del acuerdo (1944b:19). Cuando hay pedidos de firmas norteamericanas, la CPI suele contactar varias empresas argentinas y elaborar un muestrario con sus productos. En 15 meses de trabajo envía cerca de 5500 muestras (CPI, 1944 a). La CPI asesora a los empresarios argentinos sobre las particularidades del mercado norteamericano: por ejemplo, el uso tipo de hormas que requiere el calzado, la calidad de los materiales, el tipo de embalaje necesario para el comercio internacional, etc.

La CPI logra detectar demandas insatisfechas en el mercado norteamericano e interesar a compañías argentinas en ofrecer ese producto o algún substituto, incluso cuando no hubiera previamente una producción importante a nivel local. Es lo que sucede con la fiebre del tiburón. La guerra corta el suministro habitual de bacalao y al mismo tiempo genera una mayor demanda por el uso de su hígado como fuente de vitamina A. Detectada esta necesidad la CPI realiza estudios (CPI, 1945c) e interesa compañías argentinas en la pesca de tiburón. LA CPI envía muestras y el "Bacalao argentino" (cazón) obtiene un éxito rotundo:

> "Las muestras de bacalao argentino (cazón)tuvieron una aceptación tan favorable que una firma de Nueva York se interesó de inmediato por colocar un pedido por un millón de dólares por lo cual la Cía pesquera marplatense de los mares del sur, está estudiando la forma de dedicar la totalidad de su flota de pesca a cumplir un pedido de esta magnitud." (CPI, 1945 b: 5).

El desarrollo de la pesca del tiburón, la elaboración de aceite de hígado de tiburón y otros subproductos dará impulso a una acumulación en el sector pesquero marplatense (Masid y Mateo, 2008). El caso de la pesca e industrialización del tiburón no es un caso aislado. Otros mercados detectados por la CPI son el de la glucosa de maíz y los caramelos, cuya exportación alcanza cierta importancia, lo cual retrospectivamente no sorprende dado de que es uno de los pocos rubros donde firmas argentinas han alcanzado éxito en mercados externos, como lo atestigua el caso Arcor. Ya hemos demostrado en detalle el impacto favorable de los estudios de CPI en las exportaciones de curtiembres y de la manufactura del del calzado, dos industrias que lideraron el proceso de exportaciones no tradicionales (Kabat, 2013a y 2013b). Por supuesto, no todos los estudios alcanzan el mismo éxito. Para dar con un producto demandado que pueda producirse en forma competitiva deben explorarse un número más amplio de posibilidades que terminan siendo descartadas.

La metodología escogida va de lo general a lo particular. El informe Armour estudia las condiciones generales de competitividad de la economía argentina.[2] En base a esa primera aproximación se detectan algunos sectores económicos potencialmente competitivos sobre los que se realizan de estudios particulares. Para el diagnóstico general resulta relevante que el Informe Armour previera futuras dificultades para la Argentina en el mercado de granos. Señala que difícilmente se mantuviera la elevada demanda de cereales argentinos en la posguerra. Destaca dos motivos: por un lado, Estados Unidos, Canadá y Australia estaban acumulando stock que no podían colocar debido a las dificultades de transporte en medio de la guerra y, por otro, se consideraba que las potencias ganadoras impondrían su peso político militar en las negociaciones comerciales de la posguerra. De esto se deduce la necesidad de mejorar la conservación de los granos y aumentar la proporción de ellos que se industrializaba (Armour Research Foundation, 1943: 204).

Los problemas de escala, la falta de estandarización y la calidad aparecen como desafíos para la industria argentina. En la fabricación de aceites se señala la ausencia la mayoría de los casos de laboratorios en las plantas y la falta de un control del conjunto de la producción (Armour Research Foundation, 1943: 58). Las fallas de calidad de la industria química no solo dificultaban exportar, sino también conservar el mercado interno: el informe Armour refiere a partidas de insulinas que se habían echado a perder o a la producción de insecticidas para el cultivo de frutas que un año dieron buenos resultados, pero que al año siguiente la calidad fue tan mala que los productores que lo emplearon perdieron su cosecha (Armour Research Foundation, 1943: 252). Las exportaciones en la industria láctea se veían limitadas por las condiciones higiénicas en los tambos, donde se ordeñaba a la intemperie y sin refrigeración. El producto así obtenido no era apropiado para producir leche en polvo que hubiera tenido un buen mercado. Sí podían

---

[2]El informe ofrece comparaciones releantes. Por ejemplo, muestra que mientras los ferrocarriles argentinos podían transportar entre 20 y 30 toneladas, los norteamericanos alcanzaban las 50 toneladas de carga, por usar materiales más livianos para los vagones (mientras que en Argentina eran de madera) tener instalados frenos en todos los vagones (en Argentina solo se encontraban en las locomotoras). Esto solo daba a los ferrocarriles norteamericanos el doble de productividad que los argentinos (Armour Research Foundation, 143: 40).

exportarse caseina, quesos y manteca. En este punto era importante lograr unificar la calidad. El Ministerio de Agricultura inspeccionaba las fábricas destinadas a la exportación (Shellenberger, y Hopkins, 1943: 19-20). En un punto intermedio el sector refractario al que se le dedica cierta atención no parece resultar tan promisorio. En cambio, más auspicioso es el desarrollo de la minería.

En base a los primeros estudios realizados, la CPI elabora un plan de fomento de la minería. Se propone asesorar a productores mineros sobre minerales demandados en el exterior y por la industria nacional y, a la vez, buscar minas inactivas y yacimientos no explotados que puedan aprovecharse. En especial se concentra en las minas de tungsteno, por la demanda externa del material. También se realizan investigaciones de lagunas saladas y salinas como fuente de materias primas para la industria química. En 1943, por ejemplo, se visitan y exploran más de veinte minas (CPI, 1944b). En el laboratorio se trabaja en la limpieza de concentrado de tungsteno para alcanzar los estándares para exportación (CPI, 1946).

La CPI también monta un moderno laboratorio y una planta experimental. En ellos llevan adelante ensayos que siguen el programa de investigación de la CPI y otros realizados a pedidos de interesados. Estas consultas de productores mineros se vuelven tan numerosas, en 1945 llegan a 385, que deciden cobrar por ellas (CPI, 1946). A la inauguración de este laboratorio asisten el secretario de industria, el coronel Julio Checchi y el entonces vicepresidente de la Nación, Juan Domingo Perón, quienes elogian la labor de la CPI (CPI, 1944 D: 1 y 2).

Los problemas: precio, calidad y dificultades para escalar la producción

Hacia 1945 distintos factores externos como el fin de la guerra y cambios en la política tarifaria norteamericana dificultan las exportaciones. Pero estos se agregan a problemas preexistentes de la economía argentina: la deficiente calidad de muchos de los productos y al incremento de los precios. El problema de la calidad estuvo presente desde el inicio y era uno de los obstáculos que los estudios buscaban sortear.

En 1944, ante las quejas recibidas la CPI montó un servicio de asesoría para resolver conflictos originados en este problema que logra resolver muchos casos (CPI 1945 a: 6 y 7). En el primer semestre de

1945 la CPI intervino en treinta reclamos, en la mayoría de os cuales se encontró una solución adecuada para ambas partes (CPI, 1945b: 10). Pero, esto no siempre ocurría. Por ejemplo, se detectaron partículas de vidrio en una partida de Bourbon. El gobierno de Estado Unidos exigió un re-filtrado. La empresa proveedora y la importadora no se ponían de acuerdo sobre quién debería pagarlo. Este suceso impactó negativamente en la exportación de bebidas alcohólicas, puesto que finalmente el gobierno de Estados Unidos prohibió su ingreso (CPI 1945b: 9). Cuando los casos no se resuelven o los funcionarios de la CPI intuyen mala fe, estos informan a la Subsecretaría de Industria, presumiblemente para que esta tome medidas.

En marzo de 1941 se había creado el Comité de Exportación y Estímulo Industrial y Comercial, para asesorar al Ministerio de Agricultura en todo lo referente al desenvolvimiento industrial y comercial del país y entre otras cosas para fiscalizar la calidad del producto que se exporta, así como su correcta propaganda. Estaba presidido por el ministro de Agricultura e integrado también por un delegado de la UIA, uno por la Bolsa de Comercio, y uno por la Dirección de Industria y Comercio. El mismo decreto 109059 creaba también una Comisión Fiscalizadora de la Exportación. Esta comisión se financiaba con un impuesto sobre el valor Fob de las operaciones comerciales para las cuales el comité otorga permiso de exportación. El mismo decreto estableció que las mercaderías exportadas debían ser acompañadas por certificados de calidad, y que se iría formando de un modo progresivo un listado de productos sometidos en forma obligatoria a tal requisito. Se crearon para ello subcomités asesores del calzado, cereales, conservas de pescado, cueros y pieles, destiladores, frutas, industria quesera, lecharía, entre otros (Dorfman, Adolfo y Sintes Olives, s.f.: 13).

Gómez Morales, señala que la Dirección de Abastecimiento, donde él trabajaba a mediados de los cuarenta, tenía una división de Exportaciones. Esa división se crea por la importancia de las exportaciones de diversos productos, ya que en medio de "la desesperación de los otros países por no poder importar desde Europa nosotros llegamos a exportar a los más diversos artículos incluso a países como Sudáfrica y Colombia" (Gomez Morales, 1987: 348)

Estando en Colombia Gómez Morales compró una brocha de afeitar. Al intentar usarla las cerdas se despegan y se quedan pegadas a su cara. Baja para reclamarle al vendedor y el kioskero le pregunta si era argentino. Ante la respuesta afirmativa, le acota que la brocha también...

"Cuando volví a la Argentina empecé a preocuparme más por la calidad de los artículos que mandábamos al exterior. Algo similar pasó en Sud África cuando le exportábamos frazadas recortadas. Les vendían media frazada y se la hacían pasar por una entera. Había mucha piratería. Mi responsabilidad, en ese entonces, en tanto Director de Abastecimiento, y Subsecretario de Comercio después, era autorizar los derechos de exportación. Tomamos una serie de medidas, entre ellas la eliminación de los registros de exportación a los que cometían esas piraterías. Pero era muy difícil de combatir esto. Esa fue la primera experiencia de exportación de artículos manufacturados durante la guerra (...) ahí debió haberse iniciado el despegue argentino, pero desgraciadamente no fue más que una intentona." (Gómez Morales 1987, 347-348)

Al estudiar distintos momentos históricos en los que se exportó calzado hemos encontrado un patrón que se repite. Cuando se inician las exportaciones se crean organismos fiscalizadores con la intención de cuidar la "marca argentina". Por un tiempo todo marcha bien, pero al cabo de unos años -y a veces menos- reaparecen los mismos problemas de calidad. Suele suceder que se pactan envíos a un precio por cierto período y, cuando los costos locales suben, y los industriales no logran cubrir los costos terminan por enviar productos inferiores (Kabat, 2013c: 48-49 y 51).

Un segundo problema es el aumento de los precios. A medida que suben, los productos argentinos se vuelven poco competitivos en el mercado norteamericano. Además, esto tiene un impacto inflacionario, lo que en algunos casos impulsa al gobierno a restringir las exportaciones, preocupado por el encarecimiento o incluso el desabastecimiento interno. Las empresas locales tienen dificultades para escalar la producción al nivel de la demanda externa. En algunos rubros, en 1945 las fábricas ya tenían comprometida la venta al exterior de toda la producción del año siguiente. Esto ocurre con alfombras, glucosa de maíz y con fábricas de caramelos. Estas últimos hubieran querido ampliar sus instalaciones, pero no tenían garantizado el suministro de fuerza matriz para poner a producir nuevas fábricas (CPI, 1945b: 6-7 y 9; CPI, 1946:21).

Una estrategia industrial implementada y fracasada

El núcleo del Plan Pinedo se implementa, pese al rechazo del Congreso y al posterior golpe de Estado. La CPI ese "núcleo germinal de la nueva estrategia económica" tuvo una frenética actividad en algunos casos complementada por otras instituciones públicas o privadas que también promovieron las exportaciones no tradicionales.

Al margen de las dificultades coyunturales, dos obstáculos centrales a la consolidación del proceso de exportaciones fueron la baja escala productiva y la ausencia en la Argentina de una abundante sobrepoblación relativa. Al aumentar la producción y acercarse a una situación de pleno empleo los salarios se elevaron, aumentando también los costos en actividades que eran, en su mayoría, mano de obra intensivas.

Una de las conclusiones importantes de este capítulo es la importancia de la investigación para la promoción de las exportaciones. Aquí sintetizamos el trabajo de la institución en alguna de las principales áreas, pero bien podría escribirse un capítulo por cada rama productiva donde intervino. Por sus consecuencias prácticas este aspecto no puede ser soslayado: no hay desarrollo económico sin investigación. El impacto de los estudios realizados por la CPI en las exportaciones industriales son una prueba de ello.

Bibliografía y fuentes

Armour Research Foundation (1943). *Technological and economic survey of Argentine industries with industrial research recommendations*. Corporación para la Promoción del Intercambio.

Banco Central de la República Argentina (1941). *Memoria anual*, sexto ejercicio. 1940.

Cámara de la industria del Calzado (1923). *La industria argentina del calzado*, marzo.

Cámara de la industria del Calzado (1927). *La industria argentina del calzado*, agosto.

Cámara de la Industria del Calzado (1931). *La industria argentina del calzado*, junio.

Cámara de la Industria del Calzado (1938). *Censo Privado de la Industria del Calzado año 1937*, Primera parte.

Cámara de la Industria del Calzado (1939a). *La industria argentina del calzado*, septiembre.

Cámara de la Industria del Calzado (1939b). *La industria argentina del calzado*, septiembre.

Cámara de la Industria del Calzado (1944). *La industria argentina del calzado*, septiembre.

Corporación para la Promoción del Intercambio (1943). *Memoria de la Corporación para la Promoción del Intercambio SA, ejercicio 1942*. Corporación para la Promoción del Intercambio.

Corporación para la Promoción del Intercambio (1944a). *Actividades desarrolladas por la Corporación para la Promoción del Intercambio desde su creación hasta octubre de 1944. Plan de trabajos presupuesto para 1945.* Corporación para la Promoción del Intercambio.

Corporación para la Promoción del Intercambio (1944b). *Memoria de la Corporación para la Promoción del Intercambio SA, ejercicio de 1943.* Corporación para la Promoción del Intercambio.

Corporación para la Promoción del Intercambio (1944c). *Actividades desarrolladas por la Corporación durante el mes de noviembre.*

Corporación para la Promoción del Intercambio (1944d). *Acta número 58, 14 de noviembre.* Corporación para la Promoción del Intercambio.

Corporación para la Promoción del Intercambio (1945a). *Memoria de la Corporación para la Promoción del Intercambio SA, ejercicio de 1944.* Corporación para la Promoción del Intercambio.

Corporación para la Promoción del Intercambio (1945b). *Actividades desarrolladas por los distintos departamentos y Divisiones de la Corporación para la Promoción del Intercambio durante el primer semestre de 1945.* Corporación para la Promoción del Intercambio.

Corporación para la Promoción del Intercambio (1945c). *La industria del tiburón.* Corporación para la Promoción del Intercambio.

Corporación para la Promoción del Intercambio (1946). *Memoria de la Corporación para la Promoción del Intercambio SA, ejercicio 1945.* Corporación para la Promoción del Intercambio.

Cramer, G. (1998). "Argentine Riddle: The Pinedo Plan of 1940 and the Political Economy of the Early War Years". *Journal of Latin American Studies*, núm 3, pp. 519-550, Cambridge University Press.

Fernández, M. (1947). *La industria del calzado en la República Argentina.* Tesis de Doctorado, Facultad de Ciencias Económicas, Universidad de Buenos Aires.

Gómez Morales, A. (1987). Testimonio oral registrado por Mario Rapoport y Graciela Sanchez Cimetti, 5 de octubre. Rapoport, M. (2015). *Historia oral de la política exterior argentina* (1930-1960), UMET.

Kabat, M. (2008). *Auge y declive de la fabricación nacional del calzado (1940-1960).* Tesis doctoral. Facultad de Filosofía y Letras. Universidad de Buenos Aires.

Kabat, M. (2013a). "La Corporación para la Promoción del Intercambio y las exportaciones no tradicionales, 1941-1946". *Revista de historia americana y argentina*, vol. 48, núm. 2, pp. 71-105.

Kabat, M. (2013b). "Proceso de trabajo, eslabonamientos industriales y competitividad en la industria del cuero en la Argentina 1880-1972". *Revista Espacios*, vol. 34, núm. 3.

Kabat, M. (2013c). "Las exportaciones de calzado argentino a Estados Unidos (1940-1976)". *Comercio Exterior*, vol. 63, núm. 1, pp. 43- 52.

Llach, J. (1984). "El plan Pinedo de 1940, su significado histórico y los orígenes de la economía política del peronismo". *Desarrollo Económico*, vol. 23, núm. 92, 515-558.

Llach, J. (1972). "Dependencia, procesos sociales y control del estado en la década del treinta". *Desarrollo Económico*, vol. 12, núm. 45, pp. 173-183.

Masid, M., & Mateo, J. A. (2008). "De la sustitución a la exportación. El sector pesquero argentino entre 1930 y 1965". *Revista de Estudios marítimos y sociales*, núm. 1, pp. 71-81.

Murmis, M. y Portantiero, J. C. (2011). *Estudios sobre los orígenes del peronismo*, Siglo XXI.

O'Connell, A., & Seibert, S. (1984). "La Argentina en la depresión: los problemas de una economía abierta". *Desarrollo Económico*, vol. 23, núm. 92, pp. 479-514.

Rapoport, M. (2005). *Historia económica política y social de la Argentina*. Ariel.

Shellenberger, J.A y Hopkins, J.A (1943). *La industria lechera argentina*. Corporación para la Promoción del Intercambio.

Tirre, E. (1997). "Estados Unidos, la Argentina y la unión aduanera con el Brasil, 1935-1942". *Ciclos en la historia, la economía y la sociedad*, vol. 7, núm. 13, pp. 135-170.

Capítulo IV

El "bungismo"

Una hipótesis acerca de la influencia de Alejandro Bunge en la práctica económica y la interpretación de los problemas argentinos

Eduardo Sartelli

La revolución social del siglo XIX no puede sacar su poesía del pasado, sino solamente del porvenir. No puede comenzar su propia tarea antes de despojarse de toda veneración supersticiosa por el pasado.

Carlos Marx, 1852

Mucho se ha escrito ya sobre Alejandro Bunge. Un simple recuento bibliográfico enumeraría unos cuantos libros y decenas de artículos, un resumen del cual puede verse al final de este texto. Aquí no nos interesa bucear en las variadas perspectivas que su vida y obra ofrecen y que dan pie a esa abundante preocupación historiográfica. Nos preocupa otra cosa: postular, como hipótesis de trabajo, que junto con el liberalismo y el cepalismo discurre una tercera corriente burguesa de interpretación de los problemas argentinos, el "bungismo".[1] Y que esa corriente no llega a ser una escuela de pensamiento (como podría ser la CEPAL) ni una perspectiva común a varias "subespecies" (como el liberalismo), sino una interpretación y una práctica económica que resulta dominante de facto en las intervenciones "populistas" como las del primer y el tercer gobierno de Perón y el kirchnerismo. Describiremos, en primer lugar,

[1]Discrepamos aquí con Asiaín (2021), quien ve en Prebisch un discípulo de Bunge, aunque acordamos con las similitudes e ideas comunes que menciona, que, a nuestro juicio, opacaron al autor de Una nueva Argentina, al quedar asociadas con un expositor de mayor relevancia internacional. Por mucho que Asiaín lo intente, su intento de demostrar la influencia post mortem de Bunge, más bien demuestra lo contrario, al menos en el plano teórico.

esa interpretación, y dejaremos para el final, la evaluación de la solución que el bungismo imagina para eso que hemos llamado el "pantano" argentino.

1. Una temprana conciencia del problema

"Después de la guerra sudafricana también surgió la tendencia proteccionista colonial que amaga de nuevo en el presente un cambio total en la política británica, pero que entonces fracasó por obra de los laboristas ante la imposición de las clases obreras, víctimas del plan gubernativo que no previó como consecuencia el aumento de los precios de las substancias alimenticias. Este fenómeno económico produjo la derrota de Mr. Chamberlain. En estos trances no nos correspondió más papel que el de un espectador curioso y atento."

Así sintetizaba Enrique Ruiz Guiñazú, en el primer número de la Revista de Economía Argentina (REA, en adelante), el fenómeno económico mundial que sobrevolaba el cielo argentino como un cisne negro, todavía lejano pero muy preocupante: el proteccionismo. La tendencia ya estaba clara, a pesar de que se imponía no sin resistencia:

"El futuro régimen aduanero de la Europa no se percibe completamente aún. ¿Será más o menos proteccionista? ¿Será decididamente librecambista? (...) los maestros se hallan divididos en sus opiniones. Unos, los más, son favorables al proteccionismo y aun al 'ultraproteccionismo'; otros más cautos o más indecisos, no se resolvieron en sentido alguno determinado; por último, los hubo librecambistas sin hesitaciones."

El autor concluía:

"Nosotros debemos fijar el rumbo de la propia acción con un sentimiento argentino, sin perder de vista dos órdenes de relaciones diversas. Una, tendiente a la íntima confraternidad y solidaridad americana; otra hacia la vinculación europea, grande y respetable como cuadra a una tradición de armonías e intereses recíprocos. Para ambos casos se requiere afirmar nuestra conciencia integral, nuestro criterio prácticamente, dentro de un plan acomodado a nuestra potencialidad productiva e industrial; sin jactancia, sin pesimismo, ni 'diletantismo'. Es el modo de computar una cifra de afirmaciones, de progresos, de realidades." (Ruiz Guiñazú, 1918).

Se diría que hay aquí ya formulado, en germen, todo un programa político cuyo vínculo con el liberalismo dominante es tenue, aunque todavía bajo la cobertura de la "necesidad" que imponen los tiempos, no como una pretensión de derecho propio. Las tres décadas siguientes del pensamiento económico y de las políticas económicas en Argentina estarán signadas por la transformación de esta forma vergonzante de pensar el país, a doctrinas claramente consolidadas en su anti liberalismo.

A lo largo de ese primer año, veremos desfilar por las páginas de REA, entre debates acalorados sobre temas puntuales, como el impuesto a la renta, planteado por el gobierno yrigoyenista, reflexiones que recuperan una línea básica ya examinada en este volumen: la línea proteccionista que toma la experiencia de los países centrales (Alemania, Inglaterra, EE.UU.) y que ya había hablado en nuestro país, por boca del grupo de Vicente López, durante la segunda mitad del siglo XIX.[2] En esa línea, la referencia teórica es siempre la misma: Alexander Hamilton y Friedrich List. Siguiendo esta tradición, un articulista, Roberto Ramm Doman, concluye:

> "Una nación joven como la nuestra no necesita inventar nuevas teorías para colocar su economía nacional sobre un funamiento firme y propicio a su creciente desarrollo, sino saber leer con sentido práctico y visión clara en la historia, para encontrar los mejores medios que la conduzcan al bienestar y a la grandeza. (...) La responsabilidad de los gobernantes y del parlamento de hoy es enorme por la trascendencia que tendrá la forma en que sabrán afrontar los grandes problemas que la historia nos encarga resolver en la actualidad. Entre ellos va a ocupar un lugar preferente el régimen aduanero, y será preciso resolverlo por una legislación proteccionista bien conceptuada y definida a favor de la industria nacional." (Ramm Doman, 1918).

Si este nacionalismo del grupo bungeano aparece al margen del centro por el que discurre la política económica usual, dominada por el liberalismo, no es el punto exclusivo en el que se ofrece como disidencia. A pesar de sus intervenciones asiduas en la vida política argentina y en política económica en particular, incluso con cierto protagonismo, como en ocasión del Plan Herrera Vegas, en el gobierno de Alvear, Bunge es un marginal.[3] Aun cuando la ortodoxia tambalee y se asome una heterodoxia pragmática, como en los treinta, cuando es, como señalan Llach y Gerchunoff, el único que está en contra de políticas contractivas:

---

[2]Véase en este mismo volumen, nuestro "Cuando llega el otoño..."

[3]Sobre el "plan" Herrera Vegas y la actuación de Bunge, véase González Bollo, 2012.

"Parece ya muy claro que la política de la 'prudencia', definida por la reducción progresiva de los costos y de los gastos, la limitación de las actividades y la postergación de iniciativas, ha perdurado más de lo conveniente [...] Hay que cambiar radicalmente la táctica, entendiendo que la verdadera 'prudencia' consiste hoy en poner en movimiento todos los medios razonables para promover el aumento de los consumos y la reanudación de las actividades y de las iniciativas creadoras [...] Ha llegado el momento de promover un reajuste racional hacia arriba [...] que puede sintetizarse con dos palabras y en varias formas, según el ángulo desde el cual se lo defina: Crear mercado. Crear trabajo. Gastar más." (Citado en Llach y Gerchunoff, 1998: 149).

Probablemente, esta marginalidad sea la que le permitió tener una conciencia aguda y temprana de los principales problemas de la Argentina, lo que, como veremos, no necesariamente le permitió iluminar mejor que sus rivales ideológicos la solución adecuada.

2. Ubicando a Bunge

Si solo fuera por una preocupación puramente historiográfica, el estudio de la vida y la obra de Alejandro Bunge ya sería suficiente aliciente. En algún sentido, Bunge se nos aparece como el primer economista argentino profesional. Como el que inaugura la profesión, hasta cierto punto, el padre de todos los que vinieron después. No solo por haber sido uno de los primeros en oponer números a la manía ensayística propia de la intelectualidad de la "generación del '80", sino por el mérito indiscutible a la hora de construir instituciones que definen una profesión. Aquí, el estadístico suma al propagandista y al académico, al inaugurar una de las publicaciones pioneras en su campo, la Revista de Economía Argentina (REA) y formar un equipo de colaboradores y un instituto de investigación. Por si fuera poco, no solo no rehusó, sino que buscó al gran público con textos que nunca abandonaron la inscripción del especialista, pero se expresaban en lenguaje sencillo, casi no profesional.[4] Estamos frente a un verdadero pater familias. Antes de llegar al núcleo de nuestro argumento, veamos un poco de la vida privada del primer economista público.

El apellido de nuestro personaje remite directamente a una empresa, Bunge y Born, que despierta sentimientos casi unánimes, casi todos adversos. Alejandro Bunge está emparentado con los fundadores de la

[4]Un análisis de REA, en Bacolla (2020). Sobre la vida de Bunge, el ya citado texto de González Bollo.

empresa, pero no vive de ella. De hecho, pertenece a la rama alemana de la familia, Ernesto Bunge es su primo, que pertenece a la rama belga, es decir, a la dueña del negocio. Su pariente más lejano llega a la Argentina en la época de Rosas, cónsul de Prusia y Holanda, y representante de firmas alemanas. El padre de Alejandro, Octavio, fue miembro de la Suprema Corte y creador de una familia extensa, probablemente la base experiencial de la preocupación bungiana por la decadencia de la natalidad y la importancia de la población en la economía argentina. Es también, el progenitor de una familia de notables: Augusto Bunge, médico y diputado socialista, padre de Mario Bunge, el científico hispanohablante más citado de la historia; Carlos Octavio Bunge, sociólogo, escritor racista, y biologista, de gran influencia ideológica; Delfina Bunge, escritora y poetisa, esposa de Manuel Gálvez y madre de la arquitecta Delfina Gálvez, la creadora de la "casa del arroyo", con Amancio Williams. Como se ve, una parte de la familia puede identificarse con una línea política (el ateísmo socialista: Augusto; Mario) y otra con la inversa (el nacionalismo católico filoperonista: Delfina, Alejandro).

De esa variada panoplia de intereses, casi todos muy centrados en lo social, Alejandro practicará una no menos variada gama: sociólogo, demógrafo, economista, funcionario, docente... Se hace católico a pesar de la voluntad paterna y cultiva un reformismo ligado a la Rerum Novarum, Quadragesimo Anno y el Código Social de Malinas. Es dirigente del "catolicismo social" y presidente de los Círculos Obreros, es decir, constructor de esa línea política que desemboca en el peronismo y que tiene como hitos al cura Grote, al creador de clubes de fútbol, Lorenzo Massa, todos preocupados por la "cuestión social" y la conciliación de clases como alternativa al socialismo y el anarquismo. De hecho, uno de sus textos importantes, Los problemas económicos del presente, tiene como motivación inmediata la Semana Trágica. Es decir, Bunge forma parte del momento de la historia de la Iglesia en que esta encuentra un lugar en la política argentina y va a seguir su derrotero nacionalista, anti-comunista y pro-conciliación, es decir, peronista. Claramente, se encuentra en un universo ideológico que incluye simpatías por la Carta del Lavoro, la Liga Patriótica y el golpe de Uriburu.

Bunge es un nacionalista particular, es decir, disonante con lo que hoy identificamos como tal. Es que el contexto en el que se ubica es diferente: bajo el dominio inglés, no extraña que su nacionalismo decante por una admiración temprana por EE.UU., aunque luego se vuelva más desconfiado del capital extranjero. Pero no es solo un nacionalismo defensivo. Algo que resulta extraño en Bunge para un observador actual, es su perspectiva de dominio sudamericana, como veremos más adelante.

Ingeniero electrotécnico, profesor de la UBA, tuvo a Prebisch, como auxiliar en su cátedra. Funcionario estatal desde la primera década del siglo, es parte de la construcción del aparato técnico que al Estado le falta, ya sea como miembro del DNT o como, desde allí, promotor de la estadística económica y social, Bunge es un técnico destacado a nivel mundial, llegando muy joven al cargo de director de la Dirección General de Estadísticas, con Yrigoyen (González Bollo, op. cit). Sin abandonar esa condición de técnico, es un militante del catolicismo social, vinculado a sus instituciones como el Museo Social, a la cual está asociada la REA. Bunge tiene una perspectiva industrialista desde muy temprano. Fue asesor de la UIA durante el debate sobre la protección industrial bajo Alvear y partícipe del "plan" Herrera Vegas, que se anticipa a la política de Perón. En el orden de las anticipaciones, también está su propuesta de Banco Central a fines de los '20.

Obviamente, Bunge y el liberalismo se llevan mal. En particular, el liberalismo socialista que, seguramente, tuvo que soportar en la mesa familiar. Y seguramente, un punto crucial será la defensa del patrón oro por los juanbejustistas, preocupados por el salario mientras, desde el punto de vista de Bunge, se trata de defender la ocupación. De allí que mientras los primeros defenestren a Pinedo, él será un apoyo entusiasta:

> "Acaba de ser designado ministro de Hacienda de la nación un hombre joven y de excepcional talento y capacidad de acción, el Doctor Federico Pinedo, quien hizo más en los veintiocho meses de su anterior ministerio que la obra conjunta de los ministros que lo precedieron en los últimos veintiocho años. La mayor parte bien. Y algunas de las cosas que realizó las hizo mejor que las de igual orden hechas hasta hoy en otros países, sin excluir a Gran Bretaña y los Estados Unidos. Hay pues motivos para esperar la acción que en 1941 habrá de iniciarse." (Bunge, 1940: 257).

Como ya hemos visto, el proteccionismo al que apela el ministro tiene una raíz distinta de la perspectiva bungiana. Para aquél, se trata de medidas excepcionales para tiempos excepcionales. Para Bunge era una cuestión filosófica. No por casualidad participa del acto en el Luna Park (1933) contra el pacto Roca-Runciman. No hay conveniencia inmediata que justifique el sacrificio industrial. Bunge es continuador de una larga prosapia proteccionista que se remonta, al menos, a Vicente Fidel López y Carlos Pellegrini y que abreva en las mismas influencias intelectuales. Por empezar, la Escuela histórica alemana: List, Schmoller, Sombart, Schumpeter. Pero también la experiencia americana de Simon Patten, teórico yanqui de un proteccionismo permanente cercano a la autarquía. A través de ambas líneas, resuena, por supuesto, Alexander Hamilton. Hay otras "influencias", pero me parece, que con los "reformadores ingleses" como Beveridge o Pigou, se trata de lecturas e intereses comunes.

Entre los temas más interesantes tratados en torno a la obra de Bunge, está su vínculo con el peronismo. Un vínculo ideológico, porque Bunge murió en 1943, pero también práctico, porque su equipo participó activamente en la primera etapa del primer gobierno peronista. Algunos señalan, en relación al primer aspecto, un vínculo muy estrecho, al punto que, según Hernán González Bollo, Una nueva Argentina sería la agenda del Primer Plan Quinquenal. En relación al segundo, Claudio Belini afirma que la política peronista está casi diseñada por Bunge y sus discípulos (Belini, 2006). En la misma línea, se expresa Andrés Asiaín (op. cit.). La presencia de éstos en puestos importantes y en la gestación del Primer Plan Quinquenal sería relevante, al menos hasta el '47: Jorge Vicien, Carlos Moyano Llerena y José Astelarra (miembros del Consejo Nacional de Posguerra), José Figuerola (especialista en cuestiones sociales, director de la Secretaría de Trabajo Previsión, secretario técnico del CNP y autor del Primer Plan Quinquenal); Emilio Llorens (en la en la Dirección de economía y política industrial) y Rafael García Mata (Dirección general de agricultura, promotor del primer régimen de promoción industrial).

Hay diferencias con la política peronista, en particular, la política salarial. Bunge y su grupo no son, precisamente, benefactores, por lo menos cuando se trata de cuidar la productividad y la ganancia empresaria. Reconocían que la redistribución progresiva del ingreso garantizaba un mercado interno amplio, pero no podía hacerse gratuitamente, sino siguiendo la calificación de la fuerza de trabajo para no crear costos excesivos. Las proporciones no siempre quedan claras, de modo que hay un bungismo más estatista y progresivo y uno más liberal. Así, Juan José Llach (Llach, 1985) remarca otras diferencias con el peronismo, mostrando una mayor adhesión al mercado por parte del ingeniero economista, que no creía, siempre de acuerdo con el compilador de La Argentina que no fue, en la autarquía ni en la obsesión por la industria pesada propias de la imaginería del Coronel de los trabajadores.

Estas ambigüedades y vacilaciones hacen que la caracterización de Bunge no sea uniforme. Para unos el bungismo es un simple mercado internismo subsidiador (Portantiero); para otros, un conservador modernista (González Bollo, op. cit.) o un "visionario" (Villanueva,

2010); hasta un dependentista (Imaz, 1974) o, como sostiene Andrés Asiaín, el eslabón perdido entre List y Prebisch, es decir, un proto-cepaliano de tendencia conservadora:

"Desde esa perspectiva, la figura de Bunge como expresión de la fracción conservadora que abogaba por un desarrollo industrial como fuente de independencia económica, pero sosteniendo los privilegios sociales de las minorías, no tuvo un lugar en la polarizada historia argentina." (Asiaín, 2021: 14).

Bunge es, probablemente todo ello. Por esa razón, es hoy objeto de reivindicación por el peronismo, que es, precisamente, todo eso. En realidad, su trayectoria es ejemplo del pasaje del nacionalismo puramente reaccionario de principios de siglo XX, al "popular", a través del catolicismo, es decir, una constelación ideológica que va a coagular con el peronismo y sus adyacencias, el orbe "nac&pop". Si viéramos esa línea, que atraviesa toda la historia argentina contemporánea, la secuencia podría ser Vicente López, Carlos Pellegrini, Alejandro Bunge, Federico Pinedo, Raúl Prebisch, Aldo Ferrer, Oscar Braun. Una secuencia que puede verse mejor verlo como el testimonio del inicio de un proceso de reflexión sobre un problema que se despliega en el tiempo y va mostrando sus límites: la necesidad de la industria; los problemas de la industrialización; los límites del capitalismo "periférico"; la necesidad de un cambio de forma social. En ese proceso de descubrimiento, Bunge coagula una reflexión y de alguna manera funda, si no una "escuela", sí una corriente interpretativa de los problemas argentinos.

3. La Argentina que Bunge critica

La obra de Bunge es extensa y compleja, aunque se adivina muy coherente. Vamos a limitarnos a examinar lo que puede ser considerado su "testamento", Una nueva Argentina. Allí se hace un repaso de sus ideas a la luz de una transformación evidente que fue anticipada (y Bunge lo reivindica cada vez que recuerda textos suyos escritos con décadas de antelación) y se cuestiona el país que todavía no muere y no deja terminar el parto dal nuevo. La vieja Argentina, esa que Bunge ve como parte de un pasado que es necesario superar y que de hecho lo está siendo, supone una serie de elementos que podrían encontrarse en la siguiente enumeración:

1. El crecimiento económico se relaciona con la exportación de bienes primarios;
2. Un grupo reducido de terratenientes concentra la mayor parte de la riqueza y controla el aparato del estado;
3. Las inversiones extranjeras se dirigen principalmente a la construcción de la infraestructura necesaria para permitir el traslado de las materias primas a los puertos de exportación;
4. El país se muestra fuertemente dependiente del capital británico, con el cual la clase dirigente asume una actitud de franca colaboración;
5. La política económica es ortodoxamente librecambista.

Frente a ese escenario, Bunge constata la existencia de una "nueva Argentina", con luces y sombras:

1. De sociedad rural a urbana (altísima urbanización);
2. Peligro de despoblación;
3. Baja mortalidad infantil;
4. Bajo analfabetismo;
5. Estancamiento de la producción agropecuaria;
6. Deterioro de los términos de intercambio;
7. Aumento de la presión impositiva;
8. Alto contraste entre regiones (país "abanico").

Bunge no deplora el auge urbano, pero constata con él una caída de la natalidad que, como veremos, tiene, desde su punto de vista, enormes consecuencias económicas, problema agravado por la detención del proceso inmigratorio. Se trata de una población relativamente sana y bien educada, lo cual es positivo, pero que no encuentra en una producción agraria estancada ni empleo agrario ni el estímulo suficiente al desarrollo de la economía no agraria, que sufre de una presión impositiva creciente y de una desarticulación espacial. Todo ello se expresa en una conclusión "otoñal": una tendencia al estancamiento del crecimiento y fin de una etapa, cuya magnitud puede registrarse por la pérdida de peso relativo de la economía argentina frente al resto de las economías latinoamericanas (ver gráfico), al menos desde la década de 1920:

"No cabe dudar de que han de tener efecto práctico, en un porvenir cercano, las aspiraciones ya generalizadas en el país y que puede contrarrestar los efectos de algunas detenciones, como, por ejemplo, la del factor inmigratorio y las malas perspectivas para las exportaciones: el desarrollo de la colonización por las empresas colonizadoras, las particulares y los gobiernos; la diversificación de la producción, el desarrollo del crédito agrícola e industrial directo y adecuado; la defensa aduanera del trabajo nacional; el estímulo y el fomento de las industrias nuevas y de la expansión de los capitales creadores." (Bunge, 1984: 216).

Bunge constata también el nacimiento de la ISI y la necesidad de la protección y la exportación:

"La producción se hace cada día más diversa, al extremo de que con eso se ha evitado en nuestro país la desocupación, al dedicarnos espontáneamente a conquistar nuestro propio mercado, antes extravagantemente abastecido desde el exterior. La crisis de las exportaciones, en particular a partir de 1931, ha sido un acicate para despertar la iniciativa. Hay aún mucho que hacer, hasta en el terreno de las exportaciones, incorporando un gran número de pequeños ítems que pueden tener cabida en diversos mercados y que todos juntos pueden representar tanto como el trigo o la carne." (Ibid: 218).

El deterioro de los términos de intercambio, un caballito de batalla de otro peso pesado de la economía nacional, Raúl Prebisch, es percibido por Bunge como la venta creciente de mercancías baratas a cambio de mercancías caras. Ello separa al mundo en dos tipos de países, en una terminología que se hará más sofisticada con la CEPAL ("centro-periferia") pero que sustantivamente denota lo mismo: hay países "astros" y países "satélites". Quedarse en ese punto es condenarse al estancamiento:

"No creo que las nuevas oportunidades de trabajo, para absorber desocupados o inmigrantes, puedan encontrarse extendiendo más y más nuestros cultivos ni que, de ser posible, fuera lo más conveniente. Nuestra política económica nacional así lo disponía: el país sembraba afanosamente y se esmeraba en engordar novillos y en vender tanto cuanto podía, sin preocuparse de los resultados. Y comprábamos productos extranjeros no en la medida de nuestras necesidades sino en la medida de los recursos capaces de absorberlos. Política tan simple ha subsistido cincuenta años sin perfeccionarse y nos ha conducido a una crisis del comercio exterior (en particular a vender a precios bajos y comprar a precios altos) que se manifiesta por una serie de hechos que pueden sintetizarse en la siguiente forma: nuestro comercio exterior se ajusta exclusivamente a los intereses de nuestros compradores y a los de nuestros proveedores del exterior." (Ibid: 246).

Dicho de otro modo: en la encrucijada en que se encuentra la economía argentina, a diferencia de otros, "conservadores" desde el punto de vista de la estructura productiva del país, Bunge cuestiona esa idea sencilla de que alcanza con volver el tiempo atrás a una experiencia irrepetible. No solo porque se agota la etapa agraria, sino también porque se acerca el fin del vínculo privilegiado con Gran Bretaña. Bunge veía claramente la perspectiva de la política de preferencias imperiales. Es desde esta perspectiva que define la situación de la Argentina de un modo poco común en la época: "un país de segundo orden, económicamente tributario de otras potencias..." (Ibid: 247). Para salir de una situación tal no alcanza con el libre juego del mercado, es necesaria una intervención consciente:

"Es indiscutible este otro hecho: el país no está capacitado para defender la producción nacional por medio de la iniciativa privada. Si la acción es indispensable y no puede esperarse que surja espontáneamente de la iniciativa privada, es evidente que debe esperársela del Estado." (Ibid: 244).

Y dice más: esa receta es la de todos los países civilizados, que

"...tienen su política económica internacional propia, que oponen a la de los demás países. Nosotros, en cambio, tenemos la política económica internacional que nos imponen los demás países. En todas las naciones civilizadas existe una política económica y social propia que se opone a la influencia del exterior. En el nuestro, en cambio, existe la política económica y social interna que el exterior nos impone. Se trata, en fin, de crear una política económica argentina, política que jamás ha existido y que nos es tan necesaria como nuestras instituciones sociales y administrativas." (Ibid: 244).

4. Soluciones argentinas

Una cierta lectura de Bunge, lo hace, no solo un teórico de la industrialización por sustitución de importaciones, sino, además, el productor de una lectura keynesiana para justificarla:

"El remedio aplicado a la contracción económica fue, alrededor de 1933, como hemos visto, la reducción interna de los consumos, de las inversiones y del personal obrero y comercial empleado. Y esas economías agravaron la contracción arrastrando al país al círculo vicioso que originaba la desocupación, agotando la capacidad de resistencia y desvaneciendo las esperanzas de la reacción por los medios legales y normales. Pero hay una economía que no se hizo y que es quizá la única realmente deseable: la supresión de aquellas importaciones a que nos obliga un bloqueo que ha sido el impulso inicial de este proceso de estrangulación progresiva." (Bunge, 1984: 281).

Consecuentemente, se opone a la austeridad de Hueyo y propone una política expansionista como director del Banco Nación, al tiempo que defiende el Plan de Acción Económica de Pinedo y Prebisch en particular, las obras públicas. Rompe también con el credo liberal que separa en industrias "naturales" y "artificiales" y, por lo tanto, que recorta toda protección a favor de las segundas:

"Si bien interesa a la Argentina el aumento de su producción agrícola y ganadera, sería altamente perjudicial para nuestro país si con ese aumento no se siguiera produciendo, simultáneamente, la diversificación de sus fuentes de producción y el desarrollo equivalente en sus industrias manufactureras. Nos encontramos en un momento económico semejante al de la época del economista List en Alemania y al de los Estados Unidos hace cuarenta años." (Bunge, 1984: 251).

Claramente, la expansión del mercado interno es la clave del asunto:

"...un ajuste hacia abajo es imposible. Habrá que aceptar, en consecuencia, en tales circunstancias, un reajuste racional hacia arriba. Un reajuste que significa quitar de la garganta del sujeto económico los pulgares de las economías progresivas que lo asfixian: Crear mercado. Crear trabajo. Gastar más." (Ibid: 280).

La Argentina puede hacerlo porque está por "construir", tiene un mercado interno para explotar, que "no tendría límites en varias generaciones". La solución a la crisis es crecer hacia adentro: "conquistar nuestro propio mercado". Entonces, la fórmula supone el mercado interno como objetivo, el consumo popular como motor, corregir la disparidad regional, diversificar la producción, crear la Marina Mercante, estimular la edificación privada con el Banco Hipotecario, pero también la obra pública.

La industrialización bungeana tiene en la protección aduanera como instrumento básico, el Estado presente pero solo como planificación indicativa, sin discriminar entre las industrias demasiado costosas, las que son propias de la defensa nacional y en las que son la llave de la economía, como el transporte y la energía, pero siempre a través de empresas mixtas.

El privilegio del mercado interno, ciertamente, no excluye el intercambio internacional:

"Antes que los paliativos del oro se necesitan, a mi modesto entender, medidas comerciales orgánicas y medidas orgánicas bancarias internacionales. Debo declarar que no soy contrario a las importaciones; en general, que no pienso que podamos bastarnos a nosotros mismos, y que veo con particular satisfacción las importaciones de carácter reproductivo, como maquinaria, vagones, materia prima industrial, etc. Si estas importaciones respondieran a las necesidades de desarrollo, cualquier cantidad resultaría conveniente, pero no debe descuidarse la forma en que conviene saldarlas. (...) En cuanto a las exportaciones, pienso que debe evitarse en lo posible, su restricción y mucho más su alto precio. De la posibilidad que sean bien pagadas en el exterior y de que aumenten la producción y la exportación, depende, en gran parte que podamos comprar y cancelar, aumentando la prosperidad y el bienestar." (Citado por Bacolla, 2020).

Dicho de otro modo: se propone una relación estratégica con el mercado mundial, que no ingresa en la ecuación como variable independiente, sino lo contrario. Dependerá de las "necesidades del desarrollo" nacional. En esta perspectiva, el mercado interno manda.

Es aquí entonces cuando aparece la razón "poblacionista", una temática que parece vieja ya para la época en la que Bunge reflexiona sobre el futuro nacional. Una simple mirada a los problemas que están preocupando hoy a los economistas chinos, sobre todo de cara a la expansión de la India, demuestra que no se trata de una rémora mental, sino de la atención puesta a los problemas de la economía real. Es un "drama", en el sentido teatral, en el cual, en el primer acto asistiremos a la despoblación y el envejecimiento de los "argentinos" importados. Luego, en

"...el segundo acto del drama, con la madera de las cunas olvidadas y de los bancos escolares vacantes, habrá que construir sillones para los hombres y las mujeres inevitablemente retirados del trabajo por su edad. Las ruedas de los abandonados coches de los bebés ausentes, se requerirán para las sillas rodantes de los muchos ancianos. Muchas fábricas y talleres habrán cerrado sus puertas. Repletos los asilos habrá que habilitar a tales fines las escuelas sin niños y las fábricas sin obreros. Y muchas de ellas para los débiles mentales en aumento. La vida será durísima para los pocos hombres y mujeres sanos y en edad de trabajar, que serían al mismo tiempo los únicos aptos para llenar las ávidas arcas fiscales." (Bunge, 1984: 27).

Obviamente, este párrafo ilumina los problemas actuales de la Argentina (y de buena parte del mundo desarrollado) con los sistemas jubilatorios, algo que no era tan obvio cuando se escribe Una nueva Argentina. Para el primer gobierno peronista, la caja de las jubilaciones resultó una fuente adicional de financiamiento en tanto, dada su novedad, eran más los aportantes que los jubilados. Pero para los gobiernos siguientes, comenzaría a transformarse en un problema creciente.

Bunge parece raro a nuestros ojos, porque es un economista cuya formación lo obliga a mirar, prioritariamente, fuera del mundo de las finanzas. Por eso vemos en sus páginas finales, es decir, del libro que entrega a la imprenta tres años antes de morir, la misma preocupación alberdiana que se expresa en sus primeros textos. Es razonable pensar que a quien vivió su infancia bajo el influjo de las grandes oleadas inmigratorias, el crecimiento acelerado de la población se le aparezca como un indicador bastante fiel de la salud de la economía. No es una cuestión simplemente numérica: Bunge adhiere a una perspectiva racista del problema poblacional. La Argentina sufre por la caída de la tasa de crecimiento de la población, sí, pero también por su "devaluación" cualitativa. Por eso se concentra en lo que llama "drama de la raza blanca": el achicamiento de la población trabajadora de origen europeo por el propio éxito económico.

¿Cuáles son las soluciones a este problema poblacional, que no es más que otra forma de enfocar los problemas de escala que devienen de un mercado limitado? Estimular la natalidad. Bunge es demasiado negativo sobre el crecimiento poblacional y, de hecho, sus estimaciones resultaron erradas: pensaba que la Argentina tendría entre 11 y 19 millones de habitantes para 1990, cuando la cifra real alcanzó a más del triple de su estimación más pesimista (36 millones). Digamos, en su favor, que esta preocupación natalista, que surge de tal pesimismo poblacional, no era exclusiva de Bunge. De hecho, se forma, entre 1920 y 1950 un "natalismo político", es decir, una política destinada a transformar a la mujer trabajadora en madre prolífica y hogareña (Nari, 2000). Bunge trata de darle, a este movimiento ideológico, un soporte material, por ejemplo, una política de colonización apoyada en un impuesto al latifundio. Se trata de un viejísimo tema que se remonta, por lo menos, a Sarmiento.

La propuesta más audaz, sin embargo, es otra: la Unión aduanera del Sud. Que la reflexión de Bunge es sustantiva y coherente, lo demuestra el que su primera formulación se remonte a 1909. Que esa coherencia se mantenga incluso después de su muerte, habla de Bunge como de un maestro de generaciones. Veamos.

La apuesta mercado internista supone reconocer un límite: el del mercado interno. Frente a este límite, que los analistas no se preocupan por medir con demasiada precisión pero que suponen suficientemente potente, se esbozan propuestas: el vacío poblacional; la oportunidad que ofrecen las provincias; la unión aduanera con países vecinos. Conviene aquí pasar al Bunge práctico, es decir del que participó del primer gobierno peronista a través de sus discípulos y colaboradores. Fueron ellos los que publicaron Soluciones argentinas a los problemas económicos y sociales del presente, una edición colectiva del Instituto Alejandro Bunge de Investigaciones Económicas y Sociales, y ellos serán, también, los que participarán del Primer Plan Quinquenal.

La lucidez del texto puede verse en la lectura de la coyuntura sobre la que se imprime la reflexión: cómo desplegar la economía nacional en un contexto de mercados cerrados ante la constatación de la imposibilidad de la autarquía utópica:

"El ideal anterior a 1914 consistía en el más absoluto librecambio. Los comerciantes de todo el mundo tenían un derecho sagrado de acceso a todos los mercados para comprar y vender según sus conveniencias, que matemáticamente coincidirán con las de la humanidad entera. (...) A su terminación [de la Primera Guerra Mundial] se hicieron toda clase de tentativas para restablecer las condiciones anteriores, pero su éxito no fue completo. Pronto se afianzó una decidida tendencia proteccionista en los principales países, que llegó a sus extremos más graves a raíz de la crisis de 1930. Fue el período de aislamiento de las economías nacionales con una fuerte reducción del comercio internacional. Se llega así a la guerra presente. Y conviene tratar de prever desde ya los acontecimientos que en esta materia ocurrirán después de la paz. (...)
No hay duda de que nuestro país se benefició considerablemente del sistema de librecambio en su período de apogeo. (...) La postguerra, con su tendencia proteccionista, dio lugar al comienzo de un cambio fundamental en la estructura económica del país. Sus características esenciales son la menor dependencia del comercio exterior y la progresiva industrialización. (...) Pero el total aislamiento de la economía exterior no puede ser el desiderátum para la Argentina. No sólo por la brusca alteración que ello significaría, sino porque un cierto grado de intercambio con el extranjero será siempre indispensable para el desarrollo armónico y adecuado de nuestra economía." (AAVV, 1945: 28).

En ese contexto, la tendencia será, según los analistas,

"...hacia la organización de grupos económicos de naciones. Los motivos de estas agrupaciones podrán ser políticos, militares, racionales o meramente geográficos. También el grado de vinculación será variable, pero la característica común será la organización de los integrantes alrededor de un país dirigente, que será en definitiva el que dará las normas a las cuales ha de ajustarse el conjunto." (Ibid: 31).

Reseñando los casos alemán y japonés, se explayan sobre la importancia de los EE.UU. en la región, "particularmente, en los países de producción complementaria con la suya". Ese fenómeno se ha acrecentado con la guerra, llevando a "una integración de la economía de cada país americano con la de aquél". Dada la neutralidad de la Argentina, eso podría significar un aislamiento peligroso en la posguerra. Para evitar la pérdida de las "conquistas" realizadas por la economía argentina, se trata de insistir con la "Unión Aduanera del Sur", ya propuesta por Bunge en 1909. Esa propuesta incluye a Argentina,

Uruguay, Paraguay, Chile y Bolivia. Sorprendentemente, no incluye a Brasil. El siguiente cuadro nos insinúa una respuesta:

Tabla 1: Comercio exterior (en millones de dólares)

Países	Importación	Exportación	Total
Argentina	826	973	1.799
Bolivia	24	42	66
Chile	130	205	335
Uruguay	94	97	191
Paraguay	12	15	27
Total	1.086	1.332	2.418

Fuente: Bunge (1929).

Se observa claramente que en un mercado de ese tipo la Argentina no tiene rival. Se está proponiendo una cuasi absorción. El texto de los discípulos no hace más que repetir a su maestro, que había desarrollado el tema en numerosas ocasiones. En Una nueva... Bunge, orgulloso, intenta comparar ese bloque con sus rivales y encuentra similitudes en tamaño y ventajas en recursos. Es obvio que esta iniciativa tiene como telón de fondo en problema del tamaño del mercado y allí es donde más débil aparece la apuesta: EE.UU. tiene 120 millones de habitantes, Europa más de 370 millones y la "Unión Aduanera del Sud" apenas 21. Bunge se apura en aclarar que "todos blancos"... Se apresura también a recordar la mayor velocidad de crecimiento de la población. Aun así, si además recordamos la superioridad de la capacidad de compra individual de esos 120 y eso 370, racismo aparte, la nueva entidad sudamericana no parece resultar en rival de peso para nadie. Es revelador, no obstante, como pensamiento estratégico nacido muy tempranamente y que se proyecta hasta el fin del peronismo. No es extraño que los colaboradores del grupo de Bunge vinculen, necesariamente, la industrialización con la Unión:

"Es común, en efecto, escuchar como uno de los principales argumentos que se esgrimen en contra de una futura gran industria en la Argentina, la necesidad de contar con una población muy superior a la actual, que permita disponer del mercado indispensable. Pues bien, la Unión del Sur duplica automáticamente nuestra población. La tarea más importante consistirá en dotarla del poder adquisitivo necesario para asegurar su bienestar y lograr el desarrollo de la producción y la prosperidad de las cinco naciones." (AAVV, 1945: 31).

Obviamente, la ausencia de Brasil se explica por la competencia industrial seria que plantearía la presencia de la industria todavía naciente del vecino gigante. Aludiendo a las experiencias de Alemania, Japón y Gran Bretaña, se hace notar que las mismas resultaron en la presencia desmedida de una potencia central que somete a las asociadas. Este no sería el caso, porque los estados mantendrían su independencia y la unión se limitaría a una cuestión de mercado. Que es, claramente, lo único que se persigue, la expansión del mercado interno.

Conclusión: los límites de la industrialización bungeana

Se podría ubicar el talón de Aquiles de las perspectivas bungeanas en la subestimación de la magnitud del problema que se pretende solucionar. Hay una cierta ilusión óptica en las élites intelectuales y políticas argentinas hasta por lo menos los años '60, acerca de la distancia real que nos separa de los países avanzados. Ciertamente, a través del propio Bunge, que ha definido a la Argentina como un país de segundo orden, o de Prebisch, que la ha colocado en esa "periferia" que ofendió tanto a su antiguo mentor, Federico Pinedo, buena parte de la dirigencia y la intelectualidad ha ido entendiendo que la imaginería liberal inclinaba a pensar los "problemas argentinos" como cuestiones de fácil solución. Pero aun así, las soluciones propuestas encuentran, a nuestro juicio, tres obstáculos:

a. Sobreestimación de la potencia del mercado interno ampliado;
b. Subestimación de la potencia de la competencia yanqui, es decir, de la magnitud del umbral tecnológico que nos separa;
c. Sobreestimación de la capacidad del sujeto al que apela, la burguesía;
d. Sobreestimación de las posibilidades del Estado a la hora de ordenar el desarrollo económico;
e. Sobreestimación del nacionalismo económico como instrumento de intervención sobre la vida económica.

El bungismo, que es básicamente la concepción de la vida social y política que corresponde al peronismo en general y al kirchnerismo en particular, consiste en la debilidad de las soluciones propuestas, consecuencia de esta percepción limitada de los problemas. Se trata de una expresión poco presente en el campo académico (es una hipótesis el rastrear los vínculos entre Bunge y Aldo Ferrer), pero muy poderosa en la práctica de la política económica. Tanto, que ha dominado la perspectiva económica del movimiento social y político más poderoso de la historia argentina.

Para entender la especificidad del bungismo resulta pertinente la comparación con sus dos rivales más importantes: el liberalismo y el cepalismo. De los tres, el bungismo y el cepalismo sobreestiman la importancia del mercado interno. El liberalismo, por el contrario, la subestima. Los tres, por diferentes razones y en diversos grados, subestiman la magnitud del problema, es decir, de la distancia que separa a la Argentina de los países desarrollados. Los tres, en diferentes grados y por diversas razones, sobreestiman la capacidad del sujeto al que apelan. Por último, a diferencia del liberalismo y en consonancia con el cepalismo, el bungismo supone una plasticidad del Estado suficiente como para moldear una estrategia e imponerla a la burguesía. Pareciera, entonces, que el bungismo se diluye en el cepalismo, una especie de variante criolla y conservadora. ¿Qué sería lo específico del bungismo, entonces?

Para entender la especificidad del bungismo hay que introducir un elemento más: el nacionalismo. En el elemento nacionalista que el cepalismo contiene en forma diluida y que se le escapa hacia formulaciones de la teoría de la dependencia. Lo específico del bungismo es una mirada autocentrada que apela a la racionalidad del Estado para imponer una estrategia cuyo actor es la burguesía nacionalista, es decir, aquella de capital nacional interesada en la expansión del mercado interno. El bungismo se revela, entonces, como una ideología propia del capital más débil, unificado por el Estado para apropiarse de su propio mercado y expandirlo a fuerza de aumento del consumo y de la anexión de mercados más débiles. De allí su "latinoamericanismo", que en realidad esconde una especie de "imperialismo" a la argentina. A medida que pasa el tiempo y que esos mercados conquistables en los años (recordemos la expansión exportadora durante la Segunda Guerra Mundial y las perspectivas del Plan Pinedo), el bungismo se limita a una expansión del consumo interno, ciertamente no como hubiera preferido, pero en última instancia, arrastrado por la realidad que le imponen sus bases políticas.

Bibliografía

AAVV (1945). *Soluciones argentinas a los problemas económicos y sociales del presente*. Ediciones Economía Argentina.

Asiaín, A. (2021). "El pensamiento económico de Alejandro Bunge, 1880-1943 (Introducción)". *El pensamiento económico de Alejandro Bunge, 1880-1943*. Editorial Manuel Belgrano. Ministerio de Economía.

Bunge, A. (2021). *El pensamiento económico de Alejandro Bunge*, pp. 12-53. Editorial Manuel Belgrano. Ministerio de Economía.

Bacolla, N. (2020). "Una economía política para la 'república verdadera'. La Revista de Economía Argentina en los años 1920". *Estudios Sociales*, núm. 58, pp. 31–60. Universidad Nacional del Litoral.

Belini, C. (2006). "El grupo Bunge y la política económica del primer peronismo, 1943-1952". *Latin American Research Review*, núm. 1, pp. 27-50. Latin American Studies Association.

Bunge, A (1929). "Una gran unidad económica: la Unión Aduanera del Sur". *Anales del Instituto de Ingenieros de Chile*, núm. 11. Instituto de Ingenieros de Chile.

González Bollo, H. (2012). *La teodicea estadística de Alejandro E. Bunge (1880-1943)*. Imago Mundi.

Imaz, J. L. (1974). "Alejandro E. Bunge, economista y sociólogo (1880-1943)". *Desarrollo Económico*, núm. 55, pp. 545-567. IDES.

Llach, J. J. (1985). *La Argentina que no fue*. IDES.

Llach, L. y Gerchnoff, P. (1998). *El ciclo de la ilusión y el desencanto*. Ariel.

Marx, C. (1971). *El 18 Brumario de Luis Bonaparte*. Ariel (obra original publicada en 1852).

Nari, M. (2004). *Políticas de maternidad y maternalismo político*. Biblos.

Ruiz Guiñazú, E. (1918). "La política comercial argentina. Tratados de comercio". *Revista de Economía Argentina*, núm. 1.

Villanueva, J. (2010). "Alejandro E. Bunge. Una visión de la Argentina". *Cultura Económica*, núm. 77, pp. 73-77.

Capítulo V

Planificación fallida, propaganda exitosa: los planes quinquenales peronistas 1946-1955

Marina Kabat

Introducción

En el imaginario social el Primer y Segundo Plan Quinquenal son considerados la base del desarrollo industrial peronista. Sin embargo, las principales instituciones que ordenaron la economía peronista, como el IAPI -el Instituto Argentino de Promoción del Intercambio- son anteriores. Por otro lado, mientras que aspectos económicos de los planes no se cumplieron, otros objetivos políticos resultaron tanto o más importantes.

En especial, el Primer Plan Quinquenal tiene la función política de pasar como un paquete monolítico, un conjunto de reformas particulares de muy diversa naturaleza: desde el voto femenino a la enseñanza religiosa en la educación pública; desde la política migratoria oficial a la eliminación del cogobierno estudiantil en las universidades. Algunas de estas medidas eran sumamente polémicas. Presentarlas como parte de un plan mayor le evitaba al gobierno el desgaste de discutir una a una. Algo sumamente útil en los primeros momentos de su gobierno, cuando Perón no había aun resuelto las internas entre la coalición que impulsó su candidatura. En el Segundo Plan Quinquenal, los aspectos económicos tienen mayor relevancia, se trata de un amplio y exitoso plan de ajuste, acompañado con políticas desarrollistas que fracasaron. Los elementos políticos propagandísticos mantienen un rol central, pues son necesarios para conseguir apoyo a estas medidas.

En este capítulo revisamos las tensiones entre estos componentes políticos y económicos de la planificación peronista. Trabajamos con documentos contemporáneos y entrevistas posteriores realizadas a los artífices de esta planificación, quienes describen, fuera del marco de la propaganda, su ponderación de los propios logros del plan. Revisamos cómo haber previsto una tercera Guerra Mundial que no se produjo condujo a errores de cálculo en la planificación y cómo la competencia de distintos organismos estatales y para-estatales que rivalizaban entre sí complicaba la ejecución de cualquier planificación. Finalmente, revisamos los antecedentes personales y el origen de clase de los funcionarios que dirigen la economía peronista para relacionarla con sus sesgos.

Planificar la propaganda

Para entender el contexto del Primer Plan Quinquenal hay que comprender el desarrollo de una de las transiciones políticas más particulares de la historia argentina. Por un lado, es una transición de un gobierno militar a un gobierno democrático. Pero, al mismo tiempo el presidente electo del nuevo gobierno democrático es el hombre fuerte del gobierno militar. Por este motivo, Perón no se apresura a asumir la presidencia, sino que posterga la toma de posesión de su cargo, hasta inicios de junio de 1943, más precisamente hasta el 4 de junio, aniversario del golpe militar al que debía su carrera política. Al postergar la jura, posterga también la reapertura del Congreso clausurado por el golpe. Esto le permite ordenar los aspectos centrales de la economía y la política antes de asumir la presidencia, sin someter sus decisiones a los avatares parlamentarios. En este contexto se crea el IAPI, el Instituto Argentino de Promoción del Intercambio. Se esperaba que esta institución financiara la industrialización del país a partir de recursos obtenidos en el comercio exterior de bienes agrarios. También se nacionaliza el Banco Central y se emprende toda una serie de "reformas fundamentales en lo económico" (Gómez Morales, 1972: 52). Estas medidas son impulsadas por Miguel Miranda, figura central de los primeros años del gobierno peronista.

Al iniciar su gobierno Perón contaba con dos ventajas frente a presidentes anteriores. Una fue la posibilidad de tomar medidas antes de asumir, en el marco de la dictadura. La segunda es la conformación del Congreso. A diferencia de Yrigoyen, Perón no debe lidiar con representantes electos antes de su gestión. La dictadura había interrumpido la actividad del Parlamento y ahora se reiniciaba de cero, pese a que había diputados electos previamente, cuyo mandato no había vencido y que podrían haber resumido sus funciones (Amaral, 2018). El gobierno militar al organizar las nuevas elecciones decidió que se eligieran simultáneamente todos los legisladores y esto dotó a Perón de una mayoría sin precedentes en el Congreso.

Como contrapartida, Perón llega al gobierno como parte de una coalición inestable a la que busca disciplinar. En este punto, presentar sus propuestas como un conjunto coherente que debía ser aprobado como un todo facilita la aceptación de medidas que, de discutirse una por una, hubieran generado mayor resistencia, incluso dentro del peronismo.

Al inicio de la presidencia de Perón se agudiza el conflicto con el laborismo. Diputados laboristas son desplazados y no pueden asumir; militantes laboristas impiden que Perón y Mercante hablen cuando el segundo asumía la gobernación de Buenos Aires y Cipriano Reyes se resistía a diluir el laborismo en el partido único que Perón impulsaba. Las primeras referencias al futuro plan económico aparecen en los diarios en momentos que Perón y Reyes cruzaban fuertes acusaciones y amenazas. Perón señala que "en el momento dado cada descamisado contará con tres metros de piola y entonces veremos quien cuelga a quien" (S.a., 1946b).

En algunos puntos el laborismo mantiene una agenda parlamentaria diferenciada. Algunos proyectos que intenta impulsar son la eliminación de la Ley de Residencia, que el peronismo en vez de derogar eleva a estatus constitucional con la nueva carta magna de 1949, y la equiparación de hijos matrimoniales y extramatrimoniales (Cosse, 2006). Esto último chocaba con la alianza del peronismo con la iglesia. Del mismo modo, sectores cercanos al laborismo impulsan algunos atisbos de reforma agraria, incluso el malogrado Malón de la Paz, al igual que otros reclamos similares de otras provincias y territorios eran impulsados por el laborismo (Kindgard, 2004; Kabat, 2024b). En los primeros 100 días de la presidencia de Perón distintos grupos presionan para lograr que se cumplan promesas electorales e imponer una agenda de gobierno. Es un período muy tumultuoso que contrasta con el orden que va a caracterizar momentos posteriores del gobierno peronista. Incluso la Alianza Libertadora Nacionalista, que también había apoyado electoralmente a Perón y que luego va a actuar como su brazo parapolicial, en este momento se encuentra en una campaña contra la ratificación local de las Actas de Chapultepec.

En este marco de elevada conflictividad se empieza a propagandizar la idea de un plan de gobierno. Por un lado, se destacan las bondades de la planificación y, por otro lado, se pone en cuestión la existencia previa de un liberalismo idílico, donde rigiera la libre competencia:

"El gran defecto de la economía dirigida es que con frecuencia está mal dirigida y sin plan, de ahí la necesidad de planificación. (...) El gran error de los balbuceos de economía dirigida (hablamos en tesis general y respetando muy honrosas excepciones) es que han superpuesto directivas contrarias entre los organismos del Estado, y que hasta los mismos organismos han variado de política en el transcurso de pocos meses." (S.a., 1946c).

Como ejemplos de los desaciertos pasados se menciona que se les había pedido a los productores de yerba mate que ampliaran su cosecha, pero después, cuando hubo fricciones con Brasil, se les pidió que diversificaran; se establece un impuesto al vino, pero solo se construyen grandes bodegas públicas en la Rioja, mientras que faltan en Mendoza y San Juan, lo que engendra la crisis vitivinícola; se disuelve la Defensa Agraria y después se sufre la invasión de langostas; se fomenta la exportación de productos y luego se la prohíbe. Agrega que "creer que la economía haya sido alguna vez completamente liberal, es desconocer la historia", pues si no la han dirigido los gobiernos, lo hicieron las sociedades mercantiles los grandes capitales o alguien (La economía debe, 1946).

Distintos ministros refieren a la importancia de la planificación en sus áreas: Cereijo preanuncia una revolución industrial (S. a., 1946d). Incluso el ministro de Agricultura, Elordy, en un discurso en la Rural señala que muchos agricultores o ganaderos piensan erróneamente que los precios y la demanda para sus productos se mantendrían. Les advierte que eso no puede suceder, ya que países como Italia y Rumania se plantearon campañas para aumentar su propia producción de cereales. Por ello, en el futuro, los agricultores argentinos tendrían el problema de qué hacer con sus cultivos. La industrialización será el único camino posible para sus excedentes exportables (S. a., 1946e). Esta intervención es significativa porque muestra el grado de consenso que las medidas peronistas logran entre las figuras más ilustradas de la burguesía tradicional argentina y el peso de la apuesta industrialista en los albores del peronismo.

La planificación económica es considerada necesaria para estabilizar precios, industrializar al país, resolver la crisis de las economías regionales e, incluso, asegurar mercado a las producciones tradicionales del país. Perón habla de adelantar 100 años de desarrollo. Otro componente de la propaganda inicial del plan es la salud. Pero, junto con estos elementos que naturalmente concitaban amplio apoyo, pronto se introducen otras reformas presentadas como elementos necesarios e ineludibles del mismo plan.

Dos de estas medidas antipáticas dentro de un plan popular son reformas educativas. Por un lado, la introducción de la educación religiosa en la enseñanza pública, algo que ya se había impulsado por decreto en la dictadura, pero que ahora se buscaba transformar en ley. Y, por otro lado, la reforma del régimen vigente en la educación superior, heredado de la Reforma Universitaria de 1918. Finalmente, se promovía una política inmigratoria selectiva (selectiva de católicos, lo que es lo mismo que discriminatoria contra los judíos) que rompía drásticamente con la tradición argentina y su Constitución, aunque no con normativa secreta del gobierno militar previo (Kabat, 2017).

Una de las medidas controvertidas incluidas en el Plan era validar, sancionando como ley, el anterior decreto de la dictadura de educación religiosa obligatoria en las escuelas públicas. El decreto y algunas de sus consecuencias, como el despido de docentes judíos, ateos o socialistas, había generado amplias protestas y organizaciones sindicales docentes tenían como parte de su plataforma el restablecimiento pleno de la ley 1420 (Kabat, 2021). Presentar esta normativa educativa como parte orgánica de un plan general atractivo era una excelente decisión de marketing político. Como parte de esta campaña, puede oírse una de las primeras intervenciones políticas de Eva Perón defendiendo la importancia de la enseñanza religiosa en el Primer Plan Quinquenal (Duarte de Perón: 1947).[1] Cabe señalar que la resistencia a la enseñanza religiosa se renueva al reimplantarse la democracia. Además de sindicatos docentes que buscan reestablecer la laicicidad, se crea un Comité Pro defensa de la ley 1420, que a través de actos y mítines organiza el rechazo a la ley de educación religiosa (S.a., 1946a). Según Albrieu, Perón planteaba la necesidad de la educación religiosa para darle homogeneidad a la gran oleada inmigratoria que preveía en la posguerra (Albrieu, 1972: 31).

Los estudiantes universitarios constituyeron uno de los núcleos de oposición al gobierno militar que evitaron que este se perpetuara en el poder. El conflicto se había iniciado con la reacción a la intervención a las universidades por parte de personas vinculadas a la Acción Católica, antisemitas, y la purga de profesores. En agosto de 1945, tras la represión a las manifestaciones en que se celebraba la derrota de Japón, donde son asesinados estudiantes, se producen tomas de facultades que jaquean al gobierno. En ese conflicto, como forma de paralelizar

[1]La intervención que puede oírse en el archivo de la Radio y Televisión Argentina está especialmente dirigida a los docentes. Llamativamente, dentro de los problemas de la niñez que la educación religiosa vendría a resolver, nombra como causa el trabajo de la madre fuera del hogar, que sería algo ya desterrado por el accionar de la revolución. El discurso carga también abiertamente contra el individualismo ateo y materialista.

gremios estudiantiles opositores, después del 17 de octubre, Ricardo Guardo crea el Centro Universitario Argentino. Esta iniciativa le granjea un lugar destacado en el armado oficialista en los primeros años de la presidencia de Perón. Guardo es presidente del bloque de diputados. Es considerado como mano derecha del presidente y, junto con Mercante y Molinari, una de las figuras más influyentes de ese período inicial (Albrieu, 1972: 22; Pérez Pardo, 1972: 12). Guardo tiene a su cargo en 1947 la reforma del régimen universitario que se asocia a su nombre. Con él colabora Emery, en ese entonces rector de la UBA, quien señala claramente que el objetivo central de su reforma universitaria fue "desterrar del cogobierno al alumno" (Emery, 1972, 8).

Al presentar el Plan a ambas Cámaras del congreso, Perón y Figuerola defienden esta avanzada contra la Reforma de 1918, sostienen que la nueva ley Universitaria es "uno de los temas de mayor trascendencia" dentro del Plan y critican la "fingida democracia" que había llevado a la Universidad y el pueblo a marchar por caminos separados. Ahora se unificarían pues el gobierno representante del pueblo quedaría habilitado para intervenir la universidad (Presidencia de la Nación, Secretaría Técnica, 1946: 40). Así, los rectores serían elegidos por el Presidente de la Nación. Además, la participación estudiantil se ve reducida a la presencia de un representante elegido por sorteo entre los tres alumnos de mejores promedios. Este estudiante asiste al Consejo con voz, pero sin voto (Emery, 1972: 8; Boletín Oficial, 1947).

Finalmente, la política migratoria despertó menos polémicas. Aunque hubo un reclamo formal de organizaciones judías en contra de su discriminación, no se modificó y fue ampliamente propagandizada en el período (Kabat, 2017).

Origen de clase y orientación ideológica del equipo económico peronista

Miguel Miranda tiene un perfil distinto del de quienes lo desplazan en 1949. No destaca en el ámbito académico, ni viene de una trayectoria en los organismos del Estado. Miranda pasa de ser corredor de Bunge & Born, a producir y comerciar por su cuenta en base a sus vínculos previos con la empresa. Gómez Morales recuerda que, cuando él estaba a cargo de la división de abastecimientos, Miranda lo apremiaba para que le consiguiera chapa para las latas de extracto de tomate que él producía (Gómez Morales, 1972: 48). Como empresario, participa del Consejo

Nacional de Posguerra. Su protagonismo en ese ámbito y la relación que forja con Perón lo proyectan a conducir por un par de años la economía del país.

Miranda crea el IAPI, que nacionaliza el comercio exterior. Pero, esto era solo una formalidad. Bajo su gestión, el comercio de granos, era concesionado a las grandes empresas tradicionales del sector, encabezadas por Bunge y Born (Kabat, 2015 y 2017). A Miranda lo acusan de querer privilegiar a las grandes empresas. Según Benítez Castro, junto a Figuerola en la Secretaría Técnica, querían hacer cumplir la ley del agio, destinada a controlar aumentos de precios excesivos, pero Miranda quería perdonar a las grandes empresas. Decía que eran serias y respetables y no se las podía dañar (Benítez Castro, 1972: 4).[2] Si bien no podemos comprobar la veracidad de este testimonio, sí es comprobada su predilección por trabajar a través de grandes empresas en el comercio internacional. De todas formas, la creencia de que la Argentina tenía por delante perspectivas ilimitadas de ganancias en el mercado mundial, hizo que Miranda favoreciera una política expansiva que benefició a amplios sectores de la burguesía.

Tras los dos años iniciales en los que Miguel Miranda concentra las decisiones económicas, en 1949 un nuevo equipo económico toma el control. Con variantes, este equipo se mantiene hasta el final de las presidencias peronistas. Ramón Cereijo, ocupa el Ministerio de Hacienda; Alfredo Gómez Morales, es presidente del Banco Central; Roberto Ares queda a cargo del Ministerio de Economía. En 1952 con la reorganización ministerial, Alfredo Gómez Morales asume la dirección del nuevo Ministerio de Asuntos Económicos y Miguel Revestido lo remplaza en el Banco Central. Este grupo de técnicos tiene un origen y una trayectoria similar, que comparte también con funcionarios de otras carteras.

Roberto Ares conoció a Perón en 1942 por medio de Diego Molinari, con quien compartía tanto el nacionalismo como una militancia previa en el radicalismo. Según Ares, vieron en Perón un hombre con ideas y que podía llevarlas a cabo por ser militar, "civiles hay muchos con ideas, pero no tienen el poder" (Ares, 1972: 32). Molinari ya había apoyado

[2]Eso explica por qué, mientras almaceneros y comerciantes barriales eran detenidos, las grandes firmas no fueron molestadas. Elena examina, por ejemplo, los 70 detenidos por "especuladores en febrero de 1948: en la lista figuran, carniceros, verduleros, dueños de restaurantes y vendedores de hielo, pero ninguna empresa importante" (Elena, 2007: 127). Esta caza de brujas contra el pequeño comerciante se repite durante el Segundo Plan Quinquenal, cuando el gobierno convoca a que cada justicialista sea un inspector de precios, campaña que afecta sobre todo a opositores (Barry, 2004).

antes intentos de golpe de Estado. La vía militar de acceso al poder no le era ajena. Fue incorporado al círculo de Perón por un militar, Gonzáles Gonzalito, un integrante del GOU, la logia militar dirigida por Perón. González busca a Molinari y le dice que en el ejército estaban formando un grupo que compartía sus ideas nacionalistas. González conocía personalmente a Molinari. Con una división del ejército se había presentado a rendir homenaje a Yrigoyen en su funeral. Los radicales, que no olvidaban el golpe del treinta, los recibieron a pedradas, hasta que Molinari intercedió en su defensa (Ares, 1972: 32). Vemos una coincidencia entre civiles con ideas nacionalistas que buscan atajos al poder y militares que buscan un apoyo civil.

Ares, nació en 1912 y guardaba recuerdos muy vívidos de la Semana de enero de 1919. El padre era comerciante, vendía artículos de hombre en la Boca y Almagro. Recuerda estar en su negocio de Villa Crespo, con la ventana cerrada, y oír el paso de la policía y la tropa del Ejército, que disparaban las armas contra la gente que no había cumplido el toque de queda y que salía a la calle por cualquier cosa. Según su testimonio, tiraban a cualquiera, sea alguien que estaba en la actividad de esos días o alguien que saliera a proveerse y comprar algo. Recuerda a su madre discutir con su padre para que no saliera a comprar nada (Ares, 1972: 3).

También Alfredo Gómez Morales era hijo de comerciantes y relata como una vivencia que lo marca la crisis de la primera posguerra. Sus padres tenían una panadería en un barrio obrero de curtiembres y fábricas de calzado. El hambre era muy grave y faltaba el pan, lo que hacía subir los precios. Gómez Morales recuerda que en la guerra hubo gran escasez de harina, mientras enormes cantidades de trigo estaban en el puerto para ser despachadas al exterior. Por ese entonces, se vendía el denominado pan radical elaborado con afrecho, con los elementos descartables de la harina. Se consumía con gran avidez, aunque no fuera tanto más barato. Se compraba pan de dos días anteriores para poder pagarlo cinco centavos más barato. Aun así, la gente no podía pagarlo y se endeudaba. Llegaban a deber doscientos pesos de pan cuando el kilo valía veinte centavos. Pero su madre se negaba a dejar de fiar, a pesar de saber que eran cuentas que no nunca podría cobrar (Gómez Morales, 1972: 1-5).

Por eso, para Gómez Morales, entre Yrigoyen y Perón podría haber una coincidencia anímica, de intención, pero en la práctica existía una diferencia enorme, ya que el radicalismo resultó ineficaz ante la crisis. A esta memoria de la situación económica, Gómez Morales aunaba el recuerdo de la Semana de enero y la Patagonia Trágica (Gómes Morales, 1972: 5).

Varios de los integrantes del equipo económico peronista ellos trabajaron con el equipo de Prebisch o estudiaron con él en la universidad. Ares, relata que fue "alumno de dos profesores de ideas divergentes: Luis Roque Gondra y Raúl Prebisch. Gondra contestaba las clases de Prebisch con artículos de La Prensa y Prebisch en la misma mañana venía con el artículo de Gondra a refutarlo". Ares la recuerda como una enseñanza muy dinámica porque era el mismo momento en que se creó el Banco Central, el Instituto Movilizador de Créditos, "todo el sistema de economía dirigida de la que Prebisch era autor" (Ares, 1972: 5).

La mayoría de ellos, cuando habla de los antecedentes de su política concuerda que la intervención estatal en la economía es previa, que la montan Pinedo y Prebisch, que ellos solo cambian su orientación. Gómez Morales plantea que:

"[...] el control de cambios, luego la Junta Nacional del Algodón, de la yerba mate, del vino todas las regulaciones sobre la producción y comercialización, así como la sistematización del crédito. Era un sistema completo de regulación con la orientación propia del momento. Es decir, guiado por las fuerzas conservadoras [...] Se hizo una regulación que atendía en primerísimo lugar a estos intereses. De ahí, y en esto insisto, el peronismo en 1946 no hizo nada más que mantener el aparato modificando toda orientación. Todo el aparato dirigista, el peronismo lo encontró organizado. Lo único que cambió fue la orientación y en vez de cubrir exclusivamente el interés de determinados sectores de producción buscó atender el sector general y, sobre todo el consumo." (Gómez Morales, 1972: 9-10).

En el mismo sentido se expresa Miguel Revestido, quien llega a ser Ministro de Finanzas y presidente del Banco Central durante la segunda presidencia de Perón. Trabaja desde los 16 años, siendo estudiante en la universidad un profesor lo recluta para que se desempeñe en la Junta Nacional de Carnes, luego pasa a la Dirección de Tierras y, ya en el gobierno peronista, tiene a su cargo YPF.

Para Revestido, el gobierno conservador era un liberalismo intervencionista y Perón profundizó esa intervención. El cambio radicaría en quién es el beneficiario de la intervención. A su juicio, el conservadurismo quería favorecer a los ganaderos, mientras Perón piensa más en los consumidores y cuida los precios. "Pero no podemos decir tampoco que fue una transformación tan violenta que pueda señalarle una categoría distinta a la cosa" (Revestido, 1973: 4). De igual modo, según Ares:

"Francisco Pinedo, librecambista a ultranza fue el autor a pesar de ese librecambismo [...] de todas las leyes de economía dirigida. Yo recuerdo siempre que había una pregunta que hacerle a esa economía dirigida de Prebisch, dirigida por quién y hacia dónde." (Ares, 1972: 5-6).

Llama la atención que estas figuras no contemplaran el rol del IAPI, la institución más disruptiva -en el sentido de novedosa- en la ecuación. Probablemente fuera porque ellos, al tomar el mando de la economía en 1949, se encargaron de vaciar al IAPI y quitarle todas las funciones que tenía en la época de Miranda.

Otros especialistas que acceden a posiciones dirigenciales tienen un origen similar e impulsaban una agenda nacionalista, previo incluso al golpe de 1943. Es el caso de Juan Eugenio Maggi. Este encumbrado ingeniero recuerda el giro nacionalista de la juventud durante la década infame, en especial, en su ámbito de actuación profesional. Describe disputas en el Centro de Ingenieros, donde un grupo minoritario impulsaba la nacionalización de los ferrocarriles, el gas y la construcción del gasoducto de Comodoro Rivadavia. Esta nueva generación, que impulsaba el desarrollo nacional, cobra cuerpo colectivo en el Congreso de Ingeniería realizado en 1942 en Córdoba. Allí hay mesas y ponencias para discutir problemas específicos y sale una resolución favorable a la nacionalización de los servicios públicos, trenes y electricidad y siderurgia. En este movimiento confluyeron muchos ingenieros del interior con ingenieros militares (Maggi, 1972: 5-6). Maggi queda a cargo bajo el peronismo de proyectos del área energética del Primer Plan Quinquenal, como director de la empresa Estatal de Agua y Energía y asume actividades vinculadas a los ferrocarriles en el Segundo. También Maggi proviene de una familia modesta:

"...me tocó vivir en mi primera juventud las consecuencias de la Primera Guerra Mundial donde hubo acá en el país una gran miseria, no creo que después en el país haya habido otra igual y donde la incipiente industria nacional que se había formado al amparo de la Primera Guerra Mundial quedó destruida." (Maggi, 1972: 3).

Los integrantes del equipo económico y muchos profesionales de otras áreas poseen un origen de clase similar. La mayoría proviene de la pequeña o mediana burguesía.[3] Comparten, a la vez, cierta inquietud y sensibilidad social forjada, al calor de la gran crisis de la primera posguerra. Las medidas económicas son fraguadas en esa matriz: un molde que expresa en primer lugar las necesidades de la burguesía mediana y chica,

---

[3]Antonio Cafiero tiene un origen social similar que el resto del equipo, pero está más ligado al empresariado católico y al cooperativismo, de ahí su renuncia en el momento del enfrentamiento con la iglesia.

que incorpora en forma subsidiaria algunos intereses de la clase obrera. Esto en particular en prevención de los graves enfrentamientos del primer gobierno yrigoyenista posguerra. Es difícil disociar los recuerdos de Gómez Morales en la panadería de sus padres, de la política peronista de contención del precio de la harina en el mercado interno, o su origen social y el de sus colegas, y sus remembranzas del quebranto de industrias en la misma época, con el caótico impulso a la pequeña y mediana industria durante los años peronistas.[4]

Del Consejo Nacional de Posguerra al Plan Quinquenal

La propaganda peronista plantea un escenario en el cual, con amplia visión de futuro, Perón crea un organismo, el Consejo Nacional de Posguerra, que analiza el escenario internacional y prevé medidas de acción a ser cristalizadas luego en el Primer Plan Quinquenal. Este plan se ejecuta y se avanza al Segundo Plan Quinquenal. En ambos, la economía está centralizada con un amplio rol del Estado, metas claras, previsibilidad y planeamiento. Si bien, como veremos más adelante, la historiografía ha tendido a matizar esta visión, en especial en lo referente al grado de cumplimiento de los planes quinquenales, aún persiste una mirada excesivamente lineal del proceso.

En particular, De la Vega subraya la continuidad entre las recomendaciones del Consejo Nacional de Posguerra y el Primer Plan Quinquenal. Se basa principalmente en las fuentes asociadas al Consejo Nacional de Posguerra y del propio Plan Quinquenal. Como resulta lógico, comparando los documentos de ambas instancias encuentra continuidades marcadas, en particular en la letra de las recomendaciones del Consejo y el texto de los proyectos. Pero la economía real se aparta de estos documentos más de lo que muchos historiadores suponen. Para ponderar esto es necesario recurrir a otras fuentes.

[4]El sesgo que se observa en la política crediticia (Rougier, 2007) es visible también en la política de promoción de sustitución de importaciones. Bakchellian (2000) relata cómo se presentó a la Secretaría de industria a plantear que podía remplazar un producto importado y que de inmediato prohibieron su importación, medida que tomaban frente a cualquier solicitud similar que cualquier aspirante a industrial formulara. En este sentido los avances industriales más que a la planificación responden a las iniciativas espontaneas de individuos en un contexto favorable. Pero esa espontaneidad reforzó el sobe dimensionamiento de la industria liviana en detrimento de otros sectores claves que hubieran requerido otro tipo de incentivos y planeamiento.

Cuando se examinan las fuentes e incluso los testimonios de los hacedores de la economía peronista emerge una realidad diferente. El Consejo Nacional de Posguerra fue menos decisivo de lo que se cree en delinear los contornos específicos de la economía peronista. Una vez en el gobierno, errores de cálculo en relación a los acontecimientos internacionales y las pujas entre facciones en pugna dentro del gobierno, atentaron contra la ejecución de un plan de gobierno coherente.

Según la opinión de Gómez Morales "el consejo Nacional de Posguerra le sirvió a Perón para saber lo que no tenía que hacer, antes que lo que tenía que hacer. Porque ninguna de las conclusiones del consejo de Posguerra se cumplió, se hizo otra cosa." (Gómez Morales, 1972: 50). De un modo similar se expresa Cecilio Benítez Castro, quien trabajó en la Secretaría técnica de la presidencia.[5] A su juicio, el Concejo Nacional de Posguerra tuvo influencia en identificar problemas fijar aspiraciones, pero en cuanto a la forja de leyes no tuvo ninguna influencia (Benítez Castro, 1972: 2 y 10).

Ya González Bollo, con quien concordamos en este punto, ha señalado el aspecto propagandístico del Consejo (González Bollo y Pereyra, 2021), pero es importante añadir a esto el rol que el Consejo Nacional de Posguerra juega en la construcción de poder de Perón durante el gobierno militar. Si Perón no controlaba un sector clave del gobierno, creaba una institución paralela. Así, crea la Subsecretaría de prensa de la Secretaría de Trabajo, que virtualmente opera como un ministerio de prensa alternativo. Del mismo modo, el Consejo Nacional de Posguerra le permite extender su influencia al área económica. El Consejo coloca a Perón a la cabeza de un foro que propicia planes económicos. Al mismo tiempo, le permite reclutar una capa de intelectuales y técnicos para su proyecto político.

En la práctica, el legado del Consejo es la sistematización de datos y la formación de un equipo de técnicos. Tarea bien documentada por diferentes autores (De la Vega, 2017; Gónzalez Bollo y Pereyra, 2021). Pero, en la arena política el Consejo le permite a Perón mostrarse a la cabeza de ideas de avanzada en el campo económico, capitalizando un

---

[5]Benítez Castro, ferviente franquista y falangista, visita a la Argentina y su amigo Figuerola le presenta a Perón, quien lo invita a colaborar con su proyecto. Acepta y pasa a trabajar a la Secretaría Técnica con Figuerola. Benítez Castro era abogado y había conseguido fama como novelista en la España de Franco por novelas antisemitas y fascistas, en especial *Se ha ocupado el kilómetro 6 (respuesta a Remarque)*, novela bélica que busca contestar a la novela pacifista alemana *Sin novedad en el frente*. En *Se ha ocupado el kilómetro* 6 Benítez Castro recurre a su experiencia en las filas franquistas en la batalla del Ebro.

clima de época que lo precede, como puede verse en el testimonio ya citado de Maggi, respecto al congreso de ingenieros de 1942. El Consejo lo ayuda a centralizar un grupo de intelectuales que ya giraba hacia ciertas posiciones, reclutarlos o al menos entrar en relación con ellos.

En paralelo, el Consejo Nacional de Posguerra es el trampolín de Miguel Miranda a la dirección económica del país. Este hecho no es adecuadamente ponderado en los balances que resaltan la continuidad entre las recomendaciones del Consejo Nacional de Posguerra y el Primer Plan Quinquenal. Esta continuidad, en realidad, se haya interrumpida por el ascenso de Miguel Miranda. Miguel Miranda surge del Consejo, pero su estilo de gestión no tiene nada que ver con el formato colegiado y estudiado de la economía. Alejado del perfil técnico y más bien pragmático, este self made man decidirá sobre la marcha guiado básicamente por su intuición. El grado de manejo personal de la economía, hará que, en un informe crucial para su caída, se lo acuse, incluso, de opacar a Perón y se plantee la necesidad de que Perón recupere la dirección de la economía.

En una nota reservada, probablemente escrita por Gómez Morales u otro de los técnicos del grupo económico en medio de su pelea por desplazar a Miranda, se plantea que en materia económica no llegaban al pueblo las decisiones de Perón...

> "[...] sino lo que interpreta cada uno de los eslabones de la cadena burocrática (..) Otras veces ni siquiera se trata de interpretar la orden impartida, sino que se improvisa despreocupadamente una solución o se aplica -por maldad o ignorancia- lo contrario de lo que se ha establecido. Me remito al resultado de mi investigación que me ordenó practicar al IAPI." (S.a, 1949: 7).

La alusión al IAPI apunta directamente a Miranda, su director. El texto insiste sobre la idea de que Miranda, había aparecido como el rector del rumbo económico: "Hubo un tiempo en que pareció que la conducción económica no estaba en manos del jefe, porque hubo quienes aparentaban tener el monopolio de la dirección, en vez de ser ejecutores, como deben considerarse todos los ejecutores de buena fe." (S.a, 1949: 13). El texto invita a Perón a recuperar protagonismo liderando la batalla económica presentada por la crisis.

Miranda, antes de que se diseñe el Primer Plan Quinquenal había decidido la transformación de la CPI en el IAPI y le imprime a este último su fisonomía. Negocia la nacionalización de los ferrocarriles, no como parte de un plan integral previo, sino como respuesta a presiones coyunturales (él inicialmente se oponía a la medida). En 1946 su poder es abrumador. Sus pronósticos excesivamente favorables, así como la confianza que Perón deposita en ellos, alientan las primeras alusiones al plan económico. Sin embargo, ya desde 1947 los ingresos empiezan a caer. Por eso, cuando ese año el Plan Quinquenal se presenta formalmente, resulta más moderado que lo anunciado a la prensa en 1946.

Pensar una transición lineal entre el Consejo Nacional de Posguerra y el Primer Plan Quinquenal implica olvidar el rol personal de Miguel Miranda en la gestión económica peronista. Si bien Miranda tiene un lugar destacado en el Consejo, sus decisiones una vez a cargo del Banco Central, del IAPI y en control de otros resortes de la economía no siguen necesariamente los lineamientos del Consejo Nacional de Posguerra.

Precisamente, esta es una de las acusaciones que se le hacen a Miranda en la nota reservada ya citada. En particular se le reprocha no haber seguido las recomendaciones del Consejo Nacional de Posguerra, recogidas luego en el Primer Plan quinquenal, ni a las recomendaciones respecto a qué tipo de industria favorecer fundadas en estudios de dicho Consejo:

> "¿Quién se atrevería a afirmar que los organismos oficiales encargados de propulsar la economía han sujetado su acción a las enseñanzas de tales estudios a pesar de las reiteradas recomendaciones del General Perón de que así se hiciera? Ni al efectuar compras al exterior, ni al otorgar permisos de cambio, ni al conceder créditos, ni al practicar redescuentos puede decirse que se haya tenido en cuenta el criterio ordenador que presidió la adopción de tan previsoras medidas. La idea matriz fue en ambos casos acertada, pero no fue llevada a la práctica. Y hoy el país no cuenta con las disponibilidades dinerarias de 1946." (S.a, 1949: 5 y 6).

Entre 1946 y 1949, más que por el Primer Plan quinquenal, la economía se rige por decisiones ad hoc de Miranda. Luego de 1949, se impone el plan de estabilización del grupo económico que recorta los gastos previstos. Una lectura lineal solo se sostiene si se borra la figura de Miguel Miranda de la historia. Creemos que este borramiento del rol de Miranda es la consecuencia de una sumatoria de hechos. Por un lado, surge de la marginación que sufrió Miranda dentro del peronismo tras su desplazamiento. En segundo lugar, el rol personal de Perón tendió en la memoria histórica a desdibujar otras figuras relevantes. Finalmente, el relato peronista con cierto sesgo teleológico y con su tendencia a ocultar o subvalorar los giros, tiende a representar todas las alternativas transitadas como parte de un plan ordenado de antemano.

La planificación peronista: entre las disputas palaciegas y los errores de cálculo

Cuando Perón, tras su primer mes como presidente, empieza a hablar de un plan, que adelantaría cien años el desarrollo del país, sin demasiados datos concretos genera expectativas respecto grandes modificaciones de la estructura económica argentina. Sin embargo, el plan de obras del Primer Plan quinquenal resultó más modesto de lo que estas primeras declaraciones podían hacer prever.

A juicio de Benítez Castro, que tuvo un rol importante en la gestión de ambos planes desde la Secretaría Técnica de la presidencia, el Primer Plan no era muy ambicioso en cuanto a obra pública. Era moderado, pero según él se realizó todo lo previsto, en particular, el aeropuerto y la autopista a Ezeiza. "Perón era muy respetuoso del equilibrio presupuestario. No quería, no le gustaba que le diera déficit, se ponía enfermo, de manera que el plan no era un plan excesivo, no era un plan de soñadores" (Benítez Castro, 1972: 11).

Resulta llamativo que una de las obras más importantes del período, el gasoducto de Comodoro Rivadavia no naciera de ninguno de los órganos de planificación del peronismo, sino que fuera el resultado de una cruzada personal del Ingeniero Julio Canessa y un equipo de colaboradores. Canessa impulsaba el proyecto hacía décadas. Había conseguido que el Tercer Congreso de Ingeniería, realizado en Córdoba en 1942, sacara una resolución favorable al mismo y, años después, convence a Perón de crear Gas del Estado y construir el gasoducto. Planifica la obra y, finalmente, consigue que sea incluida en el Primer Plan Quinquenal (Castro, 2010: 167-169). Como resume Castro: "resulta tentador considerar el emprendimiento del gasoducto como una consecuencia del 'Estado planificador y tecnocrático'. Sin embargo, (...) más que obedecer a una lógica centralizadora, la iniciativa se explicaría, sobre todo, por el papel activo de Canessa" (Castro, 2010: 164).[6]

También el Segundo Plan Quinquenal era muy moderado a juicio de Benítez Castro. A su vez, hubo dificultades para compatibilizar proyectos que llegaban de distintos sectores y actuar con el visto bueno del presidente. Según relata, cuando llegaba a la Secretaría Técnica ya sabíamos si Perón aprobaba o no el proyecto. En esa Secretaría querían priorizar

[6]Otras obras energéticas importantes del período, como las represas hidroeléctricas, habían sido planificadas o incluso iniciadas bajo los gobiernos conservadores (Castro, 2013: 108).

lo más importante para lo nacional, lo de mayor interés público, pero resultaba difícil determinarlo "cuando hay tres sectores administrativos que compiten entre sí por una misma tajada de queso". Su función en la Secretaría era determinar cuál de los tres tenía más razón y al final decidía Perón por intuición. (Benítez Castro, 1972: 10). Esta superposición en las tareas de los ministerios generaba quejas hasta en el empresariado. El Estado no realizaba las obras, sino que las contrataba a particulares. Las empresas contratistas se quejaban de que un Ministerio encargaba la obra, otro hacía el seguimiento y un tercero financiaba. Los pagos se atrasaban en medio de la maraña burocrática y la dispersión de funciones (González Bollo, 2021: 166).

Interrogado sobre los resultados del plan, Benítez Castro responde que el plan era muy complejo: incluía obras públicas, legislación, seguridad social, políticas sectoriales. Por eso, en algunas áreas se avanzó más de lo previsto, y en otras menos. Considera que el plan no se cumplió en el área de seguridad social, en gran parte por presiones corporativas de los gremios avaladas por el ministro del Interior, Ángel Borlenghi (Benítez Castro, 1972: 11). Efectivamente, mientras el Consejo Nacional de Posguerra y los proyectos iniciales preveían la creación de alguna forma de seguro social universal, se termina por diagramar un esquema de seguridad social fragmentado, basado en la participación del individuo en el mercado de trabajo (Zambrini et al, 2015). Esto da inicio a una estructura donde el desarrollo de la salud pública queda subordinado a la expansión de una variante del sistema de salud privada, que son las obras sociales. Por ejemplo, las dos principales obras en materia de salud del Primer Plan Quinquenal son la construcción del Policlínico Ferroviario y el Policlínico del sindicato del vidrio (De la Vega, 2022: 207).

A las pujas entre sectores del Estado, se sumó la emergencia de un organismo paraestatal que tendió a monopolizar la asistencia social y se ocupó de parte de la obra pública. El escaso desarrollo de la política social en el Plan Quinquenal puede deberse en parte también al encumbramiento de la Fundación Eva Perón. Más allá de otras valoraciones, es claro que el accionar de un organismo de este tipo conspiraba contra la planificación centralizada y la gestión ordenada. Por ejemplo, según el testimonio de Cereijo, administrador de la Fundación, esta construyó 1.000 escuelas, que luego fueron compradas a la Fundación por el Estado (Cereijo, 1972). La actividad de la fundación era financiada centralmente por aportes obreros obligatorios que se descontaban de sus salarios (Kabat, 2017: Cereijo, 1972) y empleaba recursos técnicos del Ministerio de Obras Públicas. En la entrevista que Leandro Gutiérrez hizo a Cereijo, le repreguntó varias veces sobre este punto, pues la respuesta le había sorprendido, más cuando la propaganda peronista y antiperonista había destacado lo contrario: que la Fundación imponía contribuciones al empresariado. Cereijo indica que prácticamente no hubo ingresos significativos por esa vía y añade que la Fundación pagaba en efectivo los productos que compraba para donar (Cereijo, 1972: 6, 13, 16, 20).[7]

Errores estratégicos

Más graves que los problemas operativos fueron los errores estratégicos cometidos. El éxito de cualquier planificación depende, en gran medida, de que se funde en previsiones acertadas. Desde la década del cuarenta la economía argentina se resiente porque tanto los liberales como los peronistas realizan pronósticos equivocados. Estos errores sucesivos están fuertemente asociados: el primer equipo económico encabezado por Miranda intenta sortear las trampas en las que cayó Prebisch, que había privilegiado el control de las divisas antes que las necesidades de abastecimiento. Miranda, al revés, acumulará recursos en lugar de divisas. Pero el escenario mundial había cambiado y Miranda comete el error contrario al que deseaba evitar. A juicio de Gómez Morales, Prebisch subestimó el impacto de la Segunda Guerra Mundial en la economía argentina y no tomó los resguardos necesarios para amortiguarlos cuando todavía podía abastecerse. En cambio, Miranda realizó proyecciones con vistas a una tercera contienda mundial que nunca ocurrió. Ambos desatinos tuvieron serias consecuencias.

De acuerdo a Gómez Morales durante la Segunda Guerra: "Para afrontar las consecuencias de la guerra aquí, faltaba de todo, porque Prebisch que estaba al frente del Banco Central, siguió evidentemente una estrategia de cuidar antes las divisas que el abastecimiento del país". Gómez Morales, entonces relativiza las responsabilidades de Prebisch

"...porque depende de las apreciaciones que él debe haber hecho respecto al futuro de la guerra (...) La guerra se inició en el 39 en Europa y Estados Unidos ingresó en 1941, en esos dos años nosotros pudimos traer cualquier clase de abastecimiento,

[7]En otros textos hemos mostrado como el empresariado nacional se benefició enormemente de esto. La industria del calzado mantuvo su demanda tras la crisis de 1949 gracias a las compras de la Fundación Eva Perón, financiadas con aportes obreros compulsivos (Kabat, 2017; Kabat, 2013).

pero así habríamos tenido que aplicar una buena parte de la reserva monetaria existente. [Prebisch] adoptó un criterio altamente prudente en ese sentido, pero que producidos los acontecimientos y virtualmente bloqueado el país fue tremendamente desalentador y los militares en 1946, lo consideraban a Prebisch una especie de súper responsable de estas condiciones tremendas que debíamos afrontar." (Gómez Morales, 1972: 19).

Considera entonces que, con el diario del lunes, cualquiera acierta: "Es muy fácil hablar a posteriori de una decisión que fue tomada en circunstancias muy diferentes". Los militares, en cambio, lo juzgaban muy duramente: "lo consideraron ... una traición al país, que lo dejó inerme frente a la prolongación de la guerra y a las condiciones de la inmediata posguerra" (Gómez Morales, 1972: 32). En parte, la comprensión de Gómez Morales deviene de su conocimiento de primera mano del tema, ya que estuvo a cargo de la Dirección de Abastecimiento en 1943. Era un puesto que no quería ocupar porque imaginaba una tarea excesiva, aunque terminó aceptando el cargo. De su relato se desprende tanto la crudeza de la situación, como lo primitivo de las soluciones que una industria primitiva podía lograr. Al frente del problema de la imposibilidad de importar insumos estratégicos, Gómez Morales fiscalizó y promovió todo tipo de remplazos de productos a escala artesanal. El caso del caucho, un verdadero problema para el conjunto de la economía, es revelador: sólo se conseguían 200 toneladas de caucho natural por año, importadas de Bolivia, frente a una demanda interna de diez mil toneladas, en un momento en que EE.UU. acaparaba las compras mundiales. Bajo la gestión de Gómez Morales se consiguió maximizar la provisión de material, logrando hacer cubiertas con cantidades mínimas de caucho natural. Pero, el problema se repetía en casi todas las industrias, dando pie a procesos de trabajo atrasados que virtualmente daban marcha atrás en la historia de la tecnología. Morales pone como ejemplo a un italiano que hacía las velas para las populares estufas Volcán. Sin mayor dotación técnica, el hombre las fabricaba como si hiciera pan casero: amasaba la arcilla, la horneaba y las retiraba del fuego con una pala, tal como haría un panadero. El resultado era más que precario, con un porcentaje de velas quemadas del 10 al 15% (Gómez Morales, 1972: 21 y 22).

Por el contrario, Miranda va a partir del supuesto inverso. La previsión de una nueva contienda empujaba a la Argentina a aprovisionarse por cualquier medio, sin importar el costo o calidad de los productos adquiridos, en el contexto de escasa oferta de la inmediata posguerra. A la inversa, se esperaba una demanda segura para nuestras exportaciones. De acuerdo a esa previsión, no había apuro por vender las cosechas, tampoco era problemático echar mano de las reservas que pronto se recompondrían. De este modo, Miranda compró lo que pudo al precio que le reclamaba un contexto marcado además por el bloqueo norteamericano (Escudé, 1980). Estas difíciles circunstancias se prolongaron: Ares relata que YPF requería equipos que no se conseguían y que logran traerlos gracias al rol activo de los embajadores, que los adquirían poco menos que de contrabando (Ares, 1972: 33). Visto desde el presente, la previsión de Miranda parece un disparate, pero los contemporáneos no pensaban así. Albrieu, por ejemplo, considera injustas muchas acusaciones que pesaron contra el ministro. Cree que cumplió su función y que sus errores, en todo caso, no eran solo suyos. Por ejemplo, la mayor acusación que se le hizo fue por la compra de rezagos de guerra, "pero se esperaba la tercera. Todos los partes diplomáticos nos venían con eso" (Albrieu, 1972: 37). De igual modo, múltiples documentos de la época, algunos vinculados, incluso, con el equipo de Gómez Morales hacen referencia a la posibilidad de un conflicto bélico mundial, sea en términos de posibilidad (S.a., 1949) o de pretendida certeza (CIA, 1950b:1)

La disyuntiva de si comprometer o no las reservas para aprovisionar al país ante un eventual conflicto bélico de posible alcance mundial, vuelve a presentarse en 1950. En ese entonces Alfredo Gómez Morales estba a cargo de la decisión. Los militares creían que una tercera guerra mundial era inevitable porque MacArthur iba a invadir China. "Entonces ellos me pusieron a mí en la alternativa de utilizar masivamente toda la reserva para abastecer el país", situación que, aparentemente, debía enfrentar en soledad, porque "en aquel entonces, *es cierto que el presidente no tomaba ninguna decisión*" por lo que "debía afrontar la presión de los militares". Para hacerlo, convirtió todos los dólares que tenía a oro, dejando como divisas de libre disponibilidad las provenientes de convenios bilaterales. De esa manera, consiguió que se usaran estas, quedando las reservas en oro a resguardo. (Gómez Morales, 1972: 33).[8]

Si Gómez Morales tuvo que recurrir a esta maniobra para esquivar las presiones militares, se debió a que no tenía, como Miranda, la

[8]El fragmento en cursiva se encuentra tachado en la versión taquigráfica. Esto significa que Gómez Morales lo dijo en la entrevista oral, pero decidió eliminar el fragmento al revisarlo. Consideramos revelador al fragmento, tanto por lo que expresa como por la percepción propia del entrevistado respecto de la inconveniencia de hacer pública tal información y la correspondiente decisión de tacharlo. La crisis de 1949 no había sido solo económica, sino política y militar (nos ocuparemos de este tema en un futuro artículo). Probablemente, para 1950, Perón trataba de evitar nuevos enfrentamientos con los militares.

expectativa de reconstruir rápidamente las reservas con las ventas de las cosechas a alto precio. Hacia 1950 esta perspectiva ya se había demostrado inviable, por lo que la preservación de las reservas resultaba más importante todavía. En última instancia, sin certezas por delante, parece haber tratado de dividir riesgos, permitiendo a los militares un acceso parcial a los recursos disponibles.

En 1946 Miranda creía tener la vaca atada, buenos ingresos por los elevados precios de las exportaciones. "Pero da la casualidad que esos ingresos se cortaron de manera drástica a raíz del Plan Marshall". Primero los sorprendió la inconvertibilidad unilateral de la libra. Después, en 1948 Estados Unidos con el plan Marshall

> "[...] en vez de venderle a Europa su increíble acumulación de excedente se lo empieza a regalar. Aquí teníamos semanas a fines de 1948 y todo 1949 que no entraba un solo barco. No había mercado para nuestros productos. Productos que unos meses antes eran demandados a alto precio. Así quedaron acumuladas dos cosechas de lino, dos cosechas de maíz" (Gómez Morales: 1972: 44).

Efectivamente, a la Argentina se le prometió participar en el Plan Marshall como proveedora de granos, pero luego se la excluyó, al igual que a todas las naciones latinoamericanas (Rapoport y Spiguel, 2009; Skupch, 2009). A su vez, los países que inicialmente nos compraron, como Italia y España al ser asistidos por el Plan Marshall suprimieron sus compras e incluso incumplieron el pago de los granos adquiridos años anteriores.

Según Gómez Morales, el mismo embajador de Estados Unidos en la Argentina le había dicho a Perón, cuando negociábamos precios de las cosechas, "que no se amilanen que ellos iban a comprar el saldo que tuviéramos" (Gómez Morales, 1972: 48). En este sentido, reconoce que, si bien algunos acusan a Miranda por extremar las demandas argentinas en las negociaciones internacionales, era casi imposible prever lo que ocurrió.[9] Estas afirmaciones son significativas, puesto que, como

---

[9]Llama la atención que también el ministro de Agricultura tenga palabras favorables para Miranda. Defiende la política de precios del IAPI. Emery dice que los precios eran remuneradores y que si el gobierno luego obtuvo más el productor en vez de pensar que con otro exportador tendría menos "piensa que también podría haber tenido derecho a esa plusvalía que benefició al país". Dice que la siembra y la cosechas eran buenas, no lo hubieran sido si precio no lo fuera, y que al final IAPI ayudó (Emery, 1972: 20) y niega un choque de intereses entre el agro y la industria. Dice que apenas asumió se peleó con Miranda sobre cómo encarar la relación con la Sociedad Rural Argentina, pero que luego Miranda fue un gran colaborador. Él

ya señalamos, Gómez Morales fue uno de los que responsabilizaron a Miranda y aprovecharon esta coyuntura para desplazarlo.

De todas formas, no creemos que sea cierta la idea de que el giro de los acontecimientos fuera por completo impredecible. Esta hipótesis es defendida por Gustavo de la Vega, quien considera que el diagnóstico sobre el que se basó la planificación peronista era acertado, pero que no podían preverse los cambios que ocurrieron en el mercado mundial (De la Vega, 2022: 61 y 262). Sin embargo, hay voces que alertaron sobre estas posibles transformaciones.

Como señalamos, en el capítulo sobre el Plan Pinedo y la Corporación para la Promoción del Intercambio en este mismo libro (Kabat, 2024a), el informe Armour ya en 1943 alertaba sobre la posible caída de exportaciones agrarias de la Argentina en la posguerra e indicaba acertadamente sus causas: el reingreso a la competencia de los países que la guerra impedía de comerciar sus cosechas y el futuro dominio del mercado mundial por las potencias vencedoras que impondrían sus condiciones al resto (Armour Research Foundation, 1943: 204). A esto se sumaron las campañas de países europeos para recuperar su agro tras el conflicto, fenómeno sobre el cual, como ya dijimos el ministro Elordy advirtió a la Sociedad Rural a mediados de 1946.

La crisis económica y los problemas del Primer Plan quinquenal

Si bien desde 1947 hay intentos de corregir el rumbo, la salida de Miranda del Banco Central es un síntoma de esto, la decisión definitiva se posterga hasta 1949. En el medio, Miranda hace desesperados intentos por reflotar el comercio exterior argentino. En 1948 planeaba una visita a España, Francia e Italia. El gobierno argentino quería cobrarles la deuda que esos países tenían, se rumoreaba también la promoción de un "Plan Miranda" como una alternativa criolla al Plan Marshall (CIA,

---

conducía la administración de los ferrocarriles y, cuando hubo una gran sequía y era necesario sacar hacienda de campos donde no había pastura y llevarlos a otros, le puso a disposición todos los trenes necesarios con gran celeridad y le facilitó los forrajes del IAPI, todas medidas tomadas en forma rápida para ayudar al productor (Emery, 1972: 21). Sobre cómo se produjo la reorientación de la economía de favorecer la industria al campo, Emery dice que fue gradual: primero se lo convenció a Miranda de su importancia y, después, con el equipo que lo remplazó se reforzó la orientación (Emery, 1972: 21).

1948a:1). Otro informe de la CIA recoge comentarios atribuidos a Juan Pistarini al frente del Ministerio de Obras Públicas. Pistarini habría afirmado que el Plan Quinquenal iba bien, pero que se encontraba demorado y se hacían recortes porque Miranda había equivocado los números (CIA1948b:1). Cuando la CIA evalúa los intentos argentinos de acercamiento a los Estados Unidos, considera que la situación económica es mala y que la Argentina requiere fondos externos o deberá ralentizar la industrialización (CIA 1948c) y que la ausencia de fondos para financiar los planes quinquenales y la necesidad de obtener vías alternativas de financiamiento impulsan la política exterior argentina (CIA, 1948d: 1-2 y 4).

Alguien podría dudar de los informes de la CIA, pero los textos elaborados por el propio equipo económico en la Argentina son aún más taxativos al respecto:

> "Hoy el país vive un clima pesimista. Es lejana la euforia en torno al Plan de Gobierno, a la colocación de cosecha por 8 millones de pesos anuales, a la cancelación de la deuda externa, a la nacionalización de los teléfonos y ferrocarriles y la formación de la flota mercante No es sencillo retemplar el espíritu y levantar la temperatura de los entusiasmos... (s.a., 1949: 15)
> La confianza que infundió el plan de industrialización y el consiguiente establecimiento de nuevas plantas industriales sufrieron un violento choque cuando, en plena instalación, y antes naturalmente, de empezar a producir, se vieron afectados por las restricciones crediticias." (S.a., 1949:22).

El informe propone lanzar un plan de emergencia y a mediano plazo planes de estabilización. Ese es el curso que efectivamente sigue el gobierno. El Segundo Plan quinquenal es la materialización de ese plan de estabilización. La propaganda personal de Perón del Segundo Plan Quinquenal sigue también la recomendación de la nota reservada. Como se había sugerido, Perón mismo informa, difunde y compromete a los trabajadores a producir más y gastar menos siguiendo los postulados del Segundo Plan Quinquenal.

Del Primer Plan quinquenal se cumplieron algunas grandes obras, como el aeropuerto de Ezeiza, el gasoducto de Comodoro Rivadavia y la construcción de elevadores de granos. Pero, muchas obras previstas quedaron por el camino. La Primera encuesta nacional sobre obras públicas 1946-1950 contabilizó 7395 obras realizadas. Sin embargo, la propaganda peronista difundía una cifra más de 10 veces superior: 76.200 obras. Una proporción de 10.3 obras publicitadas por cada obra efectivamente realizada (González Bollo, 2021: 167). En 1951 cerca de la mitad de las obras iniciadas no se había finalizado. En 1953 se prohíbe iniciar nuevas obras, para que el presupuesto pudiera concentrarse en las obras inconclusas. Por eso, los fondos del Segundo Plan Quinquenal se dirigieron a cubrir aquellas obras inconclusas (González Bollo, 2021: 155-160). Al mismo tiempo, cualquier actividad estatal como repavimentar una calle o la ampliación del taller de confección de uniformes militares eran propagandizados como parte de la gran marcha del Segundo Plan Quinquenal (Semanario Argentino, 1953).

En noviembre de 1947, Perón les decía a los ministros de Hacienda de las provincias que un objetivo oculto del Plan Quinquenal era hacer trabajar al pueblo argentino compuesto, a su juicio, por vagos:

> "Hablando con toda franqueza, con palabras llanas, como debemos hablar, puedo decirles que el plan quinquenal, además de todos los objetivos que persigue, tiene otros dos que son ocultos, pero no por eso menos importantes que los demás, que tienden a corregir dos gravísimos defectos del pueblo argentino: uno, es el de la organización institucional y el otro, es un defecto del pueblo que todos conocemos. Nuestro pueblo está formado por vagos. Esta es la realidad. Aquí no trabaja sino el que tiene mucha necesidad de hacerlo siempre con el menor esfuerzo posible para producir lo indispensable a fin de poder subsistir. El censo realizado últimamente está arrojando cifras que a este respecto son concluyentes: trabaja poca gente, y esos pocos lo hacen en forma mínima. Ningún ministro de Hacienda del futuro podrá agradecernos si no comenzamos por tratar que el pueblo argentino trabaje tres o cuatro veces más de lo que lo hace actualmente, tanto cuantitativa como cualitativamente.
>
> El plan quinquenal tiende a crear trabajo, a dividir las actividades de la Nación en forma tal que todos esos vagos se pongan a trabajar, porque este no es solo un defecto de la Capital Federal, sino de todo el país. En todas partes hay vagos..." (Perón, 1947: 2 y 3).

Este elemento, que aparece en forma subrepticia en el Primer Plan Quinquenal, pasa a ser central y explícito en el Segundo Plan Quinquenal. En este punto por el momento Perón no había conseguido sus objetivos. Se puede hipotetizar que, quizás esto se deba al fracaso de otro de los objetivos del plan: la inmigración. Perón apuesta a una inmigración masiva y cuidadosamente seleccionada. Probablemente, si la misma se hubiera producido en la magnitud deseada por el gobierno, hubiera actuado como un mecanismo de disciplinamiento social.

El Segundo Plan Quinquenal

Con el Plan de estabilización de Gómez Morales en marcha, el Segundo Plan Quinquenal tiene una fuerte impronta propagandística. Busca generar consenso para las políticas de ajuste, que se expresan en el mandato de ahorro y aumento de la productividad del trabajo. Un mecanismo utilizado es la convocatoria a presentar propuestas y solicitudes para ser analizadas y consideradas en el armado del Plan. A fines de diciembre de 1951, Perón pide que la gente le escriba para saber "lo que el pueblo necesita" e incorporar sus demandas al Segundo Plan quinquenal. Pronto llegan setenta mil cartas y amplían el plazo para recibirlas (Barros y Reynares, 2016: 244).

Esta consulta popular es un mecanismo de promoción y legitimación del Segundo Plan Quinquenal, cuyo núcleo duro, sin embargo, no fue sometido a referéndum alguno. Nadie aprobó en forma directa la eliminación de la negociación colectiva y el congelamiento salarial, pero quedaron avalados como parte del Plan. A partir de entonces, la propaganda peronista consideraría que el pueblo discutió y propuso, el gobierno escuchó, dio respuesta y elaboró el Segundo Plan Quinquenal. Sólo restaba cumplirlo y cada trabajador debía comprometerse plenamente a tal tarea. En función de esto, y con una fuerte impronta de gesta nacional, se promueve una intensificación del trabajo y menores niveles de consumo obrero. Los hombres se ocuparían de lo primero y las mujeres de lo segundo. Documentos oficiales de divulgación del plan, como el Manual Práctico del Segundo Plan Quinquenal o la revista Mundo Peronista son canales privilegiados de esta propaganda.

El Segundo Plan Quinquenal le brindaba al ejecutivo el manejo discrecional de los resortes de la economía. En particular, el presidente fijaba porcentajes de aumentos de precios y salarios. Esto permitió un ajuste muy importante, en tanto los salarios se actualizaban muy por debajo de la inflación. En el interior se establecen las "quitas zonales". Los salarios de los trabajadores del interior sufren un descuento porcentual, diferente en cada región. En el momento esto fue tolerado por la CGT, pero los gremios lucharán contra esta medida durante la década del sesenta.

En el Segundo Plan Quinquenal el control del gobierno sobre la prensa y los gremios era muy elevado, por lo que es difícil acceder a la opinión popular sobre las medidas. Sin embargo, documentos del Partido Peronista Femenino nos muestran que incluso sus afiliadas criticaban la situación. En unas planillas que se les remitía a las responsables de las Unidades Básicas para que completaran tras realizar reuniones encontramos algunos indicios de este malestar. En la planilla debían indicar qué ideas surgían en las reuniones de afiliadas para ahorrar más y colaborar con el Segundo Plan Quinquenal. La mayoría dejaba ese espacio en blanco, pero, muchas mujeres, en vez de propuestas, plasmaron sus quejas frente al estado de la economía, la carestía de la vida y el bajo valor de los salarios (Kabat: 2017, 168).

El plan de ajuste de 1952 es exitoso, pero su sostenimiento en el tiempo dependía de la continuidad del disciplinamiento obrero. La efectividad de la propaganda y la represión tenía un límite. Los sindicatos reclamaron la reapertura de paritarias, que lograron en 1954. En el Congreso de la Productividad de inicios de 1955 resistieron en la medida de lo posible reformas que condujeran a la intensificación del trabajo.

Al mismo tiempo frente a todo el ajuste el gobierno no podía mostrar demasiados éxitos por fuera de la estabilización económica. Los frutos del esfuerzo colectivo no eran palpables. El Segundo Plan Quinquenal no avanzaba. El gobierno peronista volvía a verse con la misma necesidad de recurrir a Estados Unidos, buscar créditos e inversiones para poder financiarse:

En 1954 un informe de la CIA señala que el gobierno no tiene recursos propios para sus proyectos (CIA, 1954:1). Se plantea que los ingresos de comercio exterior resultan insuficientes para desarrollar el Segundo Plan Quinquenal, aunque este podría financiarse mediante déficit inflacionario, crédito o complementariamente usando los fondos de la seguridad social (CIA, 1954: 5). Incluso la agencia consideraba que ni siquiera los ingresos de las próximas dos cosechas alcanzarían para cubrir las ambiciones del plan. Además, juzga difícil que el gobierno llegara a obtener suficientes inversiones para lograr un cumplimiento sustantivo del mismo (CIA, 1954: 8).

Conclusiones

Tanto el Primer como el Segundo Plan Quinquenal tienen un fuerte componente propagandístico. El primero refuerza la autoridad de Perón y busca evitar cuestionamientos a iniciativas particulares al presentarlas como parte de un proyecto integral. El Segundo Plan Quinquenal busca suscitar apoyo de la población al ajuste en marcha.

Un punto central de este artículo ha sido señalar que el gobierno peronista no logró prever los cambios del mercado mundial y planificar en función de ellos, sino que incurrió en graves errores de cálculo. No obstante, merced a un gran pragmatismo Perón no duda en modificar el rumbo. Pero, esto no es comunicado a la sociedad. En todo momento hay un intento de encubrir los giros de la política económica, así como los alineamientos internacionales.

La falsa expectativa de una Tercera Guerra Mundial y la subestimación del impacto sobre nuestras exportaciones del nuevo rol de Estados Unidos en la posguerra generan una proyección de un escenario a futuro falsa. A este equívoco se debe la imposibilidad de completar las previsiones de los planes económicos. Al mismo tiempo, la estructura del gobierno bonapartista con sus pujas palaciegas y su superposición de organismos estatales y paraestatales tampoco contribuyó a un planeamiento eficaz. Los pobres resultados en el área de industria pesada o salud pública son la consecuencia de esto.

Un análisis de la historia económica demasiado enfocado en los aspectos político institucionales ha tendido a privilegiar el estudio de leyes, debates y discursos por sobre las decisiones concretas de la política económica real. De tal forma, se ha soslayado el desarrollo efectivo de una porción sustancial del Plan Pinedo de 1940, mediante el accionar de la Corporación para la Promoción del Intercambio, mientras que se ha sobreestimado el alcance real de los planes quinquenales peronistas. También se ha sobreestimado el rol del Estado en la economía peronista, en tanto actividades centrales del Estado que generaban ganancias eran, en la práctica, tercerizadas a empresas privadas.

El desarrollo de la economía peronista y su planificación no es lineal. Entre las deliberaciones del Consejo Nacional de Posguerra y el Primer Plan Quinquenal, se encuentra la gestión de Miranda que, por un lado, no sigue en forma ortodoxa las recomendaciones del Consejo y, por otro lado, crea ad hoc una institución como el IAPI que va a moldear los primeros años del gobierno peronista. A su vez, cuando el Primer Plan Quinquenal se presenta formalmente, la coyuntura económica ya había comenzado a cambiar y esto explica en gran medida su incumplimiento.

Entre los principales integrantes del equipo que dirige la economía bajo el peronismo existe una genuina preocupación social anclada, incluso, en experiencias personales durante la crisis de la primera posguerra. Pero, esta es una preocupación subordinada a sus propios intereses de clase. La dirección burguesa del Estado guarda relación con una actividad económica que se enuncia estatal, pero que se implementa a través de actores privados beneficiados de este proceso. La naturalización de la idea de que toda obra estatal debe ser ejecutada a través del sector privado es un síntoma de la hegemonía peronista en la historia argentina y de la ausencia, hasta ahora, de una planificación obrera.

Bibliografía y fuentes

Bibliografía

Amaral, S. (2018). *Perón presidente. Las elecciones del 24 de febrero de 1946*. Eduntref

Bakchellian, E. (2000). *El error de ser argentino: vida, pasión y desventuras de un industrial: la historia de Gatic S.A., la historia de un país*. Galerna.

Barros, M. M., Morales, M. V., Reynares, J. M., & Vargas, M. (2016). *Las huellas de un sujeto en las cartas a Perón: entre las fuentes y la interpretación del Primer Peronismo.*

Barry, C. (2004). "Las muchachas ahorrativas: El rol de las mujeres peronistas en el Plan Económico de Austeridad y el 2° Plan Quinquenal". *Trabajos y comunicaciones*, (30-31), 262-287.

Castro, C. (2010). "Desarrollo energético, estado y empresa: algunas cuestiones en torno a la construcción del Gasoducto Patagónico durante el primer peronismo". *América Latina en la historia económica*, (34), 159-190.

Castro, C. (2013). *De la industrialización tardía europea a la sustitución de importaciones latinoamericana*. Tesis doctoral, Facultad de Ciencias Económicas. Universidad de Buenos Aires.

Cosse, I. (2006). *Estigmas de nacimiento. Peronismo y orden familiar 1946-1955*. Fondo de Cultura Económica.

De la Vega, G. (2017). *Planificar la Argentina justa, libre y soberana. El Consejo Nacional de Posguerra (1944-1946)*. Universidad Nacional de Quilmes Editorial

De la Vega, G. (2022). *El primer plan quinquenal. Análisis y resultados de la primera planificación peronista*. Prohistoria.

Elena, E. (2007). "Peronist Consumer Politics and the Problem of Domesticating Markets in Argentina, 1943–1955". *Hispanic American Historical Review*, 87(1), Duke University Press, 111-149.

Escudé, C. (1980). "Las restricciones internacionales de la economía argentina, 1945-1949". *Desarrollo Económico*, 3-40.

González Bollo, H., & Pereyra, D. (2021). *Estado y planificación en el lejano sur: agencias y funcionarios de la Argentina peronista (1944-1955)*. UNQ.

Kabat, M. (2013). "La industria del calzado argentina bajo los dos primeros gobiernos peronistas (1946-1955)". *Revista de Economía del Caribe*, (11), 100-126.

Kabat, M. (2015). "Agro, industria y peronismo. Un análisis de su relación a través del accionar del IAPI". Graciano, O. y G. Olivera: *Agro y política en la argentina*, t. 2, pp. 269-322.

Kabat, M. (2017). *Perón Leaks: Una re-lectura del peronismo a partir de sus documentos secretos*, 1943-1955. Ediciones ryr.

Kabat, M. (2021). "El control estatal a la docencia en los primeros gobiernos peronistas". *Hallazgos*, 18(36), 53-101.

Kabat, M (2024a). "El plan Pinedo, las exportaciones industriales y la Corporación para la Promoción del Intercambio". En Sartelli, E. y M. Kabat: *El pantano. Las primeras respuestas a la emergencia de la "enfermedad" argentina*. Ediciones ryr.

Kabat, M. (2024b). El malón de la Paz. Las causas desconocidas de la represión peronista. *Conflicto Social*, en prensa

Kindgard, A. M. (2004). "Tradición y conflicto social en los Andes argentinos. En torno al Malón de la Paz de 1946". *Estudios interdisciplinarios de América Latina y el Caribe*, 15(1).

Lluch-Prats, J. (2023). "'Vencidos, vencemos'. Confrontaciones de la memoria de la Generación de la Gran Cosa: Max Aub versus Cecilio Benítez de Castro". *Caracol*, São Paulo, n. 25, p. 705-745.

Rapoport, M., & Spiguel, C. (2009). "La Argentina y el Plan Marshall: promesas y realidades". *Revista brasileira de política internacional*, 52, 5-28.

Rougier, M. (2007). "Crédito e industria en tiempos de Perón, 1944-1955". *Revista de Historia Industrial*, 79-113.

Skupch, P. (2009). "Las relaciones económicas anglo-argentinas en la posguerra: entre la convertibilidad y el bilateralismo". *Ciclos en la Historia, la Economía y la Sociedad*, 18, 119-144.

Zambrini, E. et al. (2015). "Sistema previsional en Argentina: análisis desde una perspectiva histórica". XI Jornadas de Sociología. Facultad de Ciencias Sociales, Universidad de Buenos Aires.

Fuentes audiovisuales

Perón, E. (1947). Eva Perón sobre la protección a la niñez y la enseñanza religiosa en el Plan Quinquenal. Radio del Estado, 15 de febrero, Archivo RTA, AU 283, https://www.archivorta.com.ar/asset/eva-peron-sobre-la-proteccion-a-la-ninez-y-la-ensenanza-religiosa-en-el-plan-quinquenal/

Perón, J.D. (1947). Consejo económico nacional. Fragmento del discurso pronunciado por Juan Domingo Perón en ocasión de la ceremonia de asunción de Miguel Miranda como Presidente del Consejo

Económico Nacional. 22/07/1947. Audio Archivo RTA, https://www.youtube.com/watch?v=xMj9uVjM0Nc&ab_channel=Televisi%C3%B3nP%C3%BAblica

Radio del Estado (1948). Comentario radial sobre el Plan Quinquenal. AU-493. RTA, 27 de enero, Archivo Prisma (archivorta.com.ar)

Semanario Argentino N° 70, AV-2775 octubre/1953, Archivo Prisma.

Documentos escritos

Armour Research Foundation (1943). Technological and economic survey of Argentine industries with industrial research recommendations. Corporación para la Promoción del Intercambio.

CIA (1948a). Miguel Miranda's plan to visit Europe. Information report, marzo.

CIA (1948b). Remarks of Public Works minister Juan Pistarini. Information report. 29 de diciembre.

CIA (1948c). Memorandum 97, 9 de diciembre.

CIA (1948d). Perón and the Argentine congressional elections. 28 de febrero.

CIA (1950a). Attitude of Argentine Officials toward minister of the Treasury Cereijo and the United States, 20 de junio.

CIA (1950b). Statements Made by Minister of Economy Ares, Information report, 3 de noviembre.

CIA (1954a) Probable developments in Argentina. National Intelligence Estimate, 91-54, 2 de marzo.

Ley 13.031 (1947), 26 de septiembre. *Boletín Oficial*, 4 de noviembre de 1947

Presidencia de la Nación Secretaría Técnica. Plan de gobierno 1947-1951, TOMO I, Buenos Aires, 1946.

S.a. (1949). "Panorama Político-Económico de la Argentina en agosto de 1949 (Nota reservada), Archivo General de la Nación, Fiscalía Nacional de Recuperación Patrimonial, com. 31, caja 11.

Fuentes periodísticas

S.a (1946a). Prodefensa Ley 1420. *Noticias Gráficas*, 2 de agosto.

S.a. (1946b). Larga entrevista mantuvo Perón. Si me quieren hacer una revolución, yo se las haré a ellos una semana antes. *Noticias Gráficas*, 14 de agosto.

S.a. (1946c). La economía debe ser planificada. O tenemos un plan o nos lo imponen desde afuera. *Noticias Gráficas*, 6 de agosto.

S.a, (1946d). La Argentina está en los umbrales de una gran revolución industrial. *Noticias Gráficas*, 8 de agosto.

S.a. (1946e) En la Sociedad Rural se ha defendido la industria. *Noticias Gráficas*, 19 de agosto.

Testimonios orales

Albrieu, O. (1972). Entrevista del Proyecto de Historia Oral del Instituto Di Tella.

Ares, R. (1972). 14 de junio 1972 por Leandro Gutiérrez, Entrevista del Proyecto de Historia Oral del Instituto Di Tella.

Benítez de Castro, C. (1972). Entrevista del Proyecto de Historia Oral del Instituto Di Tella.

Cereijo, R. (1972). Entrevista del Proyecto de Historia Oral del Instituto Di Tella, 13 de julio.

Emery, C. (1972). Entrevista del Proyecto de Historia Oral del Instituto Di Tella, 22 de junio.

Gómez Morales, A. (1972). Entrevista del Proyecto de Historia Oral del Instituto Di Tella, 17 y 19 de mayo.

Guardo, R. (1972). Entrevista del Proyecto de Historia Oral del Instituto Di Tella.

Maggi, J. (1972). Entrevista del Proyecto de Historia Oral del Instituto Di Tella.

Pérez Pardo, O. (1972). Entrevista del Proyecto de Historia Oral del Instituto Di Tella, 11 de mayo.

Capítulo VI

La industrialización argentina: una crítica a la escuela liberal y a los teóricos de la dependencia

Eduardo Sartelli
Marina Kabat

Introducción

Este artículo analiza la escuela liberal y las teorías de la dependencia, en tanto corrientes historiográficas predominantes para estudiar el desarrollo industrial argentino.[1] La escuela de la dependencia en Argentina, así como en Latinoamérica, es "ecléctica" (Chilcote, 1974: 7), es decir, abarca muchas corrientes diversas. Chilcote las resume de la siguiente forma:

"En términos generales, las teorías de la dependencia explican el subdesarrollo latinoamericano como consecuencia de influencias económicas y políticas externas a la región. En concreto, se supone que la economía de ciertas naciones está condicionada y limitada por sus relaciones con otras economías más avanzadas que sí son capaces de expandirse y desarrollarse. Estos vínculos de dependencia, por un lado, y de dominancia, por el otro, explican la contracción de unos y la expansión de otros" (Chilcote, 1974: 4).

Así, bajo el rótulo de los dependentistas se agrupan corrientes económicas diversas como el Keynesianismo, aquellas asociadas con la ortodoxia de la CEPAL (Comisión Económica para América Latina y

---

[1]Esta es una versión ligeramente corregida de Sartelli, E. y Kabat, M. (2016): "Argentine Industrialization: A Critique of the Liberal and Dependentist Schools". Desai, R. (ed.): *Analytical Gains of Geopolitical Economy*, Emerald Group Publishing Limited, pp. 227 -254. Traducción de cátedra, a cargo de Jan Van Muylem y Felipe Samandjian (adscriptos).

el Caribe) y el estructuralismo. Este grupo es mucho más heterogéneo que la teoría liberal.

La mayoría de los pensadores liberales argentinos ha estudiado o trabajado en Universidades estadounidenses y se encuentra vinculado con las pocas casas de altos estudios privadas que existen en Argentina, país donde los estudios superiores son en su mayoría de acceso público. El ejemplo más influyente es Carlos Díaz Alejandro, un estudiante cubano doctorado en el MIT (Instituto Tecnológico de Massachusetts), luego profesor en la Universidad de Yale y Harvard, así como consultor de influyentes comisiones de Estados Unidos, tales como la "comisión Linowitz" y la comisión Kissinger.

Ambas escuelas, por razones muy distintas, malinterpretaron y subestimaron las potencialidades y las limitaciones de la industria argentina en la primera mitad del siglo XX. Mientras los liberales desestiman cualquier clase de limitación externa al desarrollo nacional, los dependentistas imaginan una influencia sobredimensionada de los países centrales sobre la economía argentina. En el fondo, lo que subyace es una concepción inconducente de las relaciones internacionales.

Los dependentistas argumentan que la que integración de la Argentina al mercado mundial a fines del Siglo XIX, basada principalmente en la exportación de productos de origen agrícola, limitó la posibilidad de un desarrollo industrial. Sin embargo, esto se habría revertido parcialmente luego de la crisis del año 1930,[2] y de forma más acentuada, a partir de la asunción de un gobierno nacionalista en 1943, cuando se consolidaría un modelo de industrialización por sustitución de importaciones. Este último habría desplazado la predominancia del sector agrario en el proceso de acumulación nacional.

Los dependentistas descansan sobre una interpretación poco elaborada de la complejidad de las relaciones internacionales, la cual postula que, dentro de la división internacional de trabajo, un país que exporta materias primas no puede industrializarse. Además, siguiendo la misma interpretación, los intereses económicos nacionales son presentados como un todo homogéneo. En consecuencia, se desestima el enfrentamiento de las distintas fracciones burguesas con sus respectivas alianzas y rivalidades internacionales. Los dependentistas también postulan que, luego de la crisis de 1930, hubiera sido posible desarrollar un modo de industrialización distinto al finalmente promovido por el

---

[2]A diferencia de la mayoría de los países, Argentina no experimentó una "Gran Depresión". La crisis se restringió a los primeros años de la década y se retomó el crecimiento luego de 1933.

gobierno peronista. De hecho, aseguran que la alternativa fue planteada por Federico Pinedo en el plan de reactivación económica de 1940, de corte liberal.[3]

En el lado opuesto, la interpretación liberal no identifica ninguna clase de limitación estructural en el desarrollo industrial argentino. De esta forma, minimizan su debilidad estructural y culpan a las interferencias políticas que no permitieron desplegar el proyecto liberal de Pinedo. Al mismo tiempo, desestiman las dificultades económicas propias de la posguerra, atribuyendo los problemas económicos exclusivamente a la orientación nacionalista del gobierno de Perón.

Desde nuestra perspectiva, las limitaciones de ambas corrientes, la dependentista y la liberal, se deben a su incomprensión de lo que son las relaciones económicas mundiales. Por un lado, la primera interpretación desestima la competencia inter-capitalista dentro de las mismas fronteras nacionales, concibiendo estas como un todo unificado. Siguiendo con esta misma visión, la división internacional del trabajo es una regla inflexible que no permite ninguna clase de desarrollo industrial en los países que inicialmente se dedicaron a la provisión de materias primas. En este sentido, solo un desarrollo auto-centrado podría estimular un proceso de industrialización en un país agrario. Esta afirmación deja de lado, por un lado, la temprana industrialización argentina, es decir, la que tuvo lugar antes de 1930 y, por el otro, los problemas de productividad engendrados en el periodo de posguerra, cuando la economía argentina ya tenía un perfil más definido hacia el mercado interno. La corriente liberal, en cambio, niega cualquier limitación impuesta por la economía global. En consecuencia, cuando los proyectos liberales fracasaron, solo los cambios o interferencias políticas serían los culpables, ignorando completamente las limitaciones estructurales internas y las que surgen de la economía global. En el mismo sentido, juzgan la economía peronista como resultado directo de malas decisiones políticas, sin considerar las presiones externas que llevaron a moldearla.

En desacuerdo con ambas posturas, argumentamos que tanto la expansión como las limitaciones de la industria argentina se explican mejor por la ley del desarrollo desigual y combinado (para un análisis de esta ley, acorde a nuestra interpretación, ver Novack, 1974). Sin embargo, para entender cómo funciona esta ley, se deben tener en cuenta algunas características específicas del capitalismo argentino. En primer

---

[3]El tres veces Ministro de Finanzas (1933-35; 1940-41; 1962), Federico Pinedo fue un político y economista liberal. Fue miembro del Congreso por el Partido Socialista Independiente, un grupo aliado al Partido Conservador en 1930.

lugar, Argentina es un país capitalista con un mercado interno relativamente pequeño. En segundo lugar, es una economía que se incorporó tarde al mercado mundial, recién al final del siglo XIX. En tercer lugar, es una economía agraria capaz de apropiarse de renta diferencial del resto mundo, lo que en parte compensa las primeras dos limitaciones (Sartelli, 2007a; 2007b).

Más abajo, comenzaremos analizando las interpretaciones liberal y dependentista de la historia de la industria argentina, desde sus orígenes hasta el periodo de posguerra. Examinaremos con mayor detalle tres fases: la temprana industrialización (la anterior a la crisis de 1930), el proyecto de industrialización orientada a la exportación promovido por Federico Pinedo y, por último, la industria bajo los gobiernos peronistas (1946-1955). A continuación, haremos una lectura crítica de estas dos corrientes historiográficas opuestas, considerando tanto la evidencia histórica que hemos estudiado y recopilado previamente, como la nueva literatura disponible sobre este tema. Finalmente, vamos a proponer una interpretación alternativa al proceso, basada en años de estudio y análisis histórico, la cual resulta ser congruente con la tesis de Trotsky sobre el desarrollo desigual y combinado. Según Trotsky, algunos países y economías subdesarrolladas pueden sobreponerse a esta situación (y hasta beneficiarse de su atraso inicial) omitiendo etapas que naciones más desarrolladas tuvieron que atravesar necesariamente. Esta perspectiva teórica nos permite interpretar estos datos históricos no solo en términos del desarrollo de la industria argentina (como hacen los liberales) o sus límites (tal como los dependentistas pretenden), sino apreciando su relación dialéctica.

1. El desarrollo industrial según los dependentistas

Los dependentistas niegan el desarrollo industrial en Argentina antes de 1930. En su opinión, la industria argentina es pequeña y débil como consecuencia de la división internacional del trabajo, según la cual la Argentina exporta cereales y carne enfriada a cambio de manufacturas británicas (Dorfman, 1986; Ferrer, 1963; Schvarzer, 2000). Siguiendo con esta postura, una industria propiamente dicha solo empieza a aparecer luego de 1930, cuando la caída del intercambio comercial con Gran Bretaña impulsó un proceso de industrialización por sustitución de importaciones.

Algunos autores utilizan como argumento la falta de políticas gubernamentales para explicar la ausencia de una industria temprana (Ferrer,

1963). Resaltan el hecho de que no se aplicaron tarifas preferenciales para proteger la industria frente a las importaciones durante el periodo 1880–1930 y, además, una preferencia cultural por productos foráneos, lo cual llevó a las empresas a mentir sobre el origen de las manufacturas fabricadas en Argentina. Su análisis de la estructura de clases los llevo a sostener que la mayoría de los grandes industriales estaban relacionados con los intereses de la burguesía agraria y extranjera. De esta forma, no se formó una burguesía nacional interesada en la industrialización que podría haber promovido políticas económicas diferentes.

Para subrayar la falta de interés de la burguesía nacional en industrializarse, los dependentistas también conciben la industrialización (a partir de 1930) como un proceso espontáneo. A pesar de reconocer algunas medidas proteccionistas de los gobiernos de esos años –por ejemplo, la extensión de aranceles de importación– las entienden únicamente como meras fuentes de ingreso fiscal. Continuando con este argumento, el Pacto Roca-Runciman de 1933 habría sido desfavorable en la medida que promovió importaciones manufactureras británicas a cambio de exportaciones de carne vacuna. En el mismo sentido, el plan de Pinedo y Raúl Prebisch, de 1940, solo habría introducido cambios menores para garantizar la supremacía de un modelo centrado en la exportación de productos agrícolas. En palabras de Murmis y Portantiero:

> "Las líneas maestras del proyecto garantizaban, antes que nada, los intereses de los grandes terratenientes. La idea innovadora habría estado en el hecho de que justamente para proteger estos intereses, había que proteger la industria. Debido a esto, un plan supuestamente basado en las demandas de los industriales y aclamado como propio por la Unión Industrial Argentina, significó, de hecho, el refuerzo de la hegemonía oligárquica. Formulado por la elite tradicional, el Plan de 1940 no significó, en lo más mínimo, un cambio en el rumbo económico, social y político." (Murmis y Portantiero, 2012: 90-91).

Es decir, la preocupación de Pinedo por la industria sería solo aparente y buscaría garantizar la continuidad del "modelo agroexportador". Sin embargo, dado que Murmis y Portantiero no estudian las medidas económicas realmente implementadas, su postura es poco más que un prejuicio. En tanto no consideran la posibilidad de que una política económica liberal pueda haber impulsado el desarrollo industrial, todas las decisiones en el marco de esta corriente solo reafirman el viejo orden.

En el mismo sentido, consideran que la Corporación para la Promoción del Intercambio (CPI), una organización creada para impulsar una industria exportadora, estuvo dominada por trusts agrarios y empresas subsidiarias de origen estadounidense.[4] La nacionalidad de los miembros del directorio, norteamericana, les alcanzó para llegar a esa conclusión (Kabat, 2013a).

Los dependentistas están al tanto de las restricciones que sufrió la económica argentina durante la posguerra. Primero, Argentina fue excluida del Plan Marshall. Cuando este fue formulado, Washington le negó la posibilidad al campo argentino de exportar granos a Europa. Esto no se modificó hasta mediados de 1948, cuando el gobierno argentino finalmente logró obtener algunas concesiones. Tanto es así que Estados Unidos compró granos a la Argentina para luego exportar a Europa en 1946 (Rapoport y Spiegel, 2009: 15). Luego de esto, sin embargo, ni el ejecutivo ni el congreso de los Estados Unidos estaban dispuestos a apoyar en ninguna medida al gobierno nacionalista argentino. El pronóstico de una cosecha récord en Estados Unidos en 1948 reforzó la posición norteamericana de excluir al campo argentino como posible proveedor en el marco del Plan Marshall (Ibid: 16-18).

Varios países recibieron presiones norteamericanas para no comprar productos a la Argentina. Hasta España, que en la inmediata posguerra recibió importante ayuda de Argentina (Pacto Perón-Franco), dejó de comprar grano argentino luego de establecer buenas relaciones comerciales con Estados Unidos. Consecuentemente, la Argentina perdió casi todos sus mercados tradicionales para la exportación de productos agropecuarios. Al final, esta situación forzó al gobierno argentino a intentar acercamientos con la Unión Soviética, a pesar del férreo anticomunismo de Perón.

En segundo lugar, los Estados Unidos impusieron ciertas penalidades económicas a la Argentina (un país que recién le declaró la guerra al Eje casi al término de la Segunda Guerra Mundial). Estas resultaron peores que las impuestas a países vencidos como Italia, y fueron a la vez complementadas por un bloqueo económico más informal que tendría como resultado la obsolescencia de la estructura productiva argentina (Escudé, 1980).

En tercer lugar, los grandes excedentes de libras esterlinas acumulados luego de años de exportaciones argentinas a Inglaterra no pudieron

[4]Se esperaba que la CPI realizara encuestas económicas y de mercado y que promoviera las exportaciones no tradicionales, en especial las manufactureras, a los Estados Unidos. Luego también motivó la expansión del comercio con países de América Latina. La CPI también operó como agente de promoción comercial con oficinas de venta en los Estados Unidos (Nueva York, San Francisco y Chicago). Estaba financiada con los ingresos del comercio exterior.

ser utilizados debido a la inconvertibilidad de esta moneda. Y, como ocurrió con todas las "áreas esterlinas", las reservas argentinas fueron bloqueadas por el tesoro británico y solo estarían disponibles luego de negociación. Por esta razón, no se pudo hacer mucho más que nacionalizar los ferrocarriles argentinos, lo cual no era una propuesta de negocio muy rentable para la Argentina.[5]

Teniendo en cuenta estas restricciones, los dependentistas enfatizan el buen desempeño de la economía y especialmente de la industria argentina bajo el gobierno de Perón, resaltando la creación del IAME (Industrias Aeronáuticas y Mecánicas del Estado), el gran crecimiento de la industria en el total del PBI (Ferrer, 1963) y la apropiación de la renta agraria a través del IAPI (Novick, 2004). El Instituto Argentino para la Promoción del Intercambio (IAPI) fue creado en 1946 por el gobierno peronista para remplazar a la CPI (Cooperación para la Promoción del Intercambio). El IAPI fue un organismo estatal que realizó actividades de comercialización, comprando los principales productos agrícolas para luego revenderlas en el mercado doméstico e internacional. Así, fue un instrumento de apropiación de renta agraria por parte del Estado, utilizando la diferencia resultante de los precios de compra y los precios de venta tanto nacionales como internacionales. Los ingresos del IAPI fueron utilizados para financiar políticas sociales y para subsidiar al sector industrial.

La crítica principal de los dependentistas apunta a la apertura posterior a 1952, la cual permitió el ingreso de capitales extranjeros. En menor medida, también critican la persistencia de un sector industrial altamente concentrado y la falta de inversión en industrias de base. Siguiendo con lo anterior, esta corriente aboga constantemente por la

[5]La reducción del volumen de transporte y la creciente competitividad de los camiones fue erosionando la rentabilidad de los ferrocarriles de propiedad inglesa en Argentina desde los años '30. Por eso Perón no vio la nacionalización como una buena propuesta desde el punto de vista argentino, y la rechazó cuando la idea fue propuesta por primera vez por los gobiernos de Estados Unidos, Canadá y Gran Bretaña (Escudé, 1983: 307). Pero en la medida en que Argentina dependía del transporte ferroviario para sus exportaciones de carne refrigerada a la Commonwealth y se esperaba que se la incluyera en el Plan Marshall, la confrontación pronto dio lugar a la conciliación. La nacionalización fue primeramente acordada en el Pacto Eady-Miranda (1946). El pacto incluía una cláusula que determinaba que las futuras compras de carne por la Commonwealth a Argentina solo podrían ser pagadas en libras convertibles. Pero, como destaca Escudé, el acuerdo fue violado por Inglaterra unos pocos meses después cuando declaró la inconvertibilidad de la libra (Escudé, 1983: 311-317).

promoción de pequeñas y medianas empresas de origen nacional, mientras demonizan a las grandes empresas de origen extranjero; les atribuyen una orientación especulativa, desinversión y falta de interés en desarrollar el potencial económico local, evidenciado esto por el uso de equipos ya considerados obsoletos en las casas matrices en el extranjero. En esta situación de dependencia económica (Schvarzer, 2000), la falta de productividad industrial aparece como resultado deliberado de empresas extranjeras.

2. La postura liberal sobre el desarrollo industrial

Los historiadores liberales han sostenido que el crecimiento económico argentino entre los años 1880 y 1930, también fomentó el surgimiento de actividades industriales (Cortés Conde, 1998; Díaz Alejandro, 2001; Gallo, 1998; López, 2011; Rocchi, 2005). En algunos casos, la exportación de productos de origen agropecuario requirió algún valor agregado adicional, como el caso de los frigoríficos. Este mismo negocio demandó también el desarrollo de redes ferroviarias y sus respectivos talleres para mantenimiento y reparación. Asimismo, el crecimiento del mercado interno fomentó la producción de ciertos bienes que de otra manera serían muy caros para importar (por ejemplo, el vidrio y el cemento).

El principal exponente liberal, Carlos Díaz Alejandro, cuestionó la asociación exclusiva entre, por un lado, liberalismo y producción agraria y, por el otro, nacionalismo e industrialismo. Desde su punto de vista, ambas corrientes coinciden en su interés de desarrollar la industria, pero divergen en las ramas que habría que fomentar. Mientras que los liberales habrían promovido industrias que sean competitivas a nivel global, el peronismo habría fomentado el desarrollo de industrias ineficientes y mercado-internistas (Díaz Alejandro, 2001, pp. 11-129). En concreto, para Díaz Alejandro, la industria creció más rápido y robusta entre 1930-1943, período en el cual el Estado fue gobernado por políticos conservadores, que entre 1943-1955, comandado por el peronismo.

Díaz Alejandro y Juan Llach resaltan el buen desempeño de las exportaciones no tradicionales en la primera mitad de la década de 1940. En palabras de Llach:

> "...mientras la participación industrial en el total exportado en 1943 apenas fue superada en momentos posteriores de la historia argentina, el aporte de las ventas

externas sobre el total vendido en algunas ramas industriales no ha sido igualado aún" (Llach, 1984: 533).

La promoción de estas exportaciones estuvo a cargo de algunos economistas encabezados por Raúl Prebisch, el cual luego se uniría a la Comisión Económica para Latinoamérica y el Caribe (ECLAC, en inglés), de las Naciones Unidas (Cramer, 1998: 535; Díaz Alejandro, 2001: 110). Federico Pinedo, ministro de finanzas del partido conservador, fue el líder de este grupo básico.

En 1940, Pinedo presentó el Plan de Reactivación Económica. Elaborado por Prebisch, este plan intentó encontrar un balance entre una economía relativamente abierta y una industrialización nacional. En ese sentido, si por un lado trató de mejorar las relaciones comerciales con Estados Unidos y otros países latinoamericanos, especialmente Brasil, también incluyó medidas proteccionistas de corte selectivo, y el uso generalizado de descuentos de derechos aduaneros sobre insumos para industrias potencialmente exportadoras.

Uno de los objetivos principales del plan fue intentar resolver el déficit comercial persistente con Estados Unidos, el cual se agudizaría con el inicio de la Segunda Guerra Mundial. Pinedo intentó establecer relaciones complementarias entre Estados Unidos y Argentina promoviendo la exportación de productos más elaborados, especialmente agroindustriales y de industria liviana. Una industrialización orientada a la exportación tendría luz verde de los productores agropecuarios argentinos que tradicionalmente favorecieron una economía libre antes que una industrialización orientada al mercado interno. Adicionalmente, estas exportaciones serían la única forma de ingresar productos al mercado norteamericano.

El Plan no fue aprobado por el Congreso argentino y Federico Pinedo renunció a su cargo. No obstante, muchas personas del equipo de Pinedo y Prebisch mantuvieron posiciones cruciales en la administración y continuaron influenciando las políticas económicas (Murmis y Portantiero, 2011: 66; Rapoport, 2005: 233). Muchas medidas propuestas en el Plan fueron finalmente implementadas mediante la promulgación de una serie de decretos del gobierno nacional y la aplicación de tipos de cambio preferenciales para las exportaciones no tradicionales a los Estados Unidos y el resto de América Latina.

La CPI (Corporación para la Promoción del Intercambio) agrupó tanto al sector público como al privado, siendo un ejemplo paradigmático de lo que luego se denominaría "economía mixta". Su funcionamiento revelaría mucho sobre el potencial de la estrategia económica liberal.

La CPI incentivó las exportaciones industriales permitiendo a los exportadores vender los dólares generados en el mercado paralelo. Dado que había múltiples tipos de cambio, la capacidad de vender dólares en el mercado libre – antes que en el oficial – significó beneficiarse de un tipo de cambio más alto. También las grandes empresas norteamericanas radicadas en Argentina, ávidas de dólares para importar productos, fueron beneficiadas por esta disponibilidad de divisas. De esta manera, CPI cumplió con dos objetivos: estimular las exportaciones industriales a los Estados Unidos y moderar el flujo de importaciones desde ese país. La CPI estaba bajo el mando del presidente del Banco Central de la Argentina y su directorio estaba formado por grandes burgueses locales, como Tornquist, Bemberg, Bunge y Born, Leng Roberts y los CEO de grandes empresas norteamericanas radicadas en Argentina, especialmente del rubro automotriz.

La CPI comenzó sus operaciones a finales de 1941. De acuerdo con Cramer y Llach, sus objetivos fueron frustrados cuando los Estados Unidos entraron en la guerra. Al final, el único impacto de la CPI fue la producción de una serie de estudios sobre la adaptación argentina en el periodo de posguerra (Cramer, 1998: 535; Llach, 1984: 527). Sin embargo, Díaz Alejandro subraya la importancia que tuvo la entidad para fomentar la exportación de productos no tradicionales. Basado en una fuente norteamericana (U.S. Tariff Commission, 1948: 33), destaca cómo la CPI fomentó la exportación e incrementó las ventas de zapatos de cuero, prendas de lana y tejidos, vino, queso y subproductos del ganado (Díaz Alejandro, 2001: 105-106). De acuerdo con el mismo autor, los productos argentinos de mayor elaboración no encontraron ningún obstáculo serio hasta que el gobierno nacionalista empezó a dar marcha atrás con el rumbo económico, primero restringiendo algunas exportaciones en 1943 y luego desmantelando la CPI, en 1946.

Ni Díaz Alejandro ni Cramer y Llach encuentran ningún límite estructural al desarrollo de un proyecto industrial orientado a la exportación; en cambio, solo encuentran problemas relacionados a cambios en el rumbo económico (Díaz Alejandro) o coyunturas puntuales desfavorables (Cramer y Llach). Los liberales que defienden a la CPI critican el IAPI (su sucesor en el gobierno peronista) por tratar de modificar la lógica del primero. Mientras la CPI habría promovido una industrialización orientada a la exportación, el IAPI fomentó la producción de manufacturas para el mercado interno, de baja productividad. Además, condenan al IAPI por transferir riqueza de la producción agraria a la producción industrial menos eficiente. En su opinión, este procedimiento engendró la paralización del sector agrario, en detrimento de la economía argentina en su totalidad.

De acuerdo con Díaz Alejandro, el peronismo no solo desincentivó la exportación de productos agrarios, sino de cualquier producto exportable. Argumenta que los éxitos iniciales de las exportaciones mineras e industriales, en la primera mitad de la década de 1940, se diluyeron cuando Perón comenzó a dirigir la economía. Así, los subsidios empezaron a fluir a los sectores menos competitivos de la industria argentina, lo cual derivó en una industria mercado-internista excesivamente protegida. Por otro lado, las empresas estatales como IAME o las ferroviarias tampoco fueron rentables. A todo esto, la caída en las exportaciones agrarias generó grandes déficits en la balanza comercial. A consecuencia de todo lo anterior, Díaz Alejandro considera que el primer gobierno de Perón significó un deterioro económico general del país.

3. La teoría y los hechos

La tesis dependentista

En la tesis de la escuela de la dependencia hay cuatro errores principales. En primer lugar, la expansión agraria no desestimula la industrialización. En segundo lugar, tampoco lo hace la inversión extranjera. Por otro lado, los intereses argentinos prevalecieron muchas veces por sobre los de Estados Unidos, como ocurrió en la Conferencia Mundial del Trigo, en 1933. Finalmente, las deficiencias de la primera presidencia de Perón fueron más graves de lo que la mayoría de los dependentistas quisieran admitir.

La existencia de una industria anterior a la crisis de 1930 ya fue demostrada por los documentos liberales analizados anteriormente. En relación con los efectos de la inversión extranjera en el desarrollo industrial y su productividad, hay evidencia considerable de que las empresas norteamericanas no sofocaron la productividad argentina. Más bien al revés: la llegada de inversiones extranjeras apresuró la mecanización y promovió la expansión de manufacturas modernas y economías de escala. La productividad industrial mejoró considerablemente y, en algunas ramas, casi alcanza la media mundial. La USMCO (United Shoe Machinery Company), radicada en Argentina desde 1902 –la primera empresa norteamericana en abrir una filial en América del Sur– representa un buen ejemplo de esta influencia. Poniendo a disposición los últimos adelantos técnicos en la industria del cuero y el calzado, USMCO incrementó la productividad de las fábricas de calzado y curtiembres. De esta forma, lograron superar la competencia local e incluso extranjera, incluyendo algunas firmas estadounidenses, las cuales debieron retirarse del país (Butman, 1910). El impacto de la UMSCO se puede medir a través del censo nacional: tan solo un año luego del establecimiento de la filial en Argentina, en 1904, la industria del calzado tenía una fuerza medida en hp de 19.458. Cuatro años después, esta fuerza alcanzaría los 105.575, quintuplicando el valor anterior (Kabat, 2005: 126-128). Un reporte del Departamento de comercio exterior norteamericano afirmó en 1919 que:

> "Es evidente para cualquier persona familiarizada con la manufactura de calzado en los Estados Unidos que la industria argentina ha sido influenciada en gran medida por ideas americanas y que muchos métodos y atajos característicos de esta fueron adoptadas por la industria argentina. Esto es especialmente cierto en las fábricas cuya producción se asemeja más a la del calzado norteamericano. No hay duda de que esto es el resultado natural del sistema instalado por la USMCO (...). Cada mejora en una máquina y cualquier nuevo modelo fabricado en Estados Unidos es puesta a disposición de la filial argentina algunas semanas después de su primera aparición en su país de origen." (Brock, 1919: 52).

Como resultado de lo anterior, la productividad de las empresas más grandes de Estados Unidos y Argentina era bastante similar, a pesar de que las primeras siempre mantuvieron cierta distancia debido al menor tamaño del mercado argentino, que no permitió especialización alguna (Brock, 1919: 46). Las fábricas argentinas producían muchos modelos distintos, dispersando los esfuerzos y teniendo por ello procesos menos estandarizados.

Este fenómeno también se observó en otras industrias. El estudio de Phelps (1936) sobre el rendimiento de las filiales de Estados Unidos en América del Sur sostiene que la productividad de las industrias del neumático y del cemento en Argentina es similar a la alcanzada en otros países. Sin embargo, se observa que el número de máquinas empleadas por cada fábrica norteamericana es superior a las utilizadas en fábricas argentinas de tamaño equivalente. Una vez más, el tamaño del mercado es la causa primaria en la diferencia de productividad. Según Phelps, las fábricas argentinas elaboraban 1.000 neumáticos por día mientras que el Bamburry mixer tenía una capacidad de producción de caucho suficiente para 5.000 neumáticos por día. Es decir, era antieconómico para el nivel de producción argentino (Phelps, 1936, pp. 43-89).

Sin embargo, Phelps sí encontró una diferencia mayor en la productividad de otros rubros. Por ejemplo, los talleres de fundición argentinos empleaban 10 veces más horas-hombre por tonelada que los estadounidenses. Algunos productos, como los focos eléctricos, todavía se elaboraban manualmente en Argentina. Esto ocurría 20 años después de que el proceso ya se hubiera mecanizado en Estados Unidos. El reducido tamaño del mercado interno argentino no justificaba la gran inversión necesaria para la automatización del proceso. De haber avanzado con dicha actualización tecnológica, se hubiera cubierto la demanda anual en dos o tres meses (Phelps, 1936, pp. 231-240). Observó también que las empresas norteamericanas sobreestimaron la capacidad del mercado latino para "absorber" las inversiones y terminaban invirtiendo más de lo necesario. Como resultado, en 1936, la mayoría de las filiales estadounidenses utilizaban sólo el 40% de la capacidad instalada (Phelps, 1936, pp. 93-94).

El argumento central de la teoría de la dependencia es su concepción de las relaciones internacionales. La opresión imperialista es vista como el motivo por el cual las economías dependientes no pueden prosperar. De esta forma, cualquier pacto internacional es sinónimo de subyugación. Ciertamente, el Pacto Roca-Runciman es agua para el molino dependentista. En este tratado, el Reino Unido simplemente se "limitó" a seguir importando carne enfriada de la Argentina, en tanto no afectara a otros productores de la Commonwealth. Sin embargo, la Argentina aceptó otorgar varias concesiones a los ferrocarriles británicos y a otras empresas de ese país, prometiendo simultáneamente desgravar importaciones industriales de Inglaterra (aún si esto afectara a los productores locales argentinos). Esto se interpreta usualmente como un signo inequívoco de la situación de dependencia de la Argentina, al mismo tiempo que una falta de interés por defender los intereses nacionales, en especial los de la industria.

Aun así, el pacto Roca-Runciman muestra solo una parte de la moneda. En el otro lado, hay tratados sobre el trigo cuyos términos fueron muy favorables a la Argentina. En 1933, en la Conferencia Mundial del Trigo, la delegación argentina impuso su interés por encima de sus competidores principales: Canadá, Estados Unidos y Australia. Este acuerdo es considerado como un "triunfo de la iniciativa argentina", porque, a pesar de la presión de sus competidores, Argentina no aceptó reducir su propia área de cultivo. Además, la cuota de exportación asignada no implicó una reducción frente al volumen promedio exportado de los últimos años (Sartelli, 1994). Al año siguiente, en 1934, la conferencia del trigo falló en implementar un precio mínimo fijo debido a la resistencia que ofrecieron los diplomáticos argentinos, lo cual contrasta con la debilidad mostrada en el Pacto Roca-Runciman.

Finalmente, los dependentistas pasan por alto los defectos de la industria peronista. Por esto suelen destacar la expansión de las industrias estatales y la proliferación de muchas pequeñas y medianas empresas, pero omiten que justamente estos sectores mostraron una reducción considerable en la productividad.

La principal empresa estatal, IAME, fue creada en 1952. Su producción diaria fue de 13 autos, lo cual es poco si tenemos en cuenta que su homóloga en México producía entre 15 y 29 automóviles por día y grandes fábricas como Volvo o Renault, 83 y 650 unidades por día, respectivamente (Harari, 2007: 63). Había una gran distancia entre la organización del trabajo desplegada por IAME, donde los autos se movían manualmente a través de un riel en el proceso de ensamblado, y los estándares internacionales basados en la línea de montaje (Harari, 2007: 64). Lo mismo aplica para los tractores fabricados por IAME luego de 1953. Eran obsoletos y causaron muchos accidentes debido a problemas de fábrica. Adicionalmente, debido a la baja productividad del IAME, los tractores fabricados por esta compañía resultaron ser demasiado caros (Bil, 2009).

En lo que respecta al sector privado, el equipamiento de la mayoría de las fábricas era vetusto y no pudo ser renovado por décadas, generando un problema estructural. Los miles de talleres que nacieron durante la segunda posguerra fueron incapaces de alcanzar la productividad internacional. Por ejemplo, la industria del calzado no adquirió ninguna de las nuevas máquinas que estaban siendo utilizadas en Europa, Estados Unidos y también en otros países de América Latina. Cuando algunos hombres de negocios viajaban al exterior, describían las diferencias que separaban sus métodos de los implementados en los países más desarrollados. En 1960, algunos industriales viajaron a Chile y se sorprendieron al ver el desarrollo superior de la industria del calzado de ese país, históricamente rezagada frente a la argentina (Cámara Argentina de la Industria del Calzado, 1960: 21).

La rama metalúrgica siguió un camino similar. Con la reducción de los aranceles para importar productos durante el gobierno peronista, la Cámara de la Industria Metalúrgica (CIM) confesó que la producción nacional se volvió obsoleta y no estaba en condiciones de soportar la competencia extranjera en el mercado doméstico. Por eso demandó un nuevo periodo de protección y facilidades crediticias para modernizar las fábricas nacionales (CIM, 1950: 17-18). Casi todas las ramas industriales enfrentaron dificultades similares, como reconocieron en sus propios documentos (Confederación General de la Industria, 1953).

Los errores liberales

Nuestra crítica a la interpretación liberal de la industrialización argentina tiene tres ejes: a) exponemos las limitaciones anteriores a la crisis de 1930 de la industria argentina; b) demostramos los fracasos de la industrialización orientada a la exportación de Pinedo; y c) tratamos el mito de las grandes posibilidades argentinas desperdiciadas durante el gobierno peronista.

Mientras los historiadores liberales han destacado y reconocido correctamente el proceso de industrialización previo a 1930, no siempre tuvieron claro a qué se refieren cuando hablan de industria.[6] La interpretación de Marx, sobre el concepto, puede ayudar a resolver este obstáculo. Marx se refirió a la industria de tres formas distintas: a) la industria como actividad no agraria (en su interpretación clásica); b) la industria como una actividad que genera plusvalor: en este sentido la industria es producción capitalista, "el farmer es tan capitalista (industrial) como el taller manufacturero" (Marx, 2004: 914); y c) industria como industria a gran escala, esto es, la producción desplegada por un sistema de máquinas, lo cual introduce un cambio cualitativo. Es esta última definición de industria la que nos interesa a nosotros. Cuando el capital se apropia por primera vez de la producción de mercancías, descansa sobre los procesos laborales existentes y la cooperación simple que estos acarrean. La manufactura transforma el proceso de trabajo, dividiéndolo en diferentes tareas asignadas de forma permanente a trabajadores distintos. Hasta aquí, el trabajo se encuentra bajo el control subjetivo del obrero. La industria a gran escala requiere de una revolución en el proceso de trabajo: las tareas se "objetivan" en un sistema organizado de máquinas que abstraen del proceso a las aptitudes mismas de los trabajadores. Esta industria permite la expansión máxima de las fuerzas productivas y reduce los tiempos de producción al mínimo. Con la gran industria, el capital logra finalmente adecuar el proceso de trabajo a su propia imagen. Es por esto, que Marx considera a la gran industria la

---

[6]En este sentido la industria fue definida usualmente por su localización geográfica como una actividad de base urbana, por el tamaño "grande" en contraposición con los pequeños talleres de trabajo. Para un análisis detallado de estas definiciones y sus deficiencias, véase Sartelli (2007a, 2007b).

verdadera forma capitalista del proceso de trabajo (Marx, 1990; Sartelli y Kabat, 2014).

De esta forma, no es suficiente establecer la presencia de la industria desde una perspectiva más amplia. Es necesario, en cambio, rastrear el origen de la industria a gran escala. Acá está la debilidad del argumento liberal. A pesar de que el cambio en el proceso de trabajo fue rápido al principio, y la manufactura emergió en la mayoría de las actividades luego de la crisis de 1890, el paso a la industria a gran escala no fue fácil ni rápido. Encorsetado por la sobreproducción, el progreso en la mecanización fue pendular y muchos sectores sufrieron crisis prolongadas en la década de 1920 y 1930, mientras que en algunos casos este progreso no apareció sino luego de 1930.[7]

En segundo lugar, nuestra crítica sostiene que el fracaso de la industrialización orientada a la exportación es una clara consecuencia de la debilidad del desarrollo industrial. Un repaso de los reportes y balances anuales de la CPI, entre otros documentos de la misma entidad, muestran estas deficiencias que tanto Díaz Alejandro como Llach ignoran. Desde el principio, la CPI llevó a cabo estudios para establecer qué productos serían más exitosos de producir y exportar a los Estados Unidos, así como también, propuso mejoras a los industriales argentinos para que estos se adaptaran al mercado norteamericano. De esta forma, se llegaron a hacer pedidos especiales para incrementar la calidad de productos químicos y cueros. Y, a pesar de que se hicieron muchos avances, la baja calidad de los productos se mantuvo como un obstáculo principal. En algunos casos, ciertas encuestas concluían que la escala de la producción no era suficiente para implementar los procedimientos norteamericanos y con ellos, los estándares de productividad y calidad (Godwin, 1944: 15-16). A pesar de todos estos problemas, la actividad de CPI fue fructífera y responsable en gran medida del "boom" exportador industrial durante la primera mitad de la década de 1940.

No obstante este primer impulso, los obstáculos comenzaron a amontonarse: las fábricas no pudieron adecuar su producción para

---

[7]Esta especificación teórica es necesaria porque la gran confusión sobre cuándo y cómo la industria se desarrolló en Latinoamérica es una consecuencia de la falta de una definición clara de industria. Hay historiadores que consideran la manufactura colonial realizada manualmente por la mano de obra indígena sujeta a relaciones serviles como una forma de industria, mientras que otros llaman industria de gran escala a cualquier actividad urbana que emplee varios trabajadores, sin importar su base técnica. Una revisión crítica de la literatura es presentada en Sartelli (2007a, 2007b). En nuestra perspectiva sólo los conceptos marxistas proveen las bases para la distinción cualitativa de dichas actividades.

suplir tanto la demanda extranjera creciente como los requerimientos locales. Durante 1945, en muchos casos, algunas empresas argentinas firmaron contratos que absorbieron el total de su producción hasta octubre de 1946. El hecho de que estuvieran utilizando el 100% de la capacidad instalada significaba que no podían incrementar la producción en el corto plazo (CPI, 1945: 2 y 7-8). En este contexto, los precios por tonelada exportada subieron de 227,55 a 979,03 pesos, un 330% durante los primeros 11 meses de 1945 (CPI, 1946: 49). Mientras algunos economistas argentinos temieron que esto resultara en la pérdida de mercados extranjeros recientemente ganados (Anónimo, 1944: 6), también alarmó a otros por la suba de precios a nivel doméstico. Esto derivó finalmente en las restricciones de algunas exportaciones industriales y hasta en su misma prohibición.

La suba de precios en los productos industriales exportables fue atribuida a la alta demanda tanto local como extranjera, la incapacidad de aumentar la producción y los salarios cada vez más altos. Este último punto, que afectó la competitividad extranjera de la Argentina, es visto como una decisión política del gobierno peronista a partir de 1943 (Anónimo, 1944: 6). Desde una perspectiva burguesa, esto fue un limitante principal para la economía del país. En contraste con otros países que tuvieron una estrategia industrializadora exitosa, como los estados del sudeste asiático, Argentina no tuvo un excedente de población capaz de ser empleado para mantener los precios a la baja. No había campesinos listos para ser proletarizados. Una vez que aumentó la producción, el desempleo decreció rápidamente y los salarios crecieron.[8]

Cuando lo anterior derivó en suba de precios (inflación) y problemas de suministro locales, la promoción industrial para la exportación fue desmantelada. Ni los líderes nacionalistas ni los gobiernos extranjeros fueron culpables del fallido proyecto industrializador. Por el contrario, fracasó por la debilidad estructural de la Argentina.

El éxito de los productos argentinos en Estados Unidos fue más bien pequeño e irregular, siendo más sustancial durante la guerra, cuando no había otros competidores serios. De hecho, las exportaciones argentinas

[8]La industrialización por sustitución de exportaciones se basa usualmente en un consumo local restringido y un estándar salarial bajo. La clase trabajadora argentina logró imponer salarios y niveles de consumo que eran bastante más altos que aquellos compatibles con la industrialización por sustitución de exportaciones. Por esa razón los economistas pronto advirtieron en contra de los aumentos de salarios que estaban poniendo en riesgo el futuro de la exportación de manufacturas argentinas (Anónimo, 1944: 6).

solo pudieron remplazar temporalmente a los proveedores regulares de los Estados Unidos. En conclusión, la competitividad argentina fue relativamente alta cuando no había mucha oferta en el mercado mundial.

Finalmente, algunos hechos históricos ignorados por los liberales ya fueron considerados por los dependentistas (Fodor, 1975): el periodo de posguerra no fue una gran oportunidad desperdiciada por el gobierno peronista. A pesar de las enormes necesidades de alimentos de los países europeos, estos no tenían la capacidad compradora para efectivizar dicha demanda. Esto se vuelve evidente cuando los británicos resolvieron eliminar la convertibilidad de la libra en 1947. Luego, mientras los mercados europeos fueron abastecidos por el Plan Marshall, y a pesar de que hubo algunos intentos de incluir a la Argentina como proveedor, esto finalmente no ocurrió. En cambio, el país fue apartado de los mercados más grandes y tuvo que vender únicamente a los más pequeños. Pero aún ahí, Argentina tuvo que enfrentar la exclusividad impuesta por los Estados Unidos, que obligó a estos mercados marginales a comprar sólo productos norteamericanos. Como ya dijimos, el país del norte impuso un bloqueo informal pero efectivo de productos clave, como combustibles, maquinaria y tuberías para oleoductos que Argentina necesitaba importar (Escudé, 1980; Fodor, 1975). Debido a esto, tuvo que recurrir a reservas de carbón y leña en lugar de combustible convencional. Hasta el grano tuvo que ser utilizado como combustible para mantener los trenes en funcionamiento. Los liberales tienden a minimizar estas limitaciones o las reconocen únicamente para responsabilizar a Perón. Justifican la conducta norteamericana como una legítima represalia al nacionalismo peronista. Pero, una vez que este asumió el ejecutivo, en el marco de la guerra fría, su política exterior buscó alinearse con Estados Unidos y ganarse su apoyo. Perón firmó el tratado de Chapultepec (1945) y envió una delegación a la conferencia de Río (1947).[9] El objetivo de estos tratados y conferencias fue afirmar la hegemonía norteamericana en la región con el lema del "panamericanismo". La hostilidad de Estados Unidos a la Argentina no tuvo un sustento político; tenía su base en la competencia comercial. Los principales ideólogos del bloqueo a la Argentina, Cordell Hull, secreta-

[9]El Tratado Pan-Americano de Chapultepec se firmó en 1945 en la Ciudad de México. Expandió la solidaridad mutua entre los países latinoamericanos en contra de las agresiones externas. Fue reforzado por el Tratado Inter-Americano de Asistencia Recíproca, también conocido como el Tratado de Río, el cual establecía una "defensa hemisférica" y fue invocado numerosas veces en apoyo a las políticas militares de Estados Unidos.

rio de Estado, y Henry Wallace, secretario de agricultura, eran figuras políticas relacionadas con el "Bloque agrario" (Gelman y Barsky, 2008; Rapoport, 1995).[10] Eso significa que las sanciones a la Argentina fueron promovidas por sectores que eran los principales competidores globales. Desde una perspectiva más amplia, el accionar de los Estados Unidos se entiende en el marco de una situación (inmediata posguerra y guerra fría) en la que este país busca afirmarse y mantener su poderío económico (Desai, 2013). El plan Marshall fue un movimiento claro en esa dirección, es decir, en el sentido de abrir el mundo a las exportaciones estadounidenses (Desai, 2013; Rapoport y Spiguel, 2009).

4. La industria argentina y la ley de desarrollo desigual y combinado

Trotsky, en conjunto con Pannekoek, fue posiblemente el primero en articular de manera clara la idea de que el atraso histórico podría tener ciertas ventajas, como la posibilidad de realizar saltos hacia delante (Trotsky, 1977). Novack explica que la ley de desarrollo desigual y combinado es, de hecho, una fusión de dos leyes diferentes, pero estrechamente interrelacionadas: la primera refiere a las proporciones desiguales del crecimiento social; la segunda, a la correlación de esos mismos factores de desarrollo en el proceso histórico (Novack, 1973: 8). Bond y Desai (2006) han señalado acertadamente que los desniveles han sido asociados con las teorías de intercambio desigual y las formas de dominio centro-periferia, lo cual tendió a sobrestimar las relaciones interestatales y, de manera concordante, a subestimar los flujos de

[10]Incluso durante la guerra, el Bloque Agrario trató de implementar medidas antiargentinas. Sin embargo, la propuesta del Bloque Agrario fue inicialmente vetada por las fuerzas armadas de Estados Unidos, preocupadas por la protección militar de América del Sur. Además, los jefes militares consideraban la confrontación con Argentina como un riesgo al aprovisionamiento de las fuerzas aliadas (Escudé, 1983: 139). A pesar de que Perón fue acusado de simpatizar con el régimen nazi, la neutralidad de Argentina jugó a favor de las fuerzas aliadas porque les aseguró el suministro de comida y otras provisiones como calzado. Algunos empresarios también trataron de preservar la relación con Argentina debido a su importancia como mercado potencial. Durante la guerra, la opinión de los militares prevaleció, pero una vez finalizado el conflicto bélico el Bloque Agrario pasó a determinar las políticas de Estados Unidos hacia la Argentina. Por ello, esta recibió sanciones más duras que los países beligerantes (Escudé, 1980; MacDonald, 1980).

capitales y las luchas sociales. Nuestro análisis se asemeja, en cambio, a la tesis original de Trotsky y Novack, así como a la postura de Rosa Luxemburgo. Más allá de que la revolucionaria polaca no sistematizó una teoría del desarrollo desigual y combinado, ciertamente entendió su funcionamiento, como se muestra en su estudio acerca de la industria polaca (Luxemburgo, 1979). En adición, nosotros compartimos la preocupación de Desai sobre la necesidad de superar una limitada interpretación económica del desarrollo desigual y combinado, al considerar también los factores políticos involucrados y llevar a cabo estudios históricos basados en evidencia para construir un entendimiento geopolítico del desarrollo desigual y combinado del mundo (Desai, 2013). Desde nuestro punto de vista, esta línea de investigación histórica posibilitaría una comprensión más compleja de la interrelación de los factores políticos y económicos, un asunto que merece una discusión más profunda en vista del análisis concreto histórico. La ley de desarrollo desigual y combinado explica a la vez el desarrollo y posterior estancamiento de la industria argentina. Muchas nuevas industrias de la década de 1870 asumieron, desde comienzos de la de 1890, una organización manufacturera. Esto implica que, en veinte años, algunas manufacturas argentinas atravesaron un proceso de transformación que en otros países tomó el triple o más de tiempo.[11]

Gracias al desarrollo desigual y combinado, la maquinaria fue introducida en numerosas fábricas argentinas mucho antes de que la industria metalúrgica local madurara. Si la manufactura argentina hubiera tenido que transitar por sus propios medios todos los pasos ya dados por la industria mundial, habría sido obstaculizada por la carencia, o el estado primitivo, de su sector metalúrgico.[12] Por el contrario, el desarrollo desigual y combinado permitió que la industria argentina pudiera evitar ese obstáculo. Así, a pesar del débil desarrollo de la producción local siderúrgica (Massel, 1916), otros sectores económicos, incluyendo la producción rural, molinos harineros y fábricas de cerveza, fueron mayormente

---

[11]En la industria del calzado, por ejemplo, surgió en 1890 una forma extrema de división del trabajo -la llamada "rueda" (Kabat, 2005) que se asemejaba al sistema empleado en Massachusetts entre 1837 y 1855, conocido como "sistema gangbang" (Hazard, 1921). En Argentina el "sistema de la rueda" se consolidó después, pero más rápidamente que en Massachusetts.

[12]Previo a 1890, los herreros llevaban a cabo casi todo tipo de trabajo metalúrgico sobre la base de la simple cooperación. Solamente después de la crisis de 1890 el trabajo pasó a ser más especializado en los talleres metalúrgicos. Fundadores, torneros, herreros, ajustadores y moldeadores trabajaban allí en una estricta división del trabajo manufacturero.

mecanizados en los años veinte (Kabat, 2008, 2013b; Kornblihtt, 2003; Morgenfeld, 2001; Sartelli, 1997).

Entre 1920 y 1930 emergió la industria a gran escala en diferentes sectores, pero no logró consolidarse; y esa actuación fallida representa la otra cara de la ley de desarrollo desigual y combinado. La industria a gran escala requiere, como reconoció claramente Marx, mercados en continua expansión. Pero, el mercado argentino, como se ha demostrado, no era lo suficientemente grande para absorber de manera completa la producción automatizada.

Cuando la industria argentina necesitó exportar para buscar el desarrollo técnico a través de una mayor producción, los mercados mundiales ya estaban saturados. Por ello, la industria argentina permaneció confinada a su pequeño mercado doméstico. En efecto, el desarrollo de los procesos modernos de producción fue limitado por el lento crecimiento de la demanda nacional. Estos límites también aplicaron, como demostramos, a las sucursales de las firmas de Estados Unidos que estaban localizadas en Argentina en los años veinte y treinta.

Lo que en un principio parecía una ventaja pasó a ser un obstáculo. Al empezar el proceso de forma tardía, las manufacturas argentinas pudieron beneficiarse de los avances técnicos de las industrias extranjeras. Por eso, la industria argentina pronto achicó la brecha que la separaba de la producción de los países líderes. Sin embargo, una vez que se alcanzó este punto, su desarrollo se detuvo y su evolución se volvió problemática y errática: la dificultad, o incluso la imposibilidad, de adoptar nuevos métodos técnicos con una capacidad productiva que excedía la demanda del mercado local, amplió la brecha de productividad entre Argentina y los países más avanzados.

Muchos factores obraron en contra del éxito del proyecto de industrialización impulsada por la exportación. Primero que nada, a diferencia de los países que sí tuvieron éxito implementando este tipo de plan, como por ejemplo los del Sudeste Asiático, Argentina carecía en ese momento de población sobrante que pudiera progresivamente ser empleada en las fábricas, manteniendo bajos los salarios. De este modo, cuando la industria se expandió y el desempleo decreció, el fuerte movimiento obrero argentino logró empujar los salarios a la suba. Por eso Argentina pudo convertirse en exportador solamente cuando otros países estaban fuera del mercado por la guerra, pero no le fue posible mantener su posición una vez que estos retomaron su lugar en la competencia mundial. Una sociedad con pleno empleo y un movimiento obrero fuerte difícilmente puede convertirse en un exportador de productos baratos de industria liviana. En ese nicho el costo de la fuerza de trabajo tiene un impacto significativo en el precio de los bienes y, por ello, en la competitividad internacional.

En segundo lugar, dado las fallas y las consecuencias sociales del proyecto de industrialización impulsado por la exportación, el desarrollo interno apareció como una alternativa más atractiva. En el corto plazo, el colapso del mercado mundial, como consecuencia de la crisis de 1930 y la Segunda Guerra Mundial, allanaron el camino. Luego, también lo hizo el gobierno peronista desde mediados de la década de 1940. Sin embargo, una vez reconstruido el mercado mundial, esta opción se volvió más dificultosa y gravosa. La industria local -protegida contra la competencia internacional y subsidiada con ingresos provenientes del sector agrario- fue perdiendo gradualmente competitividad. A medida que este proceso se profundizaba, fue afectando a sectores económicos más amplios, comprometiendo en su totalidad a la productividad económica argentina. Por ejemplo, las actividades agrícolas que eran muy competitivas sufrieron cuando se vieron forzadas -por las restricciones a la importación- a emplear la antieconómica maquinaria agrícola argentina (Bil, 2009; Sartelli, 1994). Como afirma Sidicaro, las viejas manufacturas establecidas que eran razonablemente competitivas, esto es, cerca del promedio de productividad internacional, fueron desfavorecidas cuando se vieron forzadas a comprar productos nacionales manufacturados por las nuevas industrias establecidas, pero a un costo más alto y con una calidad más pobre que los productos importados (Sidicaro, 2002: 74).

La crisis de 1949 y el balance comercial deficitario impuso restricciones más estrictas en las importaciones, lo que cerró incluso más a la economía argentina. Desde un punto de vista cualitativo, esto no benefició a la industria local, cuya productividad fue afectada de manera negativa como se ve claramente en la evolución de la automotriz, la maquinaria agrícola, metalúrgica y la industria del calzado. El proceso de trabajo no se mantuvo al ritmo de las transformaciones que estaban sucediendo en otros lugares. De este modo, la brecha entre la productividad industrial argentina y la productividad internacional se amplió. El atraso de la industria metalúrgica fue particularmente significativo ya que afectó a las industrias que suministraba.

Finalmente, como se explicó anteriormente, mientras la renta diferencial agraria que siguió acumulándose a través de las exportaciones, permitió desarrollar otros sectores. Pero a medida que la economía creció, tendió a consumir ese combustible extra. En otras palabras, mientras que el sector agrario fuera mayor que los otros sectores, estos podrían vivir a sus expensas y la economía argentina podría desenvolverse sin mayores disrupciones. Sin embargo, cuando los sectores industriales crecieron más allá de la capacidad del sector agrario para sustentarlos, una crisis inminente oscureció el horizonte. La creciente presión impositiva sobre el sector agrario desalentó esta actividad, siendo la única proveedora de divisas. Esto, en adición a la disminución de las exportaciones como resultado del aumento del consumo doméstico de bienes exportables, y la reducción concomitante de los excedentes de exportación, engendró un déficit comercial que forzó un cambio en la política económica. Los subsidios industriales fueron eliminados y el sector agrario recobró su rentabilidad. Por esto, la curva de crecimiento económico de Argentina se asemeja al movimiento de una hoja de sierra, con grandes avances e igualmente pronunciadas caídas resultando, a largo plazo, en un crecimiento débil y lento.

Conclusiones

Un Estado administra relaciones (a) entre varias fracciones de su burguesía nacional; (b) entre ella y otras clases sociales; y (c) entre su burguesía nacional y otras burguesías nacionales, es decir, es un vehículo de los compromisos internacionales de su burguesía nacional (Desai, 2013: 29-30). Pero la administración de estos tres niveles de relaciones no se conforma en un equilibrio estable. Por el contrario, distintos intereses de estos diferentes niveles están constantemente aliándose y confrontando entre sí tratando de obtener resultados favorables desde el Estado. Y este es uno de los factores que mejor explica por qué, "incluso los Estados más poderosos pueden fallar en lograr sus objetivos o en prevenir que otros Estados lo hagan, a pesar de su poder inferior" (Desai, 2013: 8).

No hubo ninguna fuerza maquiavélica -ni externa ni interna- que impidiera el desarrollo de una industria argentina vigorosa y sin trabas. Si la industria argentina no fue más allá, se debió más que nada a sus propios límites estructurales -incluyendo su tardío arribo al mercado mundial y su pequeño mercado interno. En primer lugar, la competencia interestatal fue feroz, como lo demuestran las inversiones industriales fijas de capitales alemanes, ingleses y norteamericanos, que llegaron a Argentina en los años veinte. Si las inversiones de Estados Unidos o Gran Bretaña hubieran salido de Argentina para frustrar la industrialización, hubieran perdido el mercado a manos de los inversores alemanes que hubieran incrementado su porción en la producción industrial argentina. En segundo lugar, entre cada uno de estos países, había un importante choque interno entre las fracciones burguesas con intereses en conflicto.

Finalmente, hubo diversos grupos capitalistas extranjeros, como las manufacturas norteamericanas de calzado y cuero, que se opusieron a la industrialización argentina. Sin embargo, no eran libres de imponer su voluntad, un hecho que está documentado por la amplia comercialización de maquinaria del calzado en Argentina y otros países de América Latina por la United States Machinery Co., más allá de la desaprobación de los fabricantes de calzado de Estados Unidos.

La burguesía argentina no se apoyó necesariamente en intereses extranjeros. Cuando tuvo poder de negociación, ciertamente lo usó. La divergencia entre la conducta diplomática argentina en la Conferencia del Trigo y en el Pacto Roca-Runciman puede ser explicada por la competitividad argentina en el mercado del trigo y su contrastante falta de competitividad en el comercio de carne. El resultado favorable en la Conferencia Mundial del Trigo debería motivar una interpretación más balanceada sobre las actividades diplomáticas argentinas durante el período. También revela que incluso un país pequeño como Argentina puede de manera exitosa competir con los intereses de Estados Unidos en campos específicos. Sin embargo, luego de la Segunda Guerra Mundial, Estados Unidos indudablemente se las arregló para desplazar a Argentina de los mercados agrarios principales a través de una combinación de maniobras geopolíticas y una competitividad general mayor.

Argentina es un pequeño y agrario Estado-nación capitalista que arribó tarde al mercado mundial. El único mecanismo de compensación que posee radica en la renta diferencial agraria que se acumula a través de sus exportaciones agropecuarias. Pero el impacto de esta renta sobre la economía argentina y la posibilidad de usarla para subsidiar al sector industrial fue decreciendo con el crecimiento del mismo. A diferencia de Schvarzer (2000), consideramos que tanto el Plan Pinedo como las políticas económicas del peronismo demostraron que la burguesía argentina estaba dispuesta a reforzar un proyecto de industrialización, pero no tuvo éxito. La ausencia de una gran población sobrante en la escala en la que se presenta en los países asiáticos (que es un mecanismo de compensación alternativo que Argentina no tenía) frustró el éxito del proyecto de industrialización impulsado en la exportación encabezado por Pinedo.

El peronismo intentó un desarrollo interno que protegió a los pequeños capitales locales a expensas de un incremento generalizado de la ineficacia en el sector industrial. A pesar del hecho de que durante los gobiernos peronistas (1946-1955) la industria local recibió importantes subsidios, al final de este período estaba más lejos del promedio de productividad internacional de lo que estaba al comienzo del mismo. Entonces, la experiencia argentina bajo el gobierno peronista muestra que las medidas nacionalistas, a menudo propuestas como un remedio a los problemas económicos incitados por el desarrollo desigual y combinado, solo empeoraron la situación. Las crisis económicas recurrentes de Argentina no se pueden resolver bajo el marco de la sociedad capitalista.

Bibliografía

Barsky, O. y Gelman, J. (2012). *Historia del agro argentino*. Sudamericana.

Bil, D. (2009). *La industria argentina de maquinaria agrícola (1870-1975): evolución y problemas de su desarrollo*. Instituto de Investigaciones Gino Germani.

Bond, P. y Desai, A. (2006). *Explaining uneven and combined development in South Africa*.

Chilcote, R. (1974). "Dependency: A critical synthesis of literature". *Latin American Perspectives*, núm 1, pp. 4-29.

Cortés Conde, R. (1998). "La economía de exportación argentina 1880-1920". *Anuario IEHS*, vol. 13, pp. 27-76. Universidad Nacional del Centro de la Provincia de Buenos Aires.

Cramer, G. (1998). "Argentine riddle: The Pinedo plan of 1940 and the political economy of the early war years". *Journal of Latin American Studies*, vol. 30, núm 3, pp. 519-550.

Cramer, G. (2002). "Pre-Peronist Argentina and the origins of IAPI". *Iberoamericana*, vol. 2, núm. 5, pp. 55-77.

Desai, R. (2013). *Geopolitical economy: After US hegemony, globalization and empire*. Pluto Press.

Díaz Alejandro, C. (2001). *Ensayos sobre la historia económica argentina*. Amorrortu.

Dorfman, A. (1986). *Historia de la industria argentina*. Hyspamérica.

Engelbourg, S. (1966). "Some consequences of the leasing of industrial machinery". *The Journal of Business*, vol. 39, núm. 1, pp. 52-66.

Escudé, C. (1980). *El boicot norteamericano a la Argentina en la década del '40*. CEAL.

Escudé, C. (1983). *Gran Bretaña, Estados Unidos y la declinación argentina, 1942-1949*. Editorial de Belgrano.

Ferrer, A. (1963). *La economía argentina*. FCE.

Fodor, J. (1975). "Perón's policies for agricultural exports, 1946-1948: Dogmatism or commonsense?" *Argentina in the twentieth century*, pp. 135-161. Duckworth.

Fodor, J. y O'Connell, A. (1973). "La Argentina y la economía atlántica en la primera mitad del siglo XX". *Desarrollo Económico*, núm. 49, pp. 3-65. IDES.

Gallo, E. (1998). "La expansión agraria y el desarrollo industrial". *Anuario IEHS*, vol. 13, pp. 13-26). Universidad Nacional del Centro de la Provincia de Buenos Aires.

Harari, I. (2007). "Crónica de una privatización anunciada. Alcances y límites de la producción automotriz bajo el peronismo". *Anuario CEICS*, núm. 1, pp. 47-70. CEICS.

Harari, I. (2010). "¿Vehículos del Imperialismo? La industria automotriz y las deficiencias de la teoría del imperialismo/dependentismo". *Razón y Revolución*, núm. 20, pp. 29-47.

Hazard, B. (1921). *The organization of the boot and shoe industry in Massachusetts before 1875*. Cambridge University Press.

Kabat, M. (2005). *Del taller a la fábrica. Proceso de trabajo, industria y clase obrera en la rama del calzado, Buenos Aires 1870-1920*. Ediciones ryr.

Kabat, M. (2008). "Cambios en la organización del trabajo en la industria argentina del calzado, 1880-1940". *Desarrollo Económico*, núm. 47. IDES.

Kabat, M. (2013a). "Las exportaciones de calzado argentino a Estados Unidos (1940-1976)". *Revista Comercio Exterior*, vol. 64, núm. 1, pp. 35-54. Banco Nacional de Comercio Exterior.

Kabat, M. (2013b). "Proceso de trabajo, eslabonamientos industriales y competitividad en la industria del cuero en la Argentina 1880-1972". *Espacios*, núm. 34.

Kabat, M. (2014). "Evolución de la negociación colectiva en las industrias del cuero en la Argentina (1954 a la actualidad)". *Trabajo y sociedad*, núm. 22, pp. 493-509.

Kaysen, K. (1956). *United States versus United Shoe Machinery Corporation. An economical analysis of an Anti-trust case*. Harvard University Press.

Kornblihtt, J. (2003). "Crisis, competencia y cambios productivos en la rama harinera, 1890-1917". Sexto congreso Nacional de Estudios del Trabajo. ASET.

Llach, J. (1972). "Dependencia, procesos sociales y control del estado en la década del treinta". *Desarrollo Económico*, núm. 45, pp. 173-183.

Llach, J. (1984). "El plan Pinedo de 1949, su significado histórico y los orígenes de la economía política del peronismo". *Desarrollo Económico*, núm. 92, pp. 515-558. IDES.

López, A. (2011). "Trade and foreign investment in Argentina: From the agro-export model to the present". *The economies of Argentina and Brazil: A comparative perspective*.

Luxemburgo, R. (1979). *El desarrollo industrial de Polonia y otros escritos sobre el problema nacional*. Pasado y Presente.

MacDonald, C. A. (1980). "The Politics of Intervention: The United States and Argentina, 1941-1946". *Journal of Latin American Studies*, núm. 12, pp. 365-396.

Marx, K. (1990). *El Capital*. Siglo XXI.

Morgenfeld, L. (2001). "Primera aproximación al estudio de la concentración industrial y los procesos de trabajo en la rama cervecera, Buenos aires, 1870-1929". Quinto congreso Nacional de Estudios del Trabajo. ASET.

Murmis, M., y Portantiero, J. C. (2012). *Estudios sobre los orígenes del peronismo*. Siglo XXI.

Novack, G. (1974). *La ley de desarrollo desigual y combinado de la sociedad*. Pluma.

Novick, S. (2004). *IAPI: auge y decadencia*. Catálogos.

Phelps, D. (1936). *Migration of industry to South America*. McGraw-Hill Book Company.

Rapoport, M. (1995). "Argentina y la Segunda Guerra Mundial. Mitos y realidades". *Estudios Interdisciplinarios de América Latina y el Caribe*, vol. 6, núm. 1.

Rapoport, M. (2005). *Historia económica, política y social de la Argentina*. Ariel.

Rapoport, M. y Spiguel, C. (2009). "Argentina and the Marshall plan: Promises and realities". *Revista Brasileira de Política Internacional*, vol. 52, núm. 1, pp. 5-28.

Rocchi, F. (2005). *Chimneys in the desert: Industrialization in Argentina during the export boom years, 1870-1930*. Stanford University Press.

Sartelli, E. (1994). "Cuando Dios era argentino: La crisis del mercado triguero y la agricultura pampeana (1920-1950)". *Anuario Universidad de Nacional de Rosario*, vol 6.

Sartelli, E. (1997). "Ríos de oro y gigantes de acero. A propósito de tecnología y clases sociales en el agro pampeano, 1870-1940". *Razón y Revolución*, núm. 3, pp. 65-101.

Sartelli, E. (2007a): "¿Cómo se estudia la historia de la industria?" *Anuario CEICS*, núm. 1, pp. 27-46. CEICS.

Sartelli, E. (2007b): *La plaza es nuestra. El Argentinazo a la luz de la lucha de la clase obrera en la Argentina del siglo XX*. Ediciones ryr.

Sartelli, E. y Kabat, M. (2014): "Where did Braverman go wrong? A Marxist response to the politicist critiques". *Cadernos EBAPE*, vol. 12, núm. 4, pp. 829-850.

Schvarzer, J. (2000): *La industria que supimos conseguir. Una historia político social de la industria argentina*. Ediciones cooperativas.

Sidicaro, R. (2002): *Los tres peronismos. Estado y poder económico 1946-55/1973-76/1989-99*. Siglo XXI.

Sourrouille, J.V. y Ramos, A.H. (2013): *El trigo y las ganancias del IAPI entre 1946 y 1949: Miranda y la política económica en los inicios del peronismo*.

Trotsky, L. (2014): *Historia de la Revolución Rusa*. Ediciones ryr.

Zymelman, M., y Di Tella, G. (1967): *Las etapas del desarrollo económico argentino*. Eudeba.

Fuentes

Anónimo (1944). "Nacimiento y desarrollo de la exportación de artículos industriales argentinos". *Temas Económicos*, núm. 48, pp. 5-6.

Anónimo (1946). "Sepa el gremio la verdad de los hechos ocurridos". *El obrero del calzado*, núm. 72, pp. 1-4.

Argentina, Secretaría de Presidencia. (1946). *Plan de gobierno 1947-1951*.

Brock, H. (1919). "Boots, Shoes, Leather and Supplies in Argentina, Uruguay and Paraguay". *Special Agents Series*, núm. 177. Washington, DC. Government Printing Office.

Butman, A. (1910). "Shoe and Leather Trade in Argentina, Chile, Perú and Uruguay". *Special Agents Series*, núm. 37. Washington, DC. Government Printing Office.

Cámara de la Industria Argentina del Calzado (1960). *La industria argentina del calzado*, núm. 449.

Cámara de Industrias Metalúrgicas (1950). "Sobre la invitación a firmas norteamericanas para instalar fábricas en nuestro país". *Metalurgia*, núm. 119, pp. 17-18.

Confederación General de la Industria (1953). Actas del congreso de la Confederación general de la industria: la industria en el Segundo Plan quinquenal. Kraft.

CPI (1945). Actividades desarrolladas por los distintos departamentos y Divisiones de la CPI durante el primer semestre de 1945. Buenos Aires.

CPI (1946). Memoria de la CPI SA, ejercicio de 1945.

Godwin, F. (1944). *La industria química argentina*. CPI.

Honorable Senado de la Nación. (1947). Argentina. Honorable senado de la Nación: Diario de Sesiones del Honorable Senado de la Nación.

IAPI (1946). Discursos con motivo de tomar posesión de sus cargos los miembros del primer directorio del Instituto Argentino para la Promoción del Intercambio.

Massel, J. (1916). "Mercado para maquinaria y herramientas en Argentina". *Special Agents Series*, núm. 116. Washington, DC: Government Printing Office.

U.S. Tariff Commission (1948). *Economic Controls and Commercial Policy in Argentina*. U.S. Tariff Commission.

Conclusiones

Eduardo Sartelli y Marina Kabat

A lo largo de este libro hemos tratado de responder a la pregunta que formulamos en la presentación: ¿por qué se impuso aquel futurible que hoy es nuestro presente, y no otro? Es decir, ¿por qué el futuro de nuestro pasado no es una nación industrial de algún tipo, con algún vínculo dinámico con la producción agropecuaria y resultó en una "no vía" de desarrollo o, si se quiere, una vía de "no desarrollo"? O, como intentamos graficarlo con el título: ¿por qué la Argentina desembocó en un pantano económico, social y político del que no puede salir y en el que se hunde lentamente desde hace setenta u ochenta años?

Como insinuamos varias veces, podemos, del examen del recorrido que hicimos hasta aquí, extraer las causas de la entrada en el pantano y, también, revisar las primeras búsquedas de salida, obviamente fallidas. No es lugar para exponer el arco completo de intentos de salvataje, vistos desde hoy, también obviamente fallidos. Quedará esta tarea para más adelante. ¿Qué podemos decir, entonces, cómo podemos responder a esa inquietud inicial y qué podemos decir de quienes propusieron alternativas?

La caída en el pantano argentino es un resultado no esperado ni buscado, de un conjunto de relaciones de fuerza que van, desde la economía a la política, y desde lo internacional a lo local. Una respuesta genérica que se podría dar a casi cualquier pregunta sobre la vida social de cualquier país. Pero, en su vaciedad, sin embargo, ya dice algo y nos posiciona en relación a muchas otras respuestas: no fue un resultado buscado por nadie, no fue consecuencia de una política económica deliberada ni de la conspiración del imperialismo, no resultó de la dinámica necesaria de entelequias como la "dependencia" o "el Dios Capital" y sus múltiples manifestaciones y avatares a lo Vishnú. Nos coloca a la misma distancia de aquellos que creen que todo se resolvió a la manera de las comedias de enredos, aunque con un final trágico, por la simple acción inmediata de los actores, por un lado, y de los que suponen que todo estaba ya jugado en los orígenes mismos del universo, por otro. Los primeros creen que, de verdad, si se le hubiera hecho caso a... (Herrera Vegas, Hueyo, Pinedo, Prebisch, Bunge y siguen firmas), la salida hubiera estado a la vuelta de la esquina. O bien, como pretenden los segundos, que se trata solo de gozar mientras podamos, porque el destino ya está escrito, no somos más que la expresión fantasmática de fuerzas que deciden por nosotros (o peor: que nos hacen "decidir" lo que quieren mientras reivindicamos nuestra autonomía; o peor aún: que eso que suponemos nuestra autonomía son nuestras cadenas). Con lo abstracto de esta primera formulación, tiene la virtud de señalar las limitaciones de quienes pretenden que la resolución es una cuestión de pura voluntad, al estilo liberalismo/peronismo, y de quienes terminan aceptando la pasividad del statu quo escondidos en una retórica inflamada o en una jerga supuestamente "marxiana".

Estas virtudes de una primera aproximación, sin embargo, serían de una pobreza franciscana si no progresáramos en el análisis para mostrar cómo esas fuerzas operaron. Y una nueva virtud surge todavía de esa formulación "franciscana": la ruptura de la dicotomía "adentro-afuera", es decir, de la idea de que los problemas locales son la consecuencia de decisiones o condiciones locales, o bien, lo contrario, que la peste siempre viene de afuera. Es decir, que reivindicamos mirar más allá del internacionalismo abstracto y del nacionalismo provinciano. Todo esto nos devuelve a un esquema de causalidad múltiple jerárquicamente ordenado, que nos permite elaborar una respuesta que no elimine las múltiples determinaciones de nuestro problema, sin por eso caer en un pluralismo causal aditivo que, en el fondo, no explica nada. Veamos más de cerca, entonces.

En alguno de los textos jugamos con la preceptiva braudeliana, que no es, sin embargo, un simple juego. Visto en el "tiempo largo", en la longue durée, la Argentina se constituye como país de base agraria, con un nivel de acumulación de capital chico y de ingreso tardío al mercado mundial, al menos en las ramas dominantes. En el "tiempo medio", desarrolla un mercado interno relativamente importante en las dos ondas largas que abarcan el medio siglo en el que la división internacional del trabajo dominada por Inglaterra llega a su apogeo. El "tiempo corto" que nos ocupa es particularmente significativo porque es aquel en el que coinciden el agotamiento del mercado mundial de productos agrarios, que viene impulsando la acumulación desde comienzos del siglo XIX, con la desarticulación de la división internacional del trabajo dominada por la industria inglesa. Esos dos procesos se esconden, para la Argentina, detrás de la expresión "crisis de 1930", no dejando pasar la ocasión para señalar que por tal entendemos un proceso que comienza con la Primera Guerra Mundial.

Por esta razón, aun cuando la crisis en sí misma no adopta aquí la persistencia y la profundidad que en otros lugares, inaugura un escenario histórico nuevo, en el sentido de un cambio radical en la trayectoria general de la acumulación del capital en la Argentina: un desacople profundo con el mercado mundial y un cambio en las ramas que ahora crecen relativamente en el PBI y determinan, no solo una nueva dinámica económica, sino una nueva realidad social y una nueva estructura política.

La Argentina es un capitalismo chico, agrario y tardío que no logra encontrar otro mecanismo de compensación de su atraso relativo que la renta. No es que las diversas fracciones burguesas no hayan buscado salidas ni que la persistencia de los intereses agrarios (que caen rápidamente de su rol dominante) hayan constituido un obstáculo serio a dichas búsquedas. Por el contrario, hemos visto aquí varios momentos y personajes que han intentado (y en algún caso, conseguido) algunos resultados. Todos han sido conscientes de los límites de la situación y de la necesidad de una solución, un arco que va desde Vicente López a Mosconi y Savio, pero ya sea porque no se han resuelto a romper alianzas radicalmente o porque su pensamiento tiende más a adaptarse que a salirse de los marcos, han planteado soluciones muy endebles (Pinedo), realistas, pero finalmente adaptacionistas (Bunge) o realistas pero sin peso político (Prebisch). No han faltado las relativamente radicales, que han jugado su suerte en ese "relativamente" filo-peronista (dependentistas).

Sobre todo, para los que soñaron un poco más a la izquierda que burócratas y militares, lo que sigue, su incomprensión tanto como las excesivas ilusiones que produjo, es importante. En el éxito de un mercado interno importante se encuentra una clase obrera escasa y muy organizada, que batalló, con resultados relativos, en dos frentes: como acicate de la acumulación de capital, en tanto su peso aceleraba el pasaje del dominio social y político agrario a los sectores industriales; en cuanto su capacidad para defender un valor histórico-social importante de su fuerza de trabajo resultó muy eficiente a la hora de limitar, postergar y anular en más de un caso, cualquier intento de aumento de la tasa de explotación. Así, una burguesía industrial (en el sentido lato, vulgar: no agraria) débil, atrasada, tardía, debía apelar a esa compensación rentista de la que hablamos, para evitar su desplazamiento por competidores internacionales más eficientes. Paradójicamente, esa tarea de auto-defensa, encontraba un aliado muy poderoso en la misma clase cuya acción la condenaba a no alcanzar nunca los estándares de competitividad mundial. Esa relación de amor-odio motivada por un enemigo común, ha marcado a fuego la dinámica interna del peronismo y ha obliterado cualquier salida política duradera, cualquier salida permanente del "pantano". La división interna en la propia burguesía ha colaborado, notoriamente en la incapacidad para encontrar salidas por fuera de esas alianzas incómodas con la clase explotada. Al mismo tiempo, la colaboración relativamente exitosa de la clase obrera con sus explotadores, ha limitado su capacidad para proyectarse más allá de los límites del capitalismo. En este punto, el pantano económico se transforma en social y político, un empate en el que nada se resuelve.

Al momento de editarse este libro, nuestro país se encuentra un poco más hundido en la misma ciénaga, presenciando la curiosa repetición de las mismas fórmulas, a derecha e "izquierda". Nuestra intención es colaborar en la construcción de una alternativa, pero, como dijo alguien que representa mejor que nadie el pantano argentino, no puede hacerse algo distinto con los mismos de siempre.

Índice

Ediciones ryr

Títulos publicados

Desocupados en la ruta. Dibujos con programa, Nancy Sartelli

La Herencia, Rosana López Rodriguez

Contra la cultura del trabajo, Eduardo Sartelli (comp.)

La plaza es nuestra, Eduardo Sartelli

Lucha de calles. Lucha de clases, Beba Balvé, et al

El ´69, Beba Balvé, Beatríz Balvé

La cajita infeliz, Eduardo Sartelli

La Contra, Fabián Harari

Entre tupas y perros, Daniel De Santis

Lecciones de batalla, Gregorio Flores

La guerrilla fabril, Héctor Löbbe

Valor, acumulación y crisis, Anwar Shaikh

Historia del trotskismo, Osvaldo Coggiola

Rojo Amanecer, Osvaldo Coggiola

Lenin, Georg Lukács

Bolivia: La revolución derrotada, Liborio Justo

Belleza en la barricada, Vicente Zito Lema

Patrones en la ruta, Eduardo Sartelli et al.

Obra poética completa, Roberto Santoro

Trelew. El informe, Eduardo Sartelli et al.

Cuentos completos, Humberto Costantini

Poesía y teatro, Humberto Costantini

Obra poética completa, Julio Huasi

Argentina 2050, Eduardo Sartelli

Investigaciones CEICS

Del taller a la fábrica, Marina Kabat

Costureras, monjas y anarquistas, Silvina Pascucci

Descalificados, Damián Bil

El ingrediente secreto, Verónica Baudino

Crítica del marxismo liberal, Juan Kornblihtt

Brutos y baratos, Romina De Luca

Hacendados en armas, Fabián Harari

Culpable, Gonzalo Sanz Cerbino

Dios, rey y monopolio, Mariano Schlez

Una espada sin cabeza, Stella Grenat

Nacional y popular, Julieta Pacheco

Cirujas, cartoneros y empresarios, Nicolás Villanova

A media máquina, Ianina Harari

PerónLeaks, Marina Kabat

El origen, Juan Flores

La Triple K, Fabián Harari

A desalambrar, Guido Lissandrello

La sal de la tierra, Eduardo Sartelli

Mala cosecha, Damián Bil

Miseria del indigenismo, Roberto Muñoz

La fragua y el surco, Rodolfo Leyes

El pantano, Eduardo Sartelli y Marina Kabat

BIBLIOTECA
MILITANTE
Ediciones ryr

Colección Historia Argentina

Juan Carlos Torre: *La vieja guardia sindical y Perón*
Edgardo Bilsky: *La semana trágica*
Raúl Dargoltz: *El Santiagueñazo. Gestación y crónica de una pueblada argentina*
Jorge Roze: *Conflictos agrarios en Argentina. El proceso liguista*
Alberto Bonnet, Adolfo Gilly y Alan Woods: *La izquierda y la guerra de Malvinas*
Julio Frydenberg y Miguel Ruffo: *La semana roja de 1909*
Natalia Duval: *Los sindicatos clasistas. SiTraC (1970-71)*
Hiroshi Matsushita: *Movimiento Obrero Argentino 1930-1945*
Daniel Pereyra: *Memorias de un militante internacionalista*
Marcial Luna: *Telefonistas. Las obreras torturadas durante el primer gobierno de Perón*

Colección Arte y Filosofía

Alex Callinicos: *Contra el posmodernismo*
Paul Lafargue: *En defensa del materialismo histórico*
Ernest Mandel: *Crimen delicioso*
Karl Marx y Bruno Bauer: *Sobre la liberación humana*
Paul Lidsky: *Los escritores contra la Comuna*
Ellen Meiksins Wood: *¿Una política sin clases? El post-marxismo y su legado*
Mario Luciano Robles Baez: *Dialéctica y capital*
Richard Lewontin y Richard Levins: *El biólogo dialéctico*

Colección Básicos del Socialismo

Daniel Guérin: *La lucha de clases en el apogeo de la Revolución Francesa*
Víctor Serge: *El año I de la Revolución Rusa*
Guillermo Lora: *Revolución y foquismo*
Maximilien Rubel: *Karl Marx: Ensayo de biografía intelectual*
Paul Mattick: *Marx y Keynes. Los límites de la economía mixta*
CLR James: *Los jacobinos negros*

Colección Problemas Contemporáneos

Daniel Pereyra: *Del Moncada a Chiapas. Historia de la Lucha Armada en América Latina*
Lillian Hellman: *Tiempo de Canallas*
Alejandro Valle Baeza y Gloria Martínez González: *México, otro capitalismo fallido*
Roberto Montoya: *La impunidad imperial*
Hal Draper: *La revuelta de Berkeley*
Vo Nguyen Giap, Hoang Quoc Viet, Le Van Luong y Truong Chinh: *Los orígenes de la Revolución Vietnamita, 1930-1945*
Andreas Doeswijk: *Vivir es muy peligroso. Mesiánicos y cangaceiros en los sertones brasileños, 1890-1940*
Minqui Li: *Desarrollo del capitalismo y lucha de clases en China*

Colección Literatura en Acción

David Viñas: *En la semana*
Andrés Rivera: *El precio*
César Vallejo: *El tungsteno y otros relatos*
José González Castillo: *Los invertidos y otras obras*
Andrés Rivera: *Los que no mueren*
P. Esteve, W. Operto y R. Monti: *Máscaras rojas. El teatro político en los años '70, volumen I*
AA.VV.: *Después de la tormenta. La escena teatral post 2001*
M. Diament, B. Mosquera y J.M. Paolantonio, *Máscaras rojas. El teatro político en los años '70, volumen II*

Colección Literatura del Futuro

Aleksandr Bogdánov: *Estrella Roja*
Vladimir Zazubrin: *La astilla*
Aleksandr Chaiánov: *Viaje de mi hermano Alekséi al país de la utopía campesina*
Boris Pilniak: *El año desnudo*
Vivián Itin: *El país de Gonguri*
Iuri Libedinski: *Una semana*
Iákov Ókuniev: *El mundo venidero*

Made in United States
North Haven, CT
10 November 2026

22084238R00114